Last Affair

Hugues Pagan

Last Affair

ROMAN

Albin Michel

22, rue Huyghens, 75014 Paris

ISBN 2-226-02550-2

« ... Faire confiance aux hommes,
c'est déjà se faire tuer un peu. »

CÉLINE
(Préface au Voyage)

Le commissaire divisionnaire Château se trouvait seul dans son bureau vide. Il l'avait voulu ainsi, austère et vide, rien au mur, rien dans les vitrines, excepté quelques inévitables manuels de droit, pas le moindre calendrier, la plus petite plante verte. Un mobilier administratif froid et fonctionnel, rien à voir avec un cabinet de directeur. Un sous-main en cuir noir, une lampe design. Un bureau vide. L'usine était déserte. Quelque part, à l'entrée du labyrinthe, le planton de service, ailleurs, un autre à la veille radio.

Un bureau vide dans un immeuble désert, lui-même moderne, froid et fonctionnel. Dehors, des tours allumées dans la nuit comme de hauts navires droits et sombres enrochés. Le commissaire divisionnaire Château alluma une cigarette à bout doré. La pendule digitale marquait zéro heure douze en chiffres rougeoyants. Du sous-main en cuir noir, Château sortit une mince chemise cartonnée, qui contenait plusieurs articles de presse, des photographies pour la plupart prises au téléobjectif, rien sur quoi il s'attardât, une sous-chemise portant, marqué au normographe :

« DISPOSITIF ATLANTA ».

La sous-chemise comportait deux sortes de documents. Les premiers pouvaient passer pour des brouillons dactylographiés sur papier pelure bleu, les seconds se présentaient sous la forme de photocopies, dont chacun des folios était marqué « TRÈS SECRET ». Château écarta les pelures, consulta sa montre. Elle donnait la même heure que la pendule. Il lut : « ... Il ne fait aucun doute que la défection d'un terroriste de la taille de Berg constituerait un acquis des plus sérieux pour nos services de renseignements, tant civils que militaires. À deux reprises et par la voie habituelle, Berg nous a fait connaître son intention de "se rendre" à nos services, à condition que ceux-ci lui assurent leur protection et moyennant des "arrangements" qui restent à convenir... Si cette intention était réelle, il va de soi qu'elle nous apporterait des éléments d'analyse et d'action extrêmement importants sur les mécanismes, aussi bien financiers que techniques, les appuis, méthodes et personnels du terrorisme international... »

Château sauta plusieurs paragraphes.

« ... La présente étude (DISPOSITIF ATLANTA) a pour but de mettre sur pied ce processus de défection. **Il ne s'agit pour autant que d'un document à caractère théorique, tenant compte de la personnalité de Berg (V/Notice individuelle infra), ainsi que de ses directives, de son environnement et des possibilités d'action de nos services.** L'application éventuelle du dispositif ne pourra être mise en œuvre qu'avec l'accord des plus hautes autorités du pays...

« **Comme toute étude de ce type, elle comporte un certain nombre d'impasses, qui sont autant de risques extrêmement dangereux dans une éventuelle phase d'application sur le terrain...** »

Château éteignit sa cigarette. La pendule marquait zéro heure dix-sept.

Il fit pivoter à peine son fauteuil, contempla les tours à travers la baie vitrée. Des risques extrêmement dangereux...

La formule lui déplaisait, surprenante de la part de son rédacteur. Y avait-il des risques qui ne le fussent pas, dangereux ? ou si l'autre avait voulu souligner quelque chose, bien dans sa manière. Étude théorique... Château alluma une autre cigarette, ramassa avec négligence une photo de Berg. Fiché au grand banditisme, sa notice indiquait « SIGNALER LE PASSAGE – NE PAS INTERPELLER ». D'une photo à l'autre, il ne se ressemblait pas. Château considéra le cliché : il n'y manquait que le béret basque et les lunettes noires pour qu'il fût tout le monde. Berg n'était pas tout le monde. L'autre, l'inventeur du dispositif (étude théorique), le savait mieux que personne, puisqu'il l'avait formé dans les années soixante. Et Berg avait trahi...

Et Berg leur proposait à présent de trahir de nouveau.

En quelque sorte, de revenir au bercail, au sein de la mère patrie.

Château pivota, reclassa le dossier qu'il emporta au coffre.

Un dossier qui ne le concernait en rien et contre lequel il s'était élevé en réunion d'état-major. Trop d'impasses et de trous. Berg était un précipité instable, d'une fiabilité des plus douteuses. Château avait rédigé une note confidentielle en ce sens, et gardé une copie. Pour la première fois de sa carrière, les rares personnes à en avoir pris connaissance l'avaient remarqué, le commissaire divisionnaire Château avait pris la précaution de se couvrir. Son avis avait notablement contribué à l'enterrement du projet. Tout en quittant le bureau, Château se demanda de loin combien de fois un homme pouvait trahir avant de se renier lui-même...

Plus tard dans la nuit, il rencontra le commissaire Jankovic dans une boîte où ils avaient leurs habitudes. Ils sortirent presque aussitôt dans la nuit et Château se tut un bon moment. Jankovic respecta son silence.

Puis Château réfléchit :

— La surveillance sur Dieterich vous bouffe du personnel...

— C'est le moins qu'on puisse dire... Protéger cette crapule.

Ils firent encore plusieurs mètres, puis Château s'immobilisa, alluma une cigarette. Jankovic entrevit à peine ses yeux. Il resta les bras ballants, puis sortit à son tour un paquet de Gitanes. La protection avait été imposée d'en haut, et, en haut, on n'avait rien à foutre du personnel. Jankovic avait besoin de tout son monde pour traquer la vermine.

— Je vais faire une note demandant la levée de ce service, déclara Château. Vos types râlent contre les charges indues. Nous allons nous payer le luxe de leur donner satisfaction.

Jankovic alluma sa Gitane derrière les paumes.

Comme un vrai dur, jugea Château.

— Je suppose que vous savez ce que vous faites, maugréa Jankovic. Pour ce qui me concerne, pas de levée sans note de service.

— Vous l'aurez à la navette de ce matin.

Ils marchèrent jusqu'à la Renault 20 banalisée de Jankovic.

Au moment de monter, ce dernier remarqua :

— Votre note, ça fait un moment que vous auriez déjà dû la pondre !

Château jeta sa cigarette dans le caniveau. Il avait en tête la photo de Berg. Il ne jugea pas utile de relever. Sa montre indiquait trois heures, la pendule de bord trois heures sept. Il alluma une autre cigarette. Jankovic roulait beaucoup trop vite dans des rues trop droites et trop désertes.

Combien de fois un homme peut-il trahir avant de se renier lui-même ?

Chapitre I

La ville s'éveillait, peinte en bleu et en fraîcheur. Elle paraissait, bien entendu, inefficace et sans désirs et comparable à un morceau de continent sans mémoire voué à une lente et inexorable dérive. Une arroseuse municipale remontait la rue à une allure solennelle en rapport avec la gravité de ses fonctions, un triporteur la dépassa en pétaradant — il en restait donc. Dans la contre-allée, un homme courait, en jogging gris et Adidas. Taille moyenne, corpulence mince, cheveux châtains coupés court, visage carré. Yeux clairs. Nez droit. De temps à autre, il consultait la montre carrée qu'il portait à l'intérieur du poignet droit. Sa foulée était souple et régulière et laissait une impression de facilité. Telle quelle, elle trahissait d'étonnantes capacités d'accélération.

Le conducteur de l'arroseuse le remarqua sans cesser d'observer la bordure de trottoir. Il était payé à nettoyer ces putains de rues, pas à relever les temps de ces connards friqués, qui couraient comme des dératés depuis qu'on leur avait dit que c'était bon pour la ligne et contre l'artériosclérose, avec des fringues qui avaient l'air de sortir du pressing et des pompes qui ne devaient pas servir plus de deux fois de suite.

Parmi la foule des ringards poussifs du Bois, celui-ci

détonnait comme un chimpanzé dans une maternité : il savait courir. Un pro. L'arroseuse était arrivée au bout de la rue et elle s'arrêta au feu rouge, laissant passer un flot de voitures disparates. L'employé municipal se pencha sur le volant, cherchant machinalement dans le rétroviseur à apercevoir la mince silhouette souple, un fonceur à tous les coups, aisé, tranquille. L'alignement des arbres le dissimulait, ou bien il avait traversé. On klaxonna derrière, avec sobriété : une Jaguar nickel d'un bleu très sombre au mufle bas.

L'employé municipal démarra sans hâte, tourna à gauche, ce qui aurait dû lui permettre d'apercevoir l'homme entre les rangées d'arbres. Il avait bel et bien disparu, remplacé par une mémère à chien-chien aux cheveux rouges et aux hanches d'hippopotame, occupée à contrôler les exploits défécatoires d'un wippet dont les côtes saillantes et les pattes raidies par l'effort évoquaient avec un réalisme pénible quelque grand lapin écorché qu'un artifice ingénieux et dérisoire serait parvenu à conserver debout et, pire, relativement mobile.

Et chiant.

Interminablement.

La balayeuse avait repris sa procession, en sens inverse.

La mémère passa une longue main osseuse dans ses cheveux, chercha une Pall Mall dans sa poche de poitrine.

À moins de vingt mètres, la porte électrique d'un parking souterrain se mit à se lever lentement. Il lui fallait une quinzaine de secondes environ pour se trouver plaquée au plafond, dégageant ainsi la courte rampe d'accès à la rue. Durant ce fort bref trait de temps, le véhicule qui entendait entrer ou sortir n'avait rien de plus pressé à faire qu'attendre, en manifestant plus ou moins d'impatience et de nervosité suivant l'impétuosité naturelle du conducteur, ou en donnant toutes les marques de l'indifférence, voire de la résignation ou de la soumission d'une mécanique sophistiquée à l'égard d'une autre mécanique tout aussi sophistiquée mais beaucoup plus impassible et, partant, impitoyable.

La voiture allait quitter le parking souterrain.

Son moteur de trois litres était presque inaudible.

Les deux mains de l'homme qui conduisait se trouvaient en haut du volant, les pouces presque joints et parallèles l'un à l'autre. Il venait d'allumer une Gitane, la première de la journée. La jeune femme qui se trouvait sur le siège du passager venait de dépasser l'âge de la majorité légale. Elle n'en arborait pas moins une expression aussi vieille que la dette publique, sur son visage aux traits encore juvéniles, et il était évident qu'elle avait plus d'heures de vol qu'un vieux DC 3 birman. Dans son genre, c'était aussi une pro.

Aussi ne manifesta-t-elle aucune surprise quand la portière s'ouvrit à proximité de son coude droit. Tout au plus tourna-t-elle un regard sagace et désabusé en direction de la silhouette affable penchée dans la pénombre. Son regard rencontra l'orifice circulaire et convenablement sombre d'un canon de revolver. Gros calibre. Elle soupira entre ses dents, s'appuya, comme l'y invitait l'arme, de la nuque et des omoplates contre le cuir du baquet. L'homme avait tourné la tête avec un temps de retard, les yeux plissés derrière ses lunettes Porsche au galbe onéreux, et confirma son étonnement placide en inclinant le buste. Comme l'accident et les redressements fiscaux, ce genre de choses n'arrivait qu'aux autres, se faire braquer dans son propre parking, et il y eut une seconde d'immobilité à peu près totale. L'embrayage automatique se trouvait en position neutre, pas question de tenter une sortie en force. Parlementer... Le colt six-pouces était tenu d'une main ferme, pas même gantée. À moins que la voiture n'avance, la porte n'allait pas tarder à redescendre.

— C'est le pèze que tu veux ? s'enquit le conducteur d'une voix rauque et froide.

Une main, pour appuyer ses dires, quitta le volant à destination sans doute d'une poche intérieure de veste, compte tenu de la molle flexion du poignet. Un dur, qui ne se couchait pas. La fille, le dos plaqué au siège et les jambes raidies, respirait fort à présent. Elle avait les ongles incrustés dans le cuir souple de son sac à main. Elle regardait droit en face, dehors, la cime des arbres.

— Envoie, fit l'homme au colt.

Les doigts touchèrent la crosse d'un automatique italien, sous la doublure de la veste. Il y avait une balle dans la chambre. Il suffisait de le saisir en se penchant comme pour chercher, en creusant la poitrine. Le reste... Quitte ou double ! Le reste ne prit qu'une fraction de seconde et les deux détonations se confondirent. La balle de l'automatique claqua sur le béton et vrombit en ricochant au diable. Celle du colt commença par traverser le verre de lunette droit, qui explosa à l'impact, puis pénétra juste sous l'oeil, traversa le cerveau de la cible et lui fit éclater l'arrière de la boîte crânienne qui se répandit un peu partout, sur l'appui-tête et derrière, avant de se ficher, sous l'aspect d'un lingot de plomb aplati et informe, dans le montant d'acier tenant lieu d'arceau de sécurité.

La fille déglutit, abasourdie par les détonations.

Elle tourna lentement la tête vers l'extrémité du colt. Le pouce du tueur s'occupait à relever le chien et le barillet tourna en cliquetant. Elle laissa tomber la mâchoire inférieure. Le cran de mire, au bout du canon, lui heurta les dents d'en haut. Goût d'huile et de métal, et un autre, plus piquant, qui la brûlait, elle n'entendait plus rien. La porte s'était refermée. Depuis quand ? Elle avait deux mille francs dans son sac. Trop longtemps.

Le chien s'abattit à vide et elle cria.

Un hurlement bref et lointain.

Claquement métal contre métal.

Ça durait depuis des heures.

Le tueur se recula, abandonnant la longue portière entrouverte. Le pistolet disparut dans un baudrier d'aisselle, lacé contre le flanc gauche et presque invisible sous le coton molletonné. La fille mit les deux pieds par terre et vomit son petit déjeuner. Le tueur fit encore quelques pas souples et vifs à reculons, et sa voix parvint, affable et sans consistance.

— Les flics vont pas tarder, chérie, et il vaudrait mieux qu'ils te trouvent pas là. Ils pourraient te bousculer un peu et ça m'obligerait à me mettre en colère contre toi, si tu avais de la mémoire...

Elle redressa la tête.

Il avait disparu.

Elle chercha son sac, ne le trouva pas. L'homme qui s'était fait appeler Rolf était recroquevillé dans son siège, la bouche grande ouverte. Une goutte de sang, à peine plus grosse et plus foncée qu'une groseille, lui descendait le long du nez. La minuterie du parking s'éteignit et il ne resta plus que l'agréable clarté du plafonnier pour peupler l'habitacle vide où l'homme paraissait tout à la fois rêver et se repentir d'une existence harmonieusement remplie de crimes et délits en tous genres. Le moteur tournait toujours, sans manifester le plus petit embryon d'irritation.

Moins de six minutes plus tard, un jeune con pressé en Golf GTI noire prit la rampe de sortie à vive allure, avec cette nervosité creuse qui caractérise les oisifs héréditaires, persuadé qu'il était de piler au ras de la cellule de contrôle. La Volkswagen s'écrasa sans douceur contre l'arrière de la Mustang. Le jeune con cessa instantanément d'être pressé et reposa la joue gauche sur le volant.

De l'essence vaporisée grésillait quelque part, tandis que le moteur de la Ford continuait de tourner, crachant dans l'atmosphère relativement confinée une quantité raisonnable en soi, mais excessive en l'espèce, d'oxyde de carbone et autres substances dont l'usage pouvait se révéler dangereux et l'abus néfaste, voire désastreux pour la santé.

À trois blocs de distance, le jogger se trouvait assis sur un banc qu'il affectionnait particulièrement, embossé qu'il était entre deux lauriers-roses et un énorme buisson de rhododendrons. Il avait pris son pouls, qui battait à quatre-vingts pulsations. Il s'essuya les paumes à l'aide d'un kleenex qu'il rempocha et, le buste presque horizontal, se massa distraitement la cheville gauche. Souvenir d'une vieille fracture. Le square était désert, la fontaine y coulait en pure perte dans son mince bassin. Pas le moindre môme dans le bac à sable, pas une gouvernante, ni la moindre mère. Pas l'ombre d'un pigeon, ni dans la rue derrière celle de la moindre pute, ou du plus petit trave. Trop tôt, bien trop tôt. Tout était toujours trop tôt ou trop tard. Le quartier suppurait le fric. Il se voyait à la pierre de taille, aux tranquilles ordonnancements, et aux grosses voitures. Au silence. Le silence était devenu un luxe, de même que les arbres et les buissons de rhododendrons. La vermine commençait juste un peu plus loin et, à la tombée de la nuit, dans le rougeoiement des feux de stop et le lent et incessant ballet des voitures qui cerclaient comme des charognards et sortaient de l'ombre leur museau pour venir renifler la viande à vendre, et, de temps en temps, mordre dedans et partir avec leur proie.

Derrière la grille, de l'autre côté du parc, passa la femme aux cheveux rouges. Elle avait allumé sa cigarette et parlait au chien d'une voix mesurée et sans colère, parfaitement raisonnable. Elle aperçut le jogger, qui, le dos tourné, sautillait sur place comme s'il sautait à la corde les pieds joints. Le wippet pissa à l'angle du grillage.

Au loin, naquit et commença à s'enfler le cri intermittent d'un deux-tons. Le chien s'immobilisa, la femme plissa les paupières et tira sur sa cigarette, agitant les fanons qui s'enfonçaient dans le col de sa chemise kaki. Le jogger se mit à trottiner sur place, puis, tel un jouet mécanique, démarra et tourna à gauche après le portail qu'il sauta d'un bond. Dans l'avenue, une Renault 9 grise, le pavillon orné d'un gyrophare magnétique, apparut et passa à toute allure, précédée et suivie de son aboiement rauque. Le jogger se pressa les paumes contre les oreilles, les coudes levés. Le wippet se tassa contre le grillage et se plaignit avec douceur. La femme jeta sa cigarette au hasard et braqua des yeux jaunes et intrigués sur les deux véhicules de pompiers dont tout laissait à penser qu'ils étaient menés par des équipages payés à faire la course avec les voitures de police.

La ville avait les yeux grands ouverts.

Rolf aussi, un seul, derrière le rideau de flammes qui avait fini par jaillir dans l'habitacle de la Mustang.

L'une des cartes avait été postée d'Ibiza, l'autre de Crète, une autre encore de la côte Atlantique. Deux provenaient de Camargue. Toutes représentaient, avec des variantes ingénieuses ou banales, des couchers de soleil plus ou moins convaincants et portaient à l'encre violette, d'une grande écriture décidée qui avait peu varié au cours des ans, les banalités convenues qui font le lot commun de ces signaux maussades, jetés à grands traits sur le vide des jours, saccades destinées à raturer le temps en abrégé, dérisoires traces d'un sismographe amnésique au tracé intermittent.

Dans deux boîtes en carton qui avaient contenu auparavant des escarpins de femme pointure 37 en vernis noir, Milard ne conservait pas moins d'un millier de cartes postales dont certaines dataient du début des années cinquante. Elles devaient avoir été postées, bien sûr, et lui avoir été adressées. Peu importait le texte, au demeurant. Milard en lisait une, de temps à autre. La dernière datait de 1980. Elle sonnait comme les trompettes bien poussiéreuses d'une vengeance depuis longtemps éteinte, maintenant. Milard savait qu'on cessait de s'aimer, et puis, beaucoup plus tard, qu'on cessait également de se haïr, et que c'était alors un grand silence étale, une paix sans but, pareille à ce que devait être une damnation bien conduite par un rigoureux expert aux allures de comptable aseptique. La carte millésimée 1980 portait deux mots.

« Pauvre con. »

Milard en passa un coin sous l'ongle de son pouce droit.

L'avers représentait une fille nue à l'expression poissarde, qui exhibait une énorme paire de seins entre ses bras serrés, les mains en éventail sur le bas-ventre. Profits et pertes. Milard remit la carte dans la boîte, devant lui. À côté, il y avait un pot de café soluble, une boîte de lait concentré sucré, deux paquets de Gauloises, une casserole avec de l'eau bouillie et son revolver calibre 38 de dotation.

De l'autre côté de la table, contre la cloison, une étagère supportait des boîtes de pâtes alimentaires et des bouteilles d'eau minérale carrées. Pas un trou dans l'alignement : Milard réapprovisionnait à chaque fois. On n'imaginait pas un barillet où manquerait une cartouche, non plus qu'un maxillaire où une dent aurait fait défaut. Boîtes et bouteilles étaient régulièrement alignées. Bien avant de partir, elle avait détecté chez lui de très nets penchants schizophréniques. Que ta main droite ignore ce que ta main gauche fait... Vanessa également. Milard se rappela deux visage brouillés sur une vieille photographie, très proches l'un de l'autre, presque semblables. Il avait traversé leurs vies, ricoché, rapidement cessé de leur être utile à quoi que ce soit. De sa mère, Vanessa avait hérité la haine insensée, irraisonnée, de Milard, et une insolente vitalité à l'exubérance brutale. La haine avait bien dû finir par mourir, mais pas la vitalité.

Milard se leva pour refaire bouillir de l'eau. Il portait un holster en cuir sur la chemise, une cravate dénouée. Il avait cinquante ans depuis onze jours. Il n'avait bien sûr pas reçu de carte postale. Personne au service n'avait fait la moindre allusion. Milard y habitait : il était exclu qu'il eût une autre vie, et par exemple qu'il pût connaître des événements aussi inédits qu'un anniversaire ou un mariage, ou une naissance. Pour les jeunes, Milard n'avait pas d'âge. Ils étaient arrivés et Milard était là, certains étaient partis et Milard restait, et, sauf lui, il n'y avait plus d'anciens.

Milard arrivait avant tout le monde et s'en allait le dernier. Il prenait les permanences dont personne ne voulait. Parce qu'il ne parlait pas, on le jugeait d'un naturel taciturne. Parce qu'il ne manifestait aucune espèce d'émotion, on l'avait classé asocial et insensible. Après la naissance de Vanessa, il y avait eu d'autres nuits sans sommeil, et plus tard un fils.

On sonna à la porte, et on entra.

Un jeune flic en baskets et blouson de toile sans manches, avec des poches partout et un Magnum 357 à la ceinture. Milard tournait le dos et l'eau se soulevait à gros bouillons dans la casserole. Bientôt il n'en resterait plus. Le flic contourna Milard immobile, saisit le récipient et éteignit la plaque chauffante. Il prit un verre retourné sur la paillasse de l'évier, le secoua et y versa l'eau sur du café soluble.

— Café ?

Milard pivota sur les talons. Il fit oui de la tête.

— Vous ne fermez jamais votre porte ?

Il fit non.

— Un jour, ça pourrait vous faire drôle, vous ne croyez pas ?

Milard fit quelque chose qui surprit le jeune poulet. Il sourit du coin de la bouche, tout en saisissant son verre brûlant.

— Vous avez peur de la guerre ? s'enhardit le jeune homme. (Son index pointait en direction de l'étagère.) Dans mon patelin, les vieux font des stocks de sucre, comme ça.

Des fois qu'il y ait la guerre. Du sucre et de l'huile. Manque de pot, l'huile se conserve pas : ils en jettent les deux tiers. Vous avez aussi des stocks de sucre ?

— Non, fit Milard avec douceur.

— Notre ami le braquo est de retour, dit le jeune flic sans transition. Toujours aussi branque, toujours bandeur mou... (Il sortit un cliché Polaroïd d'une de ses poches. Le braquo posait contre une porte, le riot-gun en travers de la poitrine à la Mesrine, des Ray-Ban sur le nez. Rien ne pouvait masquer sa pâleur maladive, la maigreur pathétique de son thorax de volatile élevé en batterie.) Le gravat qui lui sert de marmite s'est empressé de me le balancer, avec photo en prime. On y va ?

Milard jeta le café dans l'évier, rinça le verre et glissa le 38 dans son étui. Il se foutait du braquo comme de l'an quarante. Des braquos, il y en avait à la pelle, plus qu'un cabinet d'instruction pouvait en bénir. Le jeune flic remonta les épaules, les mains glissées à plat dans les poches revolver de son blue-jean. Il précéda Milard dans le couloir étroit. Ils y allaient. En douceur. Le bandeur mou n'était pas un bien beau crâne. C'était un crâne quand même. Six ou sept vols à main armée, un peu de racket, vaguement de proxénétisme. La marmite était pourlingue. Elle l'avait déjà donné deux fois, et il en redemandait. Le jeune flic avait baissé les Ray-Ban devant ses yeux, comme une visière d'intégral, les mêmes lunettes que celles de leur client, et il était peu probable qu'elles eussent pour mission de protéger ses yeux de la faible lueur jaunâtre dispensée par l'ampoule encastrée dans le plafond de l'ascenseur.

Depuis trois ans, les jeunes flics s'étaient mis à porter des baskets et des Ray-Ban. Ils n'étaient pas moins bons qu'avant. Ils avaient décidé de changer de look. Ça ne les avait pas rendus meilleurs. Le jeune flic avait un nom corse ou rital, c'est pourquoi Milard n'avait jamais tenté de faire l'effort de le retenir. Les autres l'appelaient Tony.

Milard n'appelait personne.

Dans la Renault 14 crème, il ne prit pas la peine d'allumer la radio. S'il l'avait fait, le trafic l'aurait peut-être incité à aller faire un tour dans le quartier de la porte d'Auteuil, et peut-être pas. S'il s'y était rendu, il serait peut-être arrivé avant que le corps de son vieil ami Rolf soit transformé en chaleur et en lumière par l'explosion de la Mustang, et voué de ce fait à des obsèques synthétiques, et peut-être pas. Qui pouvait savoir ? On avait juste eu le temps d'extraire le type de la GTI.

Il y avait des centaines, des milliers de Tony dans la ville.

Simplement, celui-ci conduisait beaucoup plus vite et plus mal que tous les autres réunis. Milard alluma sa quatrième Gauloise de la journée, baissa la vitre et s'accouda à la portière. Pas question de sauter Chèvrefeuille à deux. Riot-gun. Chèvrefeuille était un crâne à Tony. Il lui appartenait déjà, ça se sentait aux accélérations, à la manière de changer les vitesses. Milard était grand et embarrassé par sa taille, il avait de gros poignets osseux et des mains larges et calleuses, et son mutisme joint à la manière qu'il avait de traîner les pieds et de courber le dos le rendaient menaçant. Le jeune flic était trapu et costaud. Il savait se battre. Milard remonta la vitre à grands coups de manivelle. Il décida, avec brusquerie :

— Le bandeur mou va chiquer. Il faut le faire en flag.

— Merde, s'insurgea Tony, il chiquera pas longtemps !

— Il chiquera tout. Vous avez quelque chose à lui mettre sous la dent ? Vous avez des témoins ? Vous le voulez pour faire un bâton dans les statistiques, ou pour qu'il prenne un maximum ?

Tony leva le pied. Milard avait raison : il fallait le faire en flag. Laisser la sauce sur le feu. Du coup, ils n'avaient plus rien à foutre dans l'immédiat qu'aller prendre un vrai café dans un rade en attendant neuf heures. Milard pensa que si son fils était encore en circulation, il devrait avoir l'âge de Tony. Puis il reporta ses pensées sur la marmite du braquo : la fille était camée jusqu'à la moelle. Il fallait le tenir par là.

Elle exhibait par instants beaucoup de dents plus que parfaites, et un bronzage cuivré qui faisait ressortir l'éclat métallique de ses yeux très bleus dont le regard balaya la pièce et les boxes, les vieilles affiches et le plâtre écaillé aux murs, sans s'arrêter nulle part, et se posa enfin sur les traits interrogateurs d'un jeune flic en bras de chemise assis derrière une machine à écrire désuète. La femme ressemblait à une star moderne, athlétique et vieillissante. Elle laissa glisser la courroie de son sac qu'elle avait à l'épaule, s'assit sur la chaise qu'on lui indiquait et s'empressa d'allumer une cigarette.

Le flic ne paraissait pas avoir plus de vingt ans.

Il ne portait pas d'arme.

— On m'a cassée, annonça la femme.

— Vous êtes madame ? s'enquit le flic.

— Vauthier... Suzanne. (Elle sourit mécaniquement.) Suzanne Vauthier...

— Vous avez une pièce d'identité ?

Elle soupira, haussa les épaules.

Le flic s'empara du passeport et se mit à en recopier les indications à la machine. Il tapait fort bien et très vite. Il avait l'air de n'importe quel jeune homme de son âge qu'on croisait dans la rue. Plutôt mince, un visage intelligent et reposé, à la bouche large dont elle pressentit que l'expression pouvait céder rapidement à la moquerie. Il releva le front un bref instant.

— Cassée ?

— La porte de mon appartement.

— Quelle adresse ?

Il s'était remis à taper.

— Eh bien, celle du passeport, naturellement.

— Vous auriez pu déménager entre-temps. Naturellement. Mode de pénétration ?

— La serrure... (Elle laissa tomber la cendre de sa Camel sur le plancher.) Ils ont cassé la serrure, le machin...

— Rien sur la porte ?

— Rien du tout. C'est au quatrième à droite en sortant de l'ascenseur.

— Est-ce que des policiers sont déjà passés constater, chez vous ?

— Non.

— Est-ce qu'il y a quelqu'un en ce moment ?

— Non.

— Ça s'est produit quand ?

— Entre neuf heures et neuf heures trente.

— Aujourd'hui ?

— Naturellement, aujourd'hui...

— Naturellement, sourit le policier.

Elle eut un rire rapide, tira sur sa cigarette. Il leva la tête, la fixa. Il avait plus de vingt ans et elle était déjà bien vieillissante. Elle lui tendit son paquet de Camel froissé et le briquet. Il déclina son offre, sans rudesse.

— Que vous a-t-on volé, madame ?

— Quelques bijoux dans la chambre... (Elle dissipa la fumée devant son visage, du dos de la main. Des milliers de petites craquelures lui tailladaient la peau sur les pommettes et au coin des yeux, tout autour de la bouche, avec une cruelle véracité, quelque peu géologique.) Ils se trouvaient sur la table de nuit. Je les avais quittés hier soir... (Elle secoua les épaules.) Il n'y avait presque pas de liquide, avec toutes ces cartes, maintenant, nat... Cinq ou six cents francs. La salle de bains a été fouillée de fond en comble. Je me demande...

— Barbituriques, éther...

— Ah ! Naturellement !

— Quoi d'autre ?

— Des figurines qui représentent les Sept Chevaux du Bonheur.

— Montant du préjudice ?

— Cent cinquante, deux cent mille francs. Et ils sont huit...

Le policier cessa de taper et s'accouda derrière la machine.

Elle avait le blanc des yeux aussi vertigineusement clair et calme que de la porcelaine de prix. Il lui tendit un cendrier qu'elle ne parut pas remarquer.

— Ils sont huit...

— Huit, oui... (Elle secoua son épaisse crinière châtain.) Mon mari me les avait ramenés de Hong-Kong en 1957. Il était correspondant de guerre à la *Tribune.* Huit chevaux... On m'en a donné jusqu'à cent cinquante mille francs, récemment.

— Votre mari est toujours à la *Tribune* ?

La femme écrasa sa cigarette, regarda de côté.

— Mon mari est mort, inspecteur. Il y a trois mois. D'un simple cancer au poumon, alors qu'il avait traîné partout dans le monde où il pouvait risquer sa peau, des années durant. (Elle alluma une autre Camel.) C'est pour cela que je suis venue déposer plainte : parce qu'il m'avait fait cadeau de ces... objets. Ils pourraient être en plastique que ce serait pareil. (Elle eut un rire sec.) Valeur sentimentale.

— Je suis navré, murmura le policier.

— Vous n'avez aucune raison de l'être, pourtant. Je sais que ce que je fais ne servira à rien, sauf à encombrer un peu plus vos secrétariats. Je n'ignore pas que les probabilités de les retrouver sont infimes. La ville est grande, et le monde encore plus, mais je pense sincèrement qu'il n'aurait pas aimé que je ne fasse rien du tout.

Elle hocha la tête en manière de défi, ou pour rejeter loin d'elle des images importunes. Dans les autres boxes, les touches des machines claquaient, microscopique fusillade qui traçait le contour de peines sans objet.

Il n'était pas loin de onze heures et Milard mettait de l'ordre dans son bureau. Premier de groupe, il avait droit à un local de huit ou dix mètres carrés et à la garde du coffre, qui contenait six revolvers 38 Spécial et 357, un pistolet d'entraînement à air comprimé calibre 4,5 mm à un coup, le gyro magnétique et deux postes portables sur accus. Il avait droit également à la tenue des registres et à la ventilation des dossiers. La porte-fenêtre donnait de plain-pied sur une courette exiguë, où on remisait les poubelles de l'immeuble. À en croire les affiches punaisées au mur, la police nationale était un métier d'hommes, tous plus ou moins occupés à pratiquer l'alpinisme, le dressage des chiens et des enquêtes fluviales, lorsqu'ils ne réglaient pas la circulation sous un soleil agréablement dilué.

Milard se laissa tomber dans son fauteuil et se massa les côtes, sous l'aisselle gauche, d'un geste devenu machinal. Deux flics étaient appuyés à l'embrasure de la porte. Ils avaient seulement la trentaine et ne portaient ni veste ni arme dans leur étui de tir sur la hanche. Ils étaient athlétiques. Milard sortit un mouchoir de sa poche, le passa au-dessus de sa lèvre supérieure. Il avait le teint gris, et quelque chose de la furtivité d'un petit délinquant d'habitude.

Le téléphone grelotta.

Milard porta le combiné à l'oreille.

— Dieterich, y fit une voix aimable qui contenait mal sa jubilation.

— Oui.

— ... Rolf Dieterich, vous voyez ?

— Oui.

— Qu'est-ce que vous avez sur lui ?

— Bien des choses, reconnut Milard. Rien qui permette de le faire tomber.

— Oubliez ça, grinça la voix. Personne vous a jamais demandé de le faire tomber, mon vieux... Et puis...

— Je ne crois pas être votre vieux.

— Tant pis... Et puis, il y a extinction de l'action publique.

— Première nouvelle.

— Dieterich vient de se faire repasser, ce matin.

— Mort ?

— Plus que ça : atomisé. (La voix se durcit considérablement.) Milard, évitez de présenter des condoléances à la veuve, ses lignes sont sur écoute.

— Qui a l'affaire ? (Milard regarda la carte au-dessus du coffre, avec les limites de sa circonscription, à contrecœur.)

— La criminelle, qu'est-ce que vous croyez ? Milard...

— Oui ?

— Pas touche la femme blonde !

Chapitre II

DISPOSITIF ATLANTA/SUITE 2/
Cf. Notice individuelle 4 en annexe

« ... Dans la seconde hypothèse envisagée (élimination physique de l'objectif), il conviendrait d'avoir environné, approché et "recruté" dès à présent un élément susceptible d'approcher Berg **par ses propres moyens.** Il devra s'agir d'un *élément de haut niveau* et présentant aux yeux de l'objectif toutes garanties de fiabilité, et de sécurité...

« Il est peu vraisemblable que l'argument financier (contrat) puisse être avancé, Berg constituant un **trop gros morceau.** Tout moyen de pression gradué ou non doit être mis en œuvre et le contrôle de l'exécuteur demeurer *constant...*

« Il paraît indispensable de procéder au recrutement d'un élément ayant déjà travaillé, directement ou indirectement sous les ordres de Berg, et selon les renseignements en notre possession, le choix sur le plan national est des plus restreints... »

Avant de se pencher sur l'interphone, Château serra le dossier dans le coffre. Puis il revint à son bureau, appuya sur la touche de communication directe. Lorsqu'il se releva, son visage était indéchiffrable, mais ses doigts tripotaient la bague à son auriculaire gauche.

Muni d'un ticket de seconde, il monta dans une rame de première classe. Mince, vingt-huit ans, les cheveux mi-longs assez raides, il laissait traîner à la surface des choses un sourire lunaire qui jurait avec l'impassibilité de ses yeux délavés, d'un gris bleuté au charme tempéré d'or, à l'expression à la fois sagace et indifférente. Maurice Bernard Ferrand, dit Mauber. Mauber vivait en infraction. Il saisit une barre verticale à pleine main et sa tête seule pivota avec régularité tandis qu'il examinait les voyageurs qui venaient de monter derrière lui. Une fille laide comme un cul de singe, furtive à en lire du Denuzières, un grand blackie à veste de trappeur, à la peau bleutée et aux yeux rougeoyants qui larmoyaient sans cesse, un bonnet de laine enfoncé sur le crâne comme Mingus, une autre fille en jean et baskets, avec de très gros seins à peine contenus dans un débardeur mauve. Un mec filiforme avec des dents de lapin et un carton à dessins.

Aussitôt après le klaxon, la rame démarra et prit de la vitesse.

La fille aux gros seins jura entre ses dents, secoua la tête et regarda Mauber.

— Quel con, hein, ce conducteur ?

— Peut-être qu'il a un rencart, sourit le jeune homme.

— C'est pas une raison, merde : on dirait qu'il le fait exprès, vous trouvez pas ?

— Non, dit Mauber.

— Je crois pas à ces conneries de rencart. (Elle serra le sac contre elle. Elle paraissait vraiment contrariée, ou parfaitement gourde.) Je crois plutôt que c'est un de ces fonctionnaires de merde qui sabotent le boulot. (Elle braqua presque à bout touchant les deux yeux à la fois sur le visage du jeune homme.) Qu'est-ce que vous pensez des fonctionnaires ?

— Rien, soupira Mauber.

— Oui, bon...

Elle soupira à son tour. Elle n'était pas laide du tout. Les épaules un peu larges, peut-être, un dos musclé, le reste, derrière... Mauber se fendit de son sourire négligent. Il vivait en infraction, il avait les flics aux fesses, mais ça ne l'empêchait pas d'exister. Au juste, il ne savait pas trop s'il s'agissait des flics. Il connaissait des types au commissariat et à la B.T., et ils ressemblaient à ceux qui le suivaient, c'est-à-dire à n'importe qui. La fille n'avait pas l'air d'un flic. Les flics non plus n'avaient pas l'air de flics. Il ne se sentait pas vraiment inquiet, mais intrigué, oui. Jamais tombé. Jamais interpellé. Parcours sans faute. Mauber vivait seul, il n'avait pas beaucoup de besoins et aucune passion. Il se prétendait publiciste, sans trop d'ostentation ni une conviction exagérée. Il vivait : c'était déjà pas mal.

Le métro décéléra. Il en profita pour tenter une approche.

— Follement original, lâcha la fille d'un ton sec.

— Efficace.

Il était plus ou moins vautré contre elle.

— J'aime beaucoup les fonctionnaires : mon père était contrôleur des contributions directes.

— Je vois, dit la fille. Vous aussi, hein ?

— Quoi ?

— Contributions directes...

Elle n'eut aucune peine à le repousser. Elle n'y mit ni ressentiment ni rudesse, simplement elle profita du mouvement de la rame comme d'un balancier. Mauber sourit pour de bon. Lorsqu'il souriait, il paraissait plus jeune et très vulnérable. Certaines femmes n'y étaient pas insensibles, et beaucoup trop d'hommes. Elle se mit en position de descendre, le toisa une dernière fois. Mauber alla s'asseoir dans un coin, les coudes sur les genoux. La vie était faite de ce genre de rencontres insignifiantes, hérissées de vagues signaux rouillés qui paraissaient baliser des voies désaffectées sur lesquelles on n'avait plus la moindre chance de se perdre, brunâtres et hachées d'herbes sèches, bordées de tas de mâchefer et d'étangs huileux, de traverses empilées.

De l'autre côté de la vitre, tandis que la rame reprenait de la vitesse, il la vit qui marchait vers la sortie, d'un pas égal, sans tourner la tête à droite ou à gauche. Comme pas mal de femmes pourvues d'une large poitrine, elle avait une démarche arrogante et craintive.

Quatre ou cinq stations plus tard, Mauber se rendit compte, en palpant machinalement son blouson, qu'elle lui avait tiré son portefeuille. Il contenait un peu de liquide, mais aussi et surtout un jeu complet de faux papiers d'identité. Pas question, bien sûr, d'aller porter le deuil.

Mauber se leva.

Comme les portières se refermaient en claquant, il se jeta dehors, en forçant des épaules.

Il ne lui restait plus qu'à trouver une cabine pour téléphoner.

Dans un couloir, trois types paisibles lui tombèrent dessus et le portèrent jusqu'à la rue. Mauber ferma les yeux. Il les rouvrit lorsqu'ils lui posèrent les semelles sur le trottoir et trouvèrent cinq doses dans ses poches. Alors seulement il vit la Renault 20 gris métallisé qui s'approchait lentement. Son allure l'habillait d'une solennité en toc.

Milard mastiquait avec application un jambon-beurre, au comptoir du Dany Bar. De temps à autre, il ingurgitait quelques gorgées de bière pour faire descendre. Le rade était peuplé d'employés, de gens tranquilles et de filles bien sapées, occupés à s'alimenter de salades composées et de yaourts à faible teneur en matière grasse. Des gens normaux, avec des soucis et des peines, des espoirs et des projets normaux, des vies au mois le mois, parmi lesquels le grand flic sur le retour avait fini par faire son trou, à force de silence et de demis à la pression.

Pour tout le monde, Milard était employé.

Le taulier avait remarqué le 38 dans l'étui de cuir tressé.

Quelques clients aussi.

Personne n'avait moufté. Un employé d'un mètre quatre-vingt-dix, aux épaules vastes et à l'estomac plat, n'incitait guère à l'indiscrétion. Jambon-beurre, un demi et un café. Par-dessus une épaule bronzée avec soin, il commanda son express. Tony longea la terrasse, accompagné d'un jeune homme que Milard reconnut immédiatement : il grattait au bureau des pleurs du commissariat. Visiblement, les deux jeunes flics le cherchaient. Milard leva le majeur et l'index en signe de victoire, entre têtes et plafond. Ils cessèrent de chercher.

Tous trois prirent une table à l'ombre, devant.

Tony avait entrepris de sécher un Américano, l'autre un express.

Milard observait la circulation, les filles qui passaient. Il se faisait l'effet d'une pendule arrêtée. On disait : pas de nouvelles, bonnes nouvelles. La chaleur, renvoyée par le goudron amolli, gondolait l'image. Un peu d'ombre diluée subsistait au pied des arbres, légère et grise comme de la cendre.

— Quinze bâtons, insista Tony.

— Faciles à détroncher, remarqua l'autre.

— Comment elle est ? grimaça Milard.

— Fatiguée, dit le jeune policier.

— Pas plus de chance de remettre la main sur ses bourrins que de cracher dans l'œil gauche d'une hirondelle en vol, remarqua Milard.

— Ça peut valoir ce qu'elle prétend ?

— Oui. (Il secoua les épaules, pour combattre l'ankylose plus que par indifférence.) Ça peut même valoir encore plus cher, ou rien du tout. (Il fixa son interlocuteur.) C'est vous qui avez pris ?

— Oui.

— Mode opératoire ?

— Je n'ai pas fait les constates.

Milard se laissa aller dans le fauteuil en rotin. La plainte reviendrait peut-être pour enquête. Il serait temps de voir. Les Chevaux du Bonheur... Il sortit une cigarette et l'alluma pour s'occuper les doigts. La fumée lui brûla le palais. Le bonheur... Il se sentait mal à l'aise, engourdi. Il se surprenait dans d'étranges attendrissements, des rêves à vide. Il habitait une maison où une femme prenait invariablement son petit déjeuner au lit, dans des draps de satin mauve. La vaisselle était d'argent, les bords de l'image estompés comme si on l'avait prise avec une lentille à flou. Il vagabondait sur la zone, à la recherche d'une balance éthylique, et, dans le soir couchant, le ciel était d'un bleu électrique, noir d'encre en bas et peuplé d'enseignes au néon, doré au-dessus de sa tête, glacial et belliqueux. Renversée dans une poubelle, la balance avait un cran d'arrêt enfoncé dans l'œil gauche.

L'autre ne regardait rien.

Pas même la face penchée du flic aux traits vides.

Milard se voyait, voyant.

Il n'avait pas pu empêcher : il n'avait rien pu empêcher. Il avait pourtant essayé, à l'époque où les choses semblaient plus claires, leurs ramifications et leurs résonances moins complexes, leur cacophonie moins terrible, leurs sentences moins inexorables, de faire de son mieux. À présent, il commençait à comprendre, flic ou voyeur, quand les autres se mettaient à tournicoter sans but comme des mannequins dans leur vitrine, que ça n'avait pas eu de sens, puisqu'il n'avait finalement pu protéger personne, pas même lui, du mal.

Il paya les consommations.

Tony, debout, fourrait les pans de sa chemise dans la ceinture du jean.

L'autre se levait.

Milard fit de même, sans hâte.

Il avait rendez-vous à quinze heures.

Avec lui-même.

Mauber connaissait leurs méthodes, mais il ne les redoutait pas. Il ne craignait pas les coups, même s'il répugnait à en donner. Il avait le temps. On avait jugé bon lui passer des menottes, eh bien, pourquoi pas ? Ils étaient quatre à se relayer, dont une fille grande et mince aux yeux bleuâtres, sans vie, et qui n'était pas loin de paraître leur chef. La pièce ne comportait pas de fenêtre. Pas le moindre vasistas. On n'y percevait rien des rumeurs de la ville, tout au plus un sourd vrombissement dû sans doute à la climatisation.

Mauber releva le menton, contempla la cloison verdâtre.

Il avait été fabriqué.

Il ne savait ni par qui ni pour quoi. Il n'avait jamais touché aux stups, et on en avait trouvé assez dans ses poches pour établir le trafic. Il essaya de se rappeler la figure de la fille aux gros seins : elle n'en avait pas.

On l'avait fabriqué et balancé.

Durer... Il fallait durer.

Il dura, puis un homme d'une quarantaine d'années entra et s'assit derrière le bureau sans proférer une seule parole. Il n'avait rien de remarquable, sauf la promptitude de son regard qui brillait par instants d'une lueur dure dans son visage cireux. Il était vêtu avec recherche et portait un caillou noir à l'auriculaire gauche. Mauber se passa les pouces de chaque côté du nez, surpris d'y trouver la peau huileuse.

Il savait reconnaître un type dangereux lorsqu'il lui arrivait d'en rencontrer un. Il devait à cette capacité de nombreuses années sans anicroche. Quelque chose lui fit penser que l'irruption de l'homme ne présageait rien de bon. Les autres, même la femme, lui parlaient bas, et il se bornait à secouer la tête de temps à autre. Commissaire ? Commissaire principal ? Un patron. Mauber laissa tomber les épaules et reposa les poignets sur les cuisses.

L'homme releva la tête, le fixa et froissa un feuillet entre ses doigts.

— On va perquisitionner chez toi. (Il avait une voix douce et bien timbrée, presque enjouée.) On va y trouver le reste du talc... Dans les deux cents grammes. Ça nous permettra, à nous de boucler l'affaire et à toi d'aller passer quelque temps à l'ombre. (Il referma le dossier.) Tu auras tout le temps d'y réfléchir sur les risques du métier...

— Combien de temps ? hasarda Mauber.

— Quatre, cinq ans, soupira la femme aux yeux très clairs.

Elle s'adossa à la cloison.

— C'est long, fit quelqu'un.

Mauber sentit la sueur lui couler entre les épaules, puis le long de l'épine dorsale et aux aisselles. Personne ne s'était présenté à lui, personne n'avait jugé bon de lui exhiber sa carte, tout se passait entre gens du monde avec quatre ou cinq ans au bout. L'homme le couvait de ses yeux froids. La femme avait sorti un paquet de Pall Mall longues. Elle en alluma une avec dextérité, souffla la fumée par les narines. Ou c'était une dure, ou elle voulait en donner l'image. Elle y parvenait sans peine. Mauber inclina un peu le torse, changea de fesse.

— Sans charre, qu'est-ce que vous voulez ?

— Faire un crâne, lâcha la femme derrière la fumée. Quoi d'autre ?

— Bidon, grinça Mauber. Vous savez que je ne suis pas un dealer.

— Qu'est-ce que tu es, alors ? demanda l'homme.

Mauber haussa les épaules. Ce qu'ils ne savaient pas, ils n'avaient pas besoin de l'apprendre. Il demanda et obtint une cigarette, qu'il fuma lentement sous le regard attentif du type. À la fin, la femme prit le dossier sur le bureau et dit :

— Je suppose que tu n'as pas l'intention de signer tes déclarations. (Elle leva le front et il acquiesça en souriant un peu.) Fort bien... Direction, le dépôt, ce soir. Demain...

— Demain, fit Mauber, demain est un autre jour...

Les yeux du type eurent l'air de luire une seconde. Pas plus.

En sortant dans le couloir, derrière Mauber, le commissaire divisionnaire Château alluma une cigarette et ralentit l'inspecteur principal Éliane Forrestier.

— Tout est en place ?

Elle ricana :

— Évidemment... D'un strict point de vue légal...

Château la fixa de côté. Puis il eut un coup de menton en direction de Mauber qu'on voyait de dos.

— Vous connaissez son pedigree ?

Elle ricana de nouveau. Ses yeux n'exprimaient rien. Son visage non plus, un peu trop blême et tendu, peut-être. Château ne lui avait rien caché, et elle avait accepté. D'un strict point de vue légal, leur opération s'apparentait au chantage pur et simple. Il n'y avait pas d'autre moyen de se fabriquer un collaborateur bénévole. Ils descendaient les marches de l'usine. Elle regarda le dos de Mauber et reconnut :

— Oui, je connais son pedigree...

Il leur fallut deux voitures pour se rendre perquisitionner chez Mauber. Tout en conduisant, l'inspecteur principal Forrestier pensa vaguement qu'ils auraient bien pu taper le procès-verbal de perquise avant d'y aller, pendant qu'ils y étaient. Sur sa hanche droite, le 357 la gênait un peu. Elle le remit en place d'un coup de coude. Dans l'autre voiture, il y avait Château et sa proie avec des menottes. Château avait dit : « ... le grand jeu ! ».

À force de surveiller Mauber, la jeune femme n'était pas sûre que cela fût suffisant. Mauber présentait l'aspect lisse et sans défaut d'une belle laque acrylique. Rien de commun avec celui que décrivaient les fiches et les notices. Rien d'un tueur. Rien de rien. Mauber pouvait être personne. Comme tout le monde.

Tout en collant à la voiture devant, elle alluma une cigarette.

Les autres, dans l'habitacle, se taisaient.

La force de l'habitude ?

Chapitre III

Jankovic se pencha sur la table. Il détestait la cuisine marocaine. Château mastiquait avec application.

— Et le journaleux ? Cet enfoiré de Giraud, vous allez le laisser traîner ?

Château leva son regard terni.

— Le moyen de faire autrement ? (Il prévint une objection.) On le laissera traîner tant qu'il nous sera utile. Vous avez pris vos dispositions, en ce qui concerne Milard ?

— Affirmatif, fit Jankovic. Je lui ai refilé une affaire réservée par le courrier. Une merde de casse insortable... Largement de quoi lui occuper l'esprit. (Il repoussa son assiette.) En ce qui me concerne, j'ai passé la consigne que Giraud était interdit de séjour dans la Division...

— Connerie, murmura Château en déchirant une côte d'agneau.

On ne pouvait deviner à quoi s'appliquait exactement le terme.

Voilà : il traînait son blues, sa déglingue, et il n'y avait rien à y faire même si, dans l'habitacle, le lecteur crachait les rafales de sax nasillard comme des balles de mitrailleuse, tirées par un ennemi pressé et peu soigneux, et en tout cas guère économe de ses moyens, même si dehors, dans le soleil, un coupé Deville crème remontait sa voiture à droite pour se ranger finalement en double file et qu'une femme en sortait, agitant les doigts dans le vague, morceau d'ailleurs qu'il effaça en accélérant à peine et en dégageant à gauche, presque sans bouger les poignets, sans même changer de vitesse. Le quartier regorgeait de grosses bagnoles, d'hommes et de femmes bien mis, parfaitement bronzés (al dente), de ces voitures qu'il aurait aimé posséder jusqu'au moment où il avait eu les moyens d'en acheter une et de l'entretenir, et soudain il s'était rendu compte que les choses l'avaient laissé bien avant, il avait traîné les garages, cherchant dans sa mémoire à ranimer le feu sous la cendre impalpable et n'y parvenant pas : il avait trente-sept ans, et un embryon de brioche. Depuis le trottoir d'en face, un adolescent maigre et disgracié avait cessé de lui faire signe. Il avait rentré les mains dans ses poches, remonté le col, comme s'il pleuvait et qu'il se fût résigné à rester dehors, insistant et tenace comme une rage de dents ou un remords, dans sa veste à la Eddie Cochrane, à vrai dire il ne le regardait même plus, il regardait en dedans avec cette sagacité, cette ample connaissance détaillée et inéluctable du malheur qu'ont certains jeunes gens et presque tous ceux qu'on a, pour une raison ou pour une autre, déracinés et jetés par commodité loin du pays natal, tous ceux qui, dans une gare ou l'autre, ont acheté plus ou moins à la sauvette un aller simple pour nulle part, paumés, irrécupérables, pochetés, laissés-pour-compte, mauvaise conscience incertaine et fugitive de la Grande Marche en Avant de l'Humanité, ou bavures pour l'exemple, il ne savait pas. Et qui aurait pu savoir à sa place ?

Il portait sa déchirure comme on porte un enfant : avec gravité, mais sans ostentation. De place en place il aurait aimé parler à ses compagnons d'infortune, mais ils prenaient un verre en vitesse et se tiraient, et que leur aurait-il dit de sensé et d'intelligible ? Il parlait de moins en moins. Écrivait peu. Buvait trop. Il avait maintenant les moyens de boire. Après quelques verres, l'ado l'écoutait un long moment, levait les yeux de ses mains et demandait doucement, sans se plaindre, avec beaucoup de dignité et une certaine grandeur dans sa propre réserve, ce qu'il avait fait depuis l'époque où il lisait *Salut les Copains* et se collait des tubes entiers de Pento sur le devant du crâne en écoutant Dick Rivers sur son Teppaz, ce qu'il avait fait à part s'user. S'abîmer. Et pourquoi il n'avait rien réussi à faire d'autre. Et combien de temps il continuerait encore à galérer, alors que l'image dans la glace serait forcément de plus en plus crade. Après quelques autres verres, il demandait à l'ado ce que celui-ci aurait fait à sa place, comment il aurait mené sa barque. Il n'obtenait régulièrement aucune réponse, ce qui faisait bien sûr partie de la règle du jeu. Il commençait en revanche à se dire que Giraud se mettait à déjanter : on l'avait surpris à tenter de convaincre avec une véhémence gestuelle parfaitement injustifiée l'extincteur du couloir A4, bâtiment C, celui qui se trouve fixé non loin de la porte des archives générales, presque en face du local syndical, et pourquoi pas ? Quelle différence, un homme, une femme, un réverbère ou un extincteur, puisqu'on n'en obtenait ni plus ni moins de sympathie ou de commisération, et guère d'attention dans chacun des cas. Giraud s'était mis à parler de Giraud à la troisième personne. Il disait : « Giraud va s'occuper de cette merde d'histoire Dieterich... C'est bien le diable s'il n'en sort pas quelque chose ! Merde alors, un type de cette taille, DCD dans un incendie accidentel ! Et puis quoi encore ? Faut quand même pas prendre les types qui achètent leur canard pour des cons. Même si Dieterich était mort à l'Hôpital américain d'un cancer généralisé au milieu d'un aréopage de professeurs issus du monde entier, Giraud aurait soupçonné le communiqué de presse d'être plus bidon que le secrétariat d'État à la Solidarité nationale. Solidarité de rats dans la nasse. Dieterich était un très gros rat. Giraud les adore. Dans le monde de Giraud, il y en a de toutes les tailles. Il faut leur rendre la justice de reconnaître que chacun, du plus petit au plus grand, met toute son énergie à parvenir presque immédiatement à son niveau de malignité maximum, nocivité presque toujours tempérée, hélas, par son manque à peu près unanime d'intelligence dans la nuisibilité... Giraud va aller voir ce vieux bâtard de Milard. Bien étonnant si le flic ne balance pas un bout. À une certaine époque, il a fricoté avec la future Mme Dieterich. À supposer que Milard ne sache rien ou ne veuille rien dire, l'entrevue occupera l'entre-deux-verres de Giraud... »

Bien malin celui qui pouvait distinguer où commençait la maladie mentale et où se terminait la dérision, en ce qui concernait Giraud. Il se tenait propre sur lui. S'il avait écouté le jeune homme avec sa veste à la Eddie Cochrane, il se serait déjà mis une balle dans le cigare, puisqu'il n'y avait aucune autre espèce d'issue et qu'il le savait, mais alors qui paierait la pension alimentaire et les traites de la maison qu'il n'habitait plus depuis déjà trois ans ? Heureusement, il y avait Dieterich. Et Milard.

Heureusement, il y avait la course des rats dans le labyrinthe.

Parfois, dans des instants d'extrême lassitude, Giraud se prenait à envier leur féroce aveuglement, les babines retroussées de leurs terribles automobiles sur le périphérique, l'éclat plein de haine et d'avidité de leurs feux de croisement. Parfois, dans ces instants qui le laissaient amer et désemparé, Giraud se prenait à croire qu'il était aussi vivant qu'eux. Flancs de métal et tripes de fonte, jambes de caoutchouc brûlant. Front de glace sécurit.

Dieterich.

N'est pas vivant qui veut.

— Vous ne descendez pas de l'armoire, je pense ?

— Non, reconnut Milard.

— Vous comprenez ce que ça signifie.

— Oui.

Il regarda les clichés pulmonaires éclairés au néon. Il avait envie de dégueuler. Le médecin enfouissait les poings dans ses poches de blouse.

— Combien de temps que vous slalomiez entre les contrôles médicaux ?

— Quatre, cinq ans...

Il sortit son paquet de cigarettes, sembla se raviser.

— Aucune importance... Milard... Combien de temps que nous jouons la même partie ?

Il alluma sa cigarette. Une vingtaine d'années : il venait de débuter comme flic, l'autre avait déjà quelques décennies d'autopsies derrière lui, et franchement pas d'âge, une grande demeure et une gouvernante dans une banlieue proche où l'automne avait des étonnements déchirants dans les bruns roux, des giclures d'or qui ne duraient pas, des véhémences éteintes. Milard rangea son briquet. Il n'avait pas vraiment froid, toujours cette envie de dégueuler qui devenait tout de même plus vague : c'était maintenant tellement simple.

— Peur ?

— Non...

— Asseyez-vous.

Ils s'assirent.

— Qu'est-ce que vous voulez savoir ? Le temps qu'il reste ? Comment ça va tourner ? (Le médecin se pencha sur un tiroir ouvert, en sortit un cours polycopié, le lança. Milard l'attrapa au vol, le posa sur ses genoux.) Vous avez tous les détails là-dedans. Qu'est-ce que vous voulez savoir d'autre ?

— Rien, murmura Milard. Rien que vous pouvez m'apprendre.

— Ça sera moche. Vous tenez encore debout, c'est déjà pas mal. Si je faisais vraiment mon boulot, je devrais vous signaler à la commission médicale. C'est ce que je devrais faire en tant que médecin de l'administration.

— Bien sûr.

— Bien sûr ! Vous vivez seul.

— Oui.

— Milard...

— Ne compliquez pas les choses, docteur.

— ... si elles étaient restées...

— Il n'y avait pas de raisons qu'elles restent.

Il s'était levé. Oui, il avait peur. La sueur lui perlait aux tempes. Le polycopié plié se trouvait dans sa poche gauche. Il avait hâte de sortir avant que sa tête explose. Pourquoi seraient-elles restées ? Qu'auraient-elles pu attendre de lui ? Il avait hâte de marcher dans la rue, sans but.

— Milard, vos clichés...

Il n'attendit pas et sortit sans payer. Dehors, il faisait tiède et doux. Il marcha et prit le métro, marcha encore et se promena sur les quais. Il se sentait étourdi, nonchalant. Un voilier passa, le mât couché sur le roof, et qui avançait au moteur avec une fine moustache d'écume grisâtre là où la proue fendait l'eau à plat. Quelque part il prit un bourbon et le paya très cher. Enfoncé dans un fauteuil d'osier, il sentait la gêne du polycopié contre son flanc : peut-être pouvait-il les émouvoir, à présent. Peut-être pourrait-il joindre Vanessa au téléphone, lui parler quelques instants, mais il savait d'avance qu'il ne trouverait pas les mots et que ça se résoudrait à une communication intercontinentale pour rien. Il se passa la main sur la figure, consulta sa montre : en ne traînassant pas, il pourrait passer au bureau avant que la permanence prenne les commandes. Il userait un moment à dispatcher les affaires tout en buvant du café, à moins qu'il trouve un coup sur lequel monter, puis ce serait le soir. Un soir, un autre soir. Il se leva, comme engourdi, fit quelques pas au hasard.

Près de Saint-Michel, il acheta des cigarettes et ailleurs un journal, qu'il fourra dans sa poche. Il se sentait groggy, sans forces, vaguement endolori. Il ne se souvenait pas au juste pourquoi Vanessa et sa mère étaient parties, ni à quel moment, il ne se rappelait pas ce qu'il avait ressenti lorsqu'il était rentré le premier soir dans la maison vide. Une atroce souffrance muette ? une sorte de soulagement ? ou simplement cette désolation des pièces en enfilade, des parquets et des staffs, des lustres et des glaces qui lui renvoyaient son image éphémère et spectrale, aux accents de sentinelle, comme si soudain et pour toujours il avait cessé d'être chez lui.

C'est bien avant la rupture que les autres vous quittent, bien avant leur départ. Et on se quitte soi-même de la même manière, et c'est plus tard seulement qu'on s'en rend compte, qu'il y a déjà longtemps qu'on s'est séparé.

Au bureau, Tony trônait dans le fauteuil du chef. Il avait relevé ses manches de chemise et fit mine de quitter le siège.

— Restez, prévint Milard.

Tony arracha un feuillet au bloc sténo posé devant lui, le parcourut en balançant le torse.

— Janko veut vous voir... L'affaire des canassons ! C'est vous qui héritez l'enfant. Il va falloir faire un peu de vent, la merde habituelle. Une femme vous a appelé à seize heures vingt. Elle voulait vous parler personnellement. Elle n'a pas voulu laisser de commission... Un seul être vous manque !

— Quoi d'autre ?

— Giraud est passé. Fin cuit. On l'a achevé au Ricard. Il sort d'ici.

Milard sortit un journal et une brochure de sa poche, le visage pensif. Tony continua à se balancer doucement, puis il se baissa et ramassa une boîte de bière qu'il posa sur le bureau.

— Qu'est-ce qu'il voulait ?

— Giraud ? Pas la moindre idée. Il repassera demain, à l'heure de l'apéro. Si Janko le trouve en train de fouiner dans les locaux, il nous cloue tous aux portes des archives, vous le premier, avec des agrafes rouillées. Vous voulez une mousse ?

— Non, fit Milard.

— Vous avez tort, elle sort du frigo. Ah ! la plaintive des chevaux est passée en coup de vent. Elle voulait prendre contact avec le policier chargé du dossier. Elle sort aussi du frigo : elle est balancée comme un élan, avec la couleur du caribou. La moitié des clebs du service étaient tout disposés à prendre, mais elle a votre nom. Milard ou rien, comme l'autre ! Plus très jeune, mais du chien. De la classe. La bonne pointeuse, si vous tenez pas trop à toucher les bords... (Il avala quelques gorgées, fronça les sourcils.) Vous vous lancez dans la médecine vétérinaire ?

— Non.

— Chef, dit soudain Tony sur un ton grave, je ne sais pas ce qui se passe, mais Janko est drôlement à cran, ces jours-ci. Je ne dis pas qu'il a jamais été très drôle, ou quoi que ce soit de ce goût-là, mais il fait fort. C'est mauvais pour tout le monde. Il est en train de casser les balances, plus personne ne sait sur quel pied danser. Lui et ses sbires ont failli bousiller deux types, cette nuit, à la sortie d'une discothèque... (Tony leva les yeux par-dessus la boîte de bière.) J'ai bien l'impression qu'il vous a dans le collimateur.

Milard remit le journal et le polycopié dans sa poche, alluma une cigarette, puis il retourna une chaise et s'assit familièrement à califourchon. Tony était inspecteur principal, solide et sérieux. Il aimait ce qu'il faisait. Tout en le fixant de façon lointaine, Milard comprit qu'il organisait sa succession, qu'il ne pensait pas tant aux qualités et aux défauts du jeune homme qu'à sa propre succession. Il ouvrit la bouche et se ravisa, demanda brusquement :

— Les sept chevaux... Vous avez le numéro de la plaignante ?

— Bien sûr, sourit le jeune flic. (Il ramassa la feuille de papier, la tendit.) Pas plus de chances que de cracher dans l'œil d'une hirondelle en vol ! Janko s'est rappelé à temps que vous faites figure de spécialiste en matière d'œuvres d'art dans la division. Vous aurez le dossier demain matin à la première heure. Affaire réservée. Cassez-vous le col du fémur !

Milard pianotait sur les touches.

Il avait le teint gris, le col de chemise bâillait à son cou.

Il écrasa sa cigarette avant de se mettre à parler dans le combiné.

Tony expédia la boîte de bière vide, aplatie entre ses paumes, dans la corbeille à papier, bomba le torse et s'étira. Quand on bossait des années avec un type, on finissait par se rendre compte lorsque quelque chose n'allait pas. Milard avait beaucoup trop de goût pour acheter des chemises trop larges.

Chapitre IV

Mauber se leva et personne ne l'en empêcha. Il était chez lui, après tout. Il s'approcha du bar et se versa un verre de chivas. Il n'en buvait jamais et l'alcool lui parut souple et moelleux, il évoquait dans son esprit le plein cuir et l'aile d'une grande limousine noire, rangée sur un parking désert balayé par la pluie. On lui avait servi l'alcool dans un gobelet d'argent, d'un poids impressionnant. La femme aux yeux très pâles affectait de parcourir une revue, mais Mauber savait qu'il n'en était rien, qu'elle attendait ce qu'allait dire l'homme au complet blanc assis sur le divan, et ce que lui, Mauber, répondrait.

Sur la table basse en verre fumé, il y avait le paquet de came. Deux ou trois cents grammes. Les deux autres policiers regardaient par la fenêtre les alignements de toits, le soleil qui descendait, ou rien. Le seul mouvement perceptible dans la pièce était celui des doigts de la femme, entre les pages de papier glacé. Mauber haussa les épaules : ils avaient découvert de la drogue, chez lui, dans l'aérateur de la salle de bains, très exactement là où il n'aurait jamais rien planqué. Ils : la femme avait ramené le paquet, accroupie sur les talons, ce qui avait mis ses fesses en valeur sous le tissu du pantalon. Drôle de beau châssis. Elle lui avait demandé ensuite la permission de se laver les mains, à cause de la poussière grasse, noirâtre, sur l'embaliage en plastique. Elle avait évité son regard, ce qui témoignait de son manque de métier, ou de son absence d'habitude, ou d'un vague remords qui ne rimait à rien.

Mauber secoua doucement le contenu du verre : ils n'avaient plus de raisons de s'éterniser, à présent. Il était bel et bien fabriqué, et il hocha la tête.

— Alors, fit l'homme assis.

— Alors quoi ?

— Le Parquet est très dur, en ce moment, en ce qui concerne le trafic des stupéfiants. Vous n'êtes pas usager. Cet appartement, ces meubles... Je ne pense pas que vous puissiez justifier de revenus suffisants.

— J'ai hérité.

— Bien sûr. Vous avez hérité. Cinq ou six ans.

La femme avait cessé de tourner les pages et regardait Mauber, les épaules droites, les avant-bras immobiles. Quelle sorte de chanson est-elle en train d'écouter ? réfléchit le jeune homme. Il ne voulait pas comprendre. Elle avait des yeux presque incolores, d'une fixité pénible. Des deux autres flics, il n'apercevait que le dos et l'angle du maxillaire. Il reposa le verre derrière lui.

— Cinq ou six ans de votre vie, dit l'homme. Avez-vous une idée de ce que ça représente, Mauber ? Cinq ans au trou...

— Vaguement... Qu'est-ce que vous voulez ?

— À votre avis ?

— Aucune idée.

Le flic sortit une photo de sa poche, la présenta sobrement, sans hâte ni ostentation. Cliché normal, pris au téléobjectif par un bon professionnel. L'homme descendait les marches d'une villa, on entrevoyait au bas de l'image un ponton de bois, la proue d'un canot, un morceau d'agave. Mauber n'eut pas à se pencher, les yeux du flic étaient calmes et lointains, il n'eut pas à faire le moindre mouvement pour que l'autre comprenne.

— Jamais vu ? fit le flic. Jamais vu ce type ?

— Je lis la presse, comme tout le monde.

La femme bougea. Mauber la regarda, puis ses yeux revinrent à la photo. Il comprenait, mais toute une part de son cerveau se refusait à comprendre, il n'y avait eu que deux ou trois rencontres, toujours en terrain neutre, jamais rien qui le rattache... La femme avait reposé la revue sur la table basse, là où elle l'avait prise. En se baissant, Mauber aperçut le contour de ses seins sous le T-shirt et la crosse du revolver dans la ceinture.

La photo disparut.

Mauber serra les mâchoires.

— Je veux Berg, petit con. Je me fous bien que tu passes cinq ou dix ans au ballon, ou dehors. (Le flic se leva avec une singulière souplesse. Ses yeux luisaient de nouveau.) Tu connais Berg, tu as travaillé pour lui, plusieurs fois. Je crois même qu'il t'aime bien.

— Pas question, articula Mauber avec l'expression d'un nageur en train de se noyer dans trop peu d'eau. Pas question...

Le flic se dirigea vers la porte. Pour cela il dut passer devant le jeune homme qu'il dévisagea avec froideur. Les autres n'avaient pas bougé. La came n'était plus sur la table. Le flic tenait déjà la poignée quand Mauber se décida, aussi se borna-t-il à pivoter sur les talons.

— Qu'est-ce que vous voulez, sur lui ?

— Tout : ses allées et venues, ses fréquentations, le dispositif de surveillance de la villa. Tout ce que tu peux récolter sur ses transactions. Un topo sur ses gardes du corps, un autre sur ses accointances politiques.

Mauber hocha la tête, incrédule.

— Il faudrait des années pour ça.

— Personne ne t'a dit que j'étais pressé.

— Pas possible de l'approcher à ce point...

— Quelqu'un d'autre non. Toi, oui.

Mauber regarda la femme. Elle avait une vilaine crispation au coin des lèvres. Les deux autres s'étaient enfin retournés, mais leurs visages n'indiquaient rien.

— Ça va, murmura le jeune homme sans la quitter des yeux.

Elle le dévisagea en retour, mais avec une espèce de haine à la bouche.

Malou Dieterich avait fumé cigarette sur cigarette devant son Américano, en se gardant bien de bouger d'où elle était. Déjà presque un paquet, depuis qu'elle était entrée dans la petite salle et s'était assise de manière à voir la porte, et, au-delà, la voiture qui s'était rangée le long du trottoir, de manière tout à fait naturelle, et dans laquelle se trouvaient trois hommes dont elle ne pouvait distinguer autre chose que les silhouettes sombres, presque immobiles. Elle avait la gorge en carton et la tête lui tournait : ainsi, Rolf était mort. Les flics n'avaient pas perquisitionné l'appartement. Ils avaient parlé d'accident, d'accident stupide, de malchance, sur un ton étale qui n'avait rien de bienveillant. Rien de malveillant non plus. Ils étaient commandés par un jeune patron mince au visage anguleux, au ton brusque. Commissaire principal Jankovic.

Elle ferma les yeux, serra les paupières.

Jankovic lui avait enjoint de ne pas quitter la ville.

Pourquoi l'aurait-elle fait ?

Elle rouvrit les yeux : rien dans la salle n'avait bougé, et la voiture était toujours là. Rolf... Avec une poignée de monnaie, elle alla téléphoner. Personne ne répondit. Dans la cabine tiède, un parfum lourd et sucré persistait, avec une mollesse poisseuse. Elle reposa le combiné, récupéra l'argent. Ses doigts tremblaient trop. Elle se les passa sur la figure, avec un sanglot sec et bref. Elle avait trop longtemps tiré sur la ficelle, et puis Rolf l'avait rencontrée et installée. Ils s'étaient mariés en Autriche. Elle avait eu tout ce qu'elle voulait, comme dans un roman-photo. Elle avait oublié les petits matins pisseux, les coups et le froid, la trouille de la lame, les terrains vagues et les matelas par terre dans des piaules sans chauffage, sans papier au mur, les mecs qui payaient quand ils avaient le temps, la galère.

On tapa à la porte, derrière elle, du plat de la main.

Ils ne s'emmerdaient pas à taper...

Elle ouvrit à l'aveuglette, sortit.

Un gros type s'engouffra en l'insultant entre ses dents.

Elle remonta lourdement les marches, retourna s'asseoir.

S'il m'arrive quelque chose, Malou, on sait jamais, appelle-le.

Beaucoup plus tard, lorsque la salle fut bondée, elle commanda un repas au hasard et paya avec un billet de cinq cents neuf et retourna téléphoner. Il n'était toujours pas rentré. Le visage de Rolf lui dansait devant les yeux. Il fut remplacé par celui de Jankovic, aux yeux sagaces et inquisiteurs, à l'expression indéchiffrable. Elle sortit dans la rue. La voiture s'ébranla derrière elle, déboîta sans à-coup et s'insinua dans la circulation. Le conducteur avait allumé les veilleuses. Malou réprima une grimace entendue. Elle marchait à grands pas, son sac sous le bras gauche. La présence de la grosse Lancia avait quelque chose de menaçant et de ridicule. Malou pensa à entrer dans un cinéma. Aucun film ne la tenta. Elle continua à pied jusqu'à Saint-Michel. Des types jouaient du blues dans la rue. Elle les écouta quelques minutes, laissa vingt francs.

Le contrebassiste ruisselait de sueur dans son tricot marine.

Il y avait un ampli par terre.

Dans les grappes de notes acérées que cisaillait la guitare

électrique, elle lut que Rolf était vraiment mort. Elle revint sur ses pas et chercha, au bout de la rue piétonne, le museau bas de la Lancia.

La voiture avait disparu.

Alors elle se mit à marcher au hasard.

L'air était tiède et tendre, avec des déhanchements lascifs et anachroniques, et le ciel parut un instant, entre deux immeubles, semblable au papier doré dont on faisait des figurines de Noël dans un passé qu'elle avait oublié. Malou balaya les cheveux sur ses tempes, agita sa crinière sombre. Son pas s'était fait moins allongé, plus incertain. Du plat des doigts, elle palpa la carcasse du pistolet, dans son sac. Jankovic était trop avisé pour croire à une histoire d'accident. Elle se rappela sa manière de la regarder. Ce qu'il disait à haute voix, peut-être pour ceux qu'il y avait autour, il n'y croyait pas. Ce qu'il avait dit n'avait aucune espèce de réalité. Elle s'arrêta, s'arrangea encore les cheveux, sans y prendre garde.

D'une cabine, elle appela un autre numéro.

— Molly, il faut que je te voie...

Il n'y avait pas de Molly au numéro qu'elle avait demandé.

Il n'y avait jamais eu de Molly.

Malou Dieterich raccrocha et eut un autre sanglot sec.

Elle composa de tête le numéro de Milard.

Ils étaient partis, semblables à des ombres sans épaisseur, la femme policier la dernière, comme si, en dépit de tout, elle voulait encore s'attarder et dire quelque chose au jeune homme, regrets inutiles, vaines recommandations, qui pouvait savoir ? Mauber s'assit lourdement sur le divan, se passa les mains sur la figure. Il avait assez de fric pour se tirer, mais plus de passeport. Et où aller ? Il se leva mettre Miles Davis sur la chaîne, régla le son en sourdine. Tout au fond, au bout des toits, le ciel se couvrait d'or impalpable et vide.

Entre les flics et Berg, il redoutait moins les premiers que le second. N'empêche qu'ils en savaient long sur son compte. Assez pour lui passer la corde au cou.

Les flics lui avaient laissé un numéro de téléphone où les joindre.

Mauber froissa le papier entre ses doigts.

Il avait le cerveau plus ou moins anesthésié. Se tirer, se tirer... Il revit Berg sur la photo, descendant les marches qui mènent à la mer. On ne distinguait pas les gardes du corps alentour. Berg descendait prendre le canot automobile, des lunettes noires sur les yeux, un léger bagage à la main. Mauber hésita, puis il ramassa le téléphone et retourna s'asseoir sur le divan.

S'il pouvait avoir Vence, il obtiendrait un rendez-vous.

Vence décrocha comme s'il avait le combiné entre les doigts.

— Vence ? C'est moi... Il faut que je voie le Grand...

— Parti...

— C'est urgent, Vence.

— Rien d'urgent. Tu lis la presse du soir ?

— Ça va, fit Mauber. Quand il rentre ?

— Pas la moindre idée.

— Vence...

— Ouais ?

— C'est important.

— Rien d'important...

Il y eut un craquement sec lorsque Vence raccrocha. Mauber regarda le combiné, le reposa lentement. Berg faisait le béton autour de lui. Presse du soir. Il alluma une cigarette, les doigts gourds. Et lorsqu'il le rencontrerait, que dirait-il ? Que les flics l'avaient chargé de se rencarder sur son compte ? Que Berg était sous haute surveillance ? Mauber tira sur la cigarette et se surprit à feuilleter la revue qu'elle avait remise sur la table basse.

On sonna à la porte, et il trouva sur le seuil la fille du métro.

Elle tendait à l'aveuglette son portefeuille et le passeport.

— J'avais jamais fait ça, dit-elle en tenant son verre à deux mains. Enfin, j'avais jamais fait ça pour les flics. Ils m'avaient serrée dans la nuit. Métro Odéon. (Elle releva la tête.) J'avais plus un rond, plus rien, pas un coin où aller... Ils m'ont dit où vous attendre.

— Qu'est-ce que tu devais faire des papiers ?

— Leur donner.

— Où ça ?

— Une boîte aux lettres, dans le dix-neuvième.

— Ils t'ont filé du fric ?

Elle sortit des billets froissés de sa poche de jean.

— Deux mille balles. Pour voir venir.

— Voir venir quoi ?

Elle retroussa les lèvres.

— C'est ce qu'ils ont dit : pour voir venir...

Mauber examina le contenu du portefeuille. Elle n'y avait pas touché, ou tout remis en place. Rien ne manquait. Il feuilleta son passeport. Avec du fric et le passeport, il pouvait s'arracher. Combien de temps courrait-il : des mois, des années, peut-être des semaines. Elle n'avait pas bu une goutte et observait un silence pénible.

— Pourquoi tu les as ramenés ? demanda Mauber.

Elle haussa les épaules, dit sans le regarder :

— J'en sais rien.

Il fit claquer le portefeuille sur son genou, insinua :

— Je pourrais ne pas t'avoir tellement à la bonne, tu sais...

Elle le regarda en face.

— Je m'en fous...

Elle avait les yeux d'un bleu très sombre, presque noirs, un assez beau visage où se lisait trop de fatigue et de jours sans soleil. Mauber jeta ce qu'il avait à la main sur la table basse. Pas besoin de lui faire de dessin. Il se servit un verre et but pensivement.

— Combien de temps que tu es sortie ?

— Quinze jours.

— Tu as tiré longtemps ?

— Quatre ans.

— Pourquoi ?

— Ils appellent ça vol à main armée.

Elle se passa les doigts dans les cheveux.

— Ça se voit tant ?

Mauber haussa les épaules à son tour. Il faisait presque nuit. Il aurait été raisonnable et prudent de la foutre dehors à coups de pied dans le cul. Avec ses deux mille balles, elle pourrait voir venir.

— Comment c'était ? demanda-t-il d'une voix sourde.

— Encore plus moche qu'on le dit... (Elle se résigna à boire son verre.) Quand je suis sortie dehors, je voyais plus clair. Il y avait personne. (Elle eut un rire saccadé.) Y avait trop de soleil, partout, et en même temps je crevais de froid... Des bagnoles, sans arrêt, des gens. Je voulais aller sur la Côte...

— Pourquoi ils t'on crevée, à Odéon ?

— J'avais tiré une mémé... (Elle rit de nouveau.) Faut croire que je me suis rouillée. Cinq minutes après, j'étais au poste. (Elle reposa son verre.) Une bonne femme s'est pointée avec deux flics en civil et ils m'ont embarquée. Voilà...

— Voilà, répéta Mauber en sourdine, sur un ton de dérision. Il faudrait que je te croie sur parole, bien entendu... (Il ne distinguait presque plus ses traits. Il l'aperçut cependant secouer la tête.) Remarque, ça tient debout. Comment on t'appelle ?

— Dans le temps, c'était Pom-Pom.

— J'aime pas du tout. Autrement ?

— Mon vrai prénom, dit-elle lentement, c'est Céline.

— Est-ce que tu as faim, Céline ? demanda Mauber avec douceur. Il y a un rital sympa en bas. Il y a aussi un chinois, plus loin, ou si tu préfères un restau...

— Je m'en fous.

— On pourra se faire une toile, après...

Elle lui prit le poignet, le serra avec une force surprenante en approchant son visage. Elle dit, d'une voix âpre et dure :

— Ça fait des années que j'ai pas baisé avec un mec. Je sais même plus comment c'est foutu. (Après un temps, elle ajouta avec rage :) En plus, il a fallu que ça tombe sur toi ! Tu comprends pourquoi j'ai pas pu leur ramener ces putains de papiers ?

— Un peu mieux, reconnut Mauber en lui retirant son débardeur mauve.

Giraud se regarda dans la glace de l'entrée, une face blême et hébétée aux orbites bouffies d'ombre, une silhouette à la stature vague, incertaine. Il hocha consciemment la tête. Il n'avait pas pu rencontrer Milard, ni personne à qui parler, il était revenu à la case départ. Une femme jeune et blonde dormait nue dans son lit, neuve comme une invitée et juste aussi impénétrable. Giraud la regarda de loin : elle avait laissé la veilleuse allumée au chevet. Il écouta les messages sur le répondeur, en défaisant sa cravate.

Malou Dieterich l'avait appelé trois fois.

Dans sa voix, il détecta avec détachement un curieux mélange de nervosité et de résignation hagarde. Il s'étendit sur le divan, sans se déchausser.

Chapitre V

Milard fit mine de se lever du fauteuil et elle sourit.

— Vous ne me dérangez pas, inspecteur...

Il consulta sa montre, hasarda :

— Il est tard... Je ne voudrais pas...

— Vous êtes bien élevé. Non, vous ne me dérangez pas du tout... Je vis seule, maintenant, et je dors peu. Encore un verre ?

— Pourquoi pas ?

Elle se pencha et le servit avec nonchalance.

— Si je n'avais pas téléphoné au cabinet du directeur, seriez-vous venu ?

— Peut-être.

Il se leva, alla à la longue baie vitrée, le verre entre les doigts. L'alcool l'avait engourdi, et en même temps il remontait de vieilles boues à la surface. Il dérangea le rideau, regarda dehors, les lumières qui paraissaient tièdes et pleines d'une vie inquiète, les voitures qui passaient en grondant faiblement, une tour aux feux semblables au château d'un paquebot mastodonte fiché en terre. Il savait qu'il ne retrouverait pas les Chevaux. Ils avaient pris dans sa tête le tour d'objets mythiques, de ces objets dont la recherche épuise une vie entière — et il ne lui restait pas longtemps.

— Et votre fils ?

— Parti. Juste après son bac, le jour de ses dix-huit ans.

— Et depuis ?

Milard se retourna, embrassa la pièce du regard.

— Aucune nouvelle. Pas le moindre signe de vie...

— Et vous ?

Il secoua les épaules.

— C'est difficile... (Il se balança sur les talons.) On ne trouve jamais tout à fait les mots. Il est parti de son côté. Je suppose que si nous avions eu plus de temps, ou, je ne sais pas, peut-être plus de mots... Chaque mois, je lui faisais un virement de compte à compte, jusqu'au jour où il a clôturé le sien.

— Pourquoi faites-vous ce métier ?

Milard la regarda, sourit avec une expression hésitante.

— Je ne sais plus... (Il réfléchit.) Je pense qu'au début il y a le goût de la chasse, la traque, quelque chose dans ce genre. Et puis on se lasse, petit à petit, et on veut seulement savoir, savoir jusqu'au jour où on a de la terre dans les yeux et la bouche. Savoir : démonter et remonter ces petits mécanismes humains. La chasse, la chasse... C'est devenu dérisoire. Superflu. Rien que ces petites mécaniques vaines et pitoyables.

Elle but du bout des lèvres. Elle semblait crispée.

— Il ne vous reste pas grand-chose, fit-elle brusquement. Est-ce que vous avez peur ?

— Non.

Il retourna s'asseoir dans le fauteuil, en face d'elle. La lumière tiède conférait au visage de la femme une singulière douceur pensive. Elle passa ses longs doigts sur ses tempes, hésita et sourit.

— Il aura fallu ce vol pour que nous fassions connaissance. Je sais que vous allez faire tout votre possible, mais que vous ne trouverez rien. Vous le savez aussi. Vous allez gaspiller du temps en pure perte. Impalpable lumière... Nous savons tous les deux que cela ne servira à rien. Sauf à nous être croisés un instant. Ne partez pas tout de suite. Parlez-moi un peu de ces petites mécaniques...

Milard alluma une cigarette. Elle s'était pelotonnée sur le divan, assise sur ses longues jambes pliées, sévère et nostalgique, et fumait de temps à autre en se servant du whisky. Lorsqu'il se tut, elle s'était assoupie. Milard se leva sans bruit et partit.

Elle défit sa ceinture, l'enroula autour de l'étui du revolver et posa l'arme sur la moquette. Dans la salle de bains, elle acheva de se dévêtir. Elle avait besoin d'une douche et s'attarda à contempler sa face et son corps. Pas seulement des os et des muscles, des seins durs et ronds, plantés haut, dont elle prit les aréoles très sombres entre ses doigts, et, plus bas, elle serra les genoux, plus bas sa toison drue et rêche, avalée en haut des cuisses comme une blessure cachée.

Son ami du moment faisait la nuit dans une division de police judiciaire.

Son horizon se bornait au pavillon qu'il achèterait dans une banlieue prospère, avec tennis et piscine. Spécialiste de la baise hygiénique. Elle fit couler l'eau froide, trempa les pieds. Stand de tir à la cave et jogging. Vacances au Cap-d'Agde. Elle ressentit un léger vertige. Collection d'armes de poing. Elle ne savait ni qui il était ni ce qu'il faisait. Elle l'avait rencontré au hasard d'une opération sur un squatt. Il portait les cheveux courts et ses yeux clairs n'étaient pas sans douceur. Beau profil clean. Elle quitta la douche, glacée et en colère, s'enveloppa dans sa sortie de bain noire.

Combien en avait-elle rencontré, de flics, et qui n'avaient servi à rien ?

Furieuse, elle se jeta sur le lit et bourra l'oreiller de coups de poing. Inspecteur principal Éliane Forrestier, quatrième échelon, indice... Deux mois qu'ils travaillaient sur Mauber. Il avait fini par leur devenir familier. Pas très beau, mais du charme, une présence et rien d'hygiénique. Un soliste auquel les autres ne s'attaquaient pas, énigmatique et tranquille. Un mec.

Qui avait travaillé plusieurs fois pour Berg.

Et le commissaire divisionnaire Château avait pris Berg pour cible. Château et ses combines, ses costards blancs et ses pochettes voyantes en soie naturelle, ses idées fixes. Lorsqu'il la regardait, Château lui faisait peur, ses yeux pouvaient sourire ou s'attarder sur des courbes, des pleins et des déliés, mais ils étaient tournés vers l'intérieur, ils déchiffraient ce que les autres n'avouaient pas, miroirs opaques d'une pièce sans fenêtres. Château avait jeté son dévolu sur Berg, ni plus ni moins, Berg le malin, l'imprenable.

Avec une couverture, elle avait été chargée de piéger Mauber.

Elle l'avait fait, comme dans un cauchemar.

Passé la ligne, tout devenait vertigineusement facile.

Mauber aimait le cinéma et les bonnes bouffes. Il lui arrivait d'écrire sur une vieille Underwood des textes qui ne paraissaient nulle part. Il lui arrivait de prendre l'avion sous diverses identités. Il lui arrivait de porter un P.M. UZI dans un étui fait sur mesure. Ses relations féminines étaient nombreuses, mais brèves. Comme Château, Mauber regardait à l'intérieur. Une autre forme de folie. Tout devenait lumineux et tournoyant, instable et terrifiant.

Terrifiant, depuis qu'elle avait appris que Dieterich était mort.

Jankovic avait appelé Château en début d'après-midi, exprès pour lui apporter la bonne nouvelle : Rolf avait grillé accidentellement dans son garage, et passez muscade ! Combien de temps avait-elle travaillé sur Dieterich ! Presque un an. Elle se leva brusquement, arracha la sortie de bain. Dans un placard, elle prit un boléro et une courte jupe de cuir qu'elle enfila en hâte, se hissa sur des talons aiguilles. Elle prit ses clés de voiture. Au moment de sortir, elle revint sur ses pas, regarda à peine l'image sensuelle, élancée et fragile que renvoyait la glace, prit quatre comprimés qu'elle fit descendre avec quelques gorgées d'eau et retourna s'étendre sur le lit à plat dos, un bras devant les yeux.

Elle sombra à pic, sans refermer les jambes.

Pour quoi faire ?

Milard actionna la minuterie au fond du couloir. Un chat roux détala dans l'ombre où ses yeux luirent fixement. Milard gravit les marches une à une. Il rentrait chez lui, porteur de son destin. Il ne ressentait rien, sauf peut-être une légère amertume euphorique, passablement hors de propos. Il leva la tête. Malou Dieterich se trouvait sur le palier, devant sa porte, les traits affaissés et le regard vague.

Milard lui retira le petit automatique qu'elle avait dans les doigts et qu'elle ne braquait nulle part. Elle posa le front contre son épaule.

— Ils ont fini par l'avoir...

— Je sais, murmura Milard. (Il lui tapota les cheveux.) Je sais...

— Pas tout, murmura la femme.

— On sait jamais tout, murmura Milard sur un ton de reproche. Heureusement, on n'en finirait jamais, autrement...

— Milard, c'était pas un accident.

— Quelle importance ? demanda le policier. Puisqu'il est mort...

Il déverrouilla la porte, donna de la lumière dans le couloir. Malou Dieterich regarda le visage gris, aux traits creusés, penché sur elle. Alors seulement elle se rendit compte combien il avait changé, à quel point il était devenu étranger et pourquoi il n'avait plus donné signe de vie depuis si longtemps. Elle le suivit dans la cuisine où il délaça son baudrier, lui offrit une chaise. Ils se regardèrent fixement, sans embarras.

Et finirent par s'asseoir de chaque côté de la table au milieu de laquelle Milard avait posé le petit automatique de la femme.

Puisqu'on avait abattu Dieterich et que ça avait fait la une de tous les journaux, il n'y avait pas grand-chose à se dire. Au bout d'un moment, Milard posa l'index sur la crosse du pistolet. Malou frissonna et dit :

— Un type qui me suivait... Ils ont pas arrêté depuis des semaines. Un type seul, à pied... Je voulais te voir, pas te mouiller. Rolf m'avait dit, s'il arrive quoi que ce soit, va le voir. Il te dira ce qu'il y a à faire...

— Ou à ne pas faire...

Milard saisit l'arme. Rien de spectaculaire. Il essaya de se rappeler Rolf Dieterich, mais l'image remontait à un autre passé qu'il voulait **oublier**. Le passé d'un autre Milard, sur lequel il avait cru tracer un trait définitif. Un passé qui remontait à quelques années ou à quelques mois.

— Ils te suivaient ?

— Ils me suivaient, ils suivaient Rolf...

Ou à quelques semaines.

— Des flics ?

— Qui d'autre ?

Milard s'abstint de répondre. Il éjecta le chargeur, donna deux coups de sécurité, une cartouche roula sur la table. Il vida le chargeur. S'il avait été rempli normalement, il manquait deux cartouches. La femme leva un visage suppliant.

— Ça faisait des semaines... Nuit et jour.

— Des témoins ?

— Non, je l'ai attendu dans une impasse, une espèce de cour, je sais pas ! Je l'ai appelé... (Elle attendit quelque chose, qui ne vint pas.) Il s'est approché...

Milard remit les cartouches dans le chargeur, le chargeur dans la crosse de l'arme. Puisque Dieterich était mort et qu'on l'avait chargé, lui, Milard, d'une **affaire réservée** à la con, puisqu'on avait pris la peine de lui téléphoner de pas monter au créneau, ça voulait dire que le coup était parti. **Too late to cry**... Il lui servit un grand verre de whisky qu'elle but doucement. Il n'avait pas grand-chose à apprendre mais commença tout de même. À toutes fins utiles.

Mauber avait les yeux grands ouverts dans la pénombre. Céline dormait contre lui en chien de fusil. Une voiture passait de temps à autre, sans insister. La gosse n'avait rien d'un braquo, rien d'agressif, un corps juvénile et compact, qui partait au quart de tour et tenait la distance. Il n'y avait trouvé aucune méchanceté et une espèce de voracité ingénue, sans l'ombre de la moindre gêne, de la plus petite retenue. Elle aimait baiser, ce qui n'était pas fréquent. Elle n'en faisait pas un chou-fleur, ce qui était encore plus rare.

Mauber chercha une cigarette à tâtons, l'alluma.

Elle bougea dans son sommeil, se serra encore et lui enlaça les jambes.

Merde, pensa le jeune homme, pas possible qu'elle trimbale toute cette crasse, des années de dur, ou alors il y a eu maldonne quelque part. N'empêche qu'elle s'est démerdée à me tirer les papiers, l'enfoirée. Laquelle la vraie ? La baiseuse ou la tireuse ? Il croisa les poignets derrière la tête. Il n'avait pas sommeil. Quelque part, issu de rien, le phrasé de Coltrane sinuait dans sa tête, avec autre chose, qu'il avait vu et oublié : il se rappela les yeux vitreux de la femme flic, une espèce de dingue un peu glauque, avec son 357 à la ceinture, et la manière qu'elle avait eue de parcourir la revue, par saccades, alors qu'elle n'en avait rien à foutre de ce qu'elle lisait ou regardait. Ils lui avaient laissé seulement un numéro de téléphone pour les contacts. Malaise. Il écrasa sa cigarette. Se tirer, prendre un billet d'avion. On se tire jamais assez loin.

Céline en intégral, avec un riot-gun au poing. Bidon. Elle avait été assez con pour se faire poisser. Braquage de teinturerie, la honte! Ça ne lui serait même pas venu à l'idée, braquer un teintnet. Fallait être barge, complètement naze! Quatre ans, sec. Bonjour l'ambiance, au petit bonheur la poisse. Il écrasa sa cigarette, frôla un sein tiède et dur. En tout cas, ça n'était pas du toc. Il pensa à monter une combine, vaguement, il y avait des amateurs de choses fraîches et robustes, mais il ne faisait pas dans le pain de fesses. Il sentit tout à coup qu'elle était réveillée.

— Maurice, tu vas me laisser.

— Y a des chances.

— Pourquoi? Je te plais pas?

Il ralluma une cigarette.

On laisse pas une frangine, ou peut-être que si. Il n'y avait pas de place pour elle, dans sa vie, il n'était pas le type à s'installer. Trop tordu, trop vrillé. En touchant sa figure, il la trouva mouillée. Au moins, elle ne faisait pas de bruit, à pleurer la bouche contre ses côtes, sans rien dire, elle laissait seulement couler comme si c'était du sang. Trop vrillé, trop tard. Il soupira entre ses dents. Il avait des images de désert dans la tête, combien il en avait baisé, plaire ou pas plaire, c'était pas la question, elle lui plaisait, il avait envie d'elle mais il ne pouvait pas la garder, il arrivait déjà juste à se garder, lui. Elle chuchota :

— Dis-moi ce que tu veux que je fasse.

— Rien, murmura Mauber. Y a rien à faire.

Le jour se levait tout doucement.

Un concierge trouva le corps assis entre deux poubelles, la tête sur l'épaule gauche. Il le prit d'abord pour celui d'un clodo et entreprit de bourrer les jambes étendues de coups de pied, jusqu'à ce que le torse bascule lentement de côté, et alors seulement il vit les deux orifices d'entrée, gonflés et d'un rouge bleuâtre, un peu au-dessus de la tempe. Un mince filet de sang avait suinté jusque dans le col de chemise en traçant un parcours hésitant.

À la ceinture du mort était fixé un étui contenant un revolver de fort calibre, et un autre, de l'autre côté du nombril avec des menottes dedans. Les yeux ouverts fixaient un point considérablement éloigné et paraissaient très enfoncés dans les orbites.

Le concierge s'essuya les doigts à son pantalon.

Il dit, d'une voix rude :

— J'sais pas après quoi tu courais, mon pote, mais c'coup-ci, j'crois bien que tu as décroché la timbale.

D'un pas traînant, il retourna dans la loge pour téléphoner.

Ensuite il revint sortir les poubelles.

Le corps n'avait pas bougé, répandu sur le côté.

Il le rassit à grand-peine contre le mur.

Chapitre VI

Château arrivait avant tout le monde, parfois très tôt. Le bureau sentait la poussière. Tous les bureaux du monde, dans lesquels d'autres Château se livraient aux mêmes activités, sentaient identiquement la poussière : leur plus petit commun multiple. Il alla jusqu'à la baie vitrée, contempla les tours, les mains croisées dans le dos. Le jour se levait à peine.

Presque mot à mot, il se souvenait de ce que le rédacteur avait écrit : « ... Dès le début de l'opération et quel que soit son but final, chacune des personnes impliquées, à quelque titre que ce soit, devront impérativement faire l'objet d'une surveillance et d'un contrôle constants... »

Tout ce qui séparait la théorie de l'application pratique. Là où l'autre avait souligné une faille, Château voyait une magnifique opportunité d'expérimentation. En terme de balistique, on aurait pu parler de dérive du projectile. Château décroisa les mains, alluma une cigarette, se délecta de l'immobilité des tours et de l'égale immobilité du temps.

Quelle que fût la dérive, le projectile atteindrait l'objectif.

Quel que fût le prix.

Au juste, Château n'avait aucune espèce d'estime pour tout ce qui pouvait ressembler de près ou de loin à un comptable. Il compara l'heure à son poignet et celle de la pendule digitale.

Elles étaient parfaitement synchrones.

Giraud se réveilla : il était six heures. Il n'avait pas beaucoup dormi, de toutes les manières pas assez. Il entrouvrit les tentures du salon. La rue avait la grisaille indistincte du matin, sa canaillerie tendre et son épouvantable, son inexorable incertitude. Quelques voitures circulaient déjà, signe qu'on allait quelque part ou qu'on en revenait. Ah ! les heures du matin, le monde des employés, les rames qui grondaient dans le métro, les gens qui lisaient *Le Monde* ou s'absorbaient à faire des mots fléchés, comment se démerder quand il y a deux millions de chômeurs ? Comment préserver un morceau de dignité ? Il posa le front contre le carreau, comme on peut le poser contre un ventre qui pourrait tout entendre, des choses murmurées à mi-voix, les lèvres contre la peau gonflée.

Giraud observa avec une manière de détachement clinique que Giraud avait envie de pleurer. Ou alors, qu'un Giraud parmi d'autres en avait envie, réellement envie, alors que tout un tas d'autres s'en foutaient, et qu'ils étaient prêts, ces enculés, à lui survivre. Pleurer seul, dans ces conditions, c'était impossible. Alors Giraud se prit à contre-pied : dans ce fourmillement neutre et éploré, il y avait moyen de trouver un port d'attache. Un point de repère. Il remarqua une grosse limousine qui descendait la rue avec solennité. Imaginons qu'ils viennent me chercher, deux ou trois manœuvres pour se garer, ou plutôt une seule, une impeccable marche arrière en contre-braquant, le conducteur à peine tourné, je suppose qu'il a l'habitude, une opération de routine. Ils montent. Ils n'ont pas de raison de se presser. Ils gravissent les marches et leurs pas sont étouffés par le tapis, bien sûr, avec la terrifiante lassitude que confère la routine. Ils montent... Giraud le sentit dans les os. Un jour ils monteront, ils viendront te chercher. Tu le sais très bien. Pas de quoi en faire une maladie. Qu'est-ce que tu leur raconteras ? Tout et le reste, certainement. Savoir, c'est leur boulot, c'est pour ça qu'on les paye, même si tout cela ne sert à rien. Aujourd'hui, demain...

Giraud palpa la vitre du bout des doigts. L'existence est un gémissement. D'accord. Il va sans doute faire beau dehors, il y aura du monde et très certainement des hommes et des femmes s'aimeront dans leur langage à eux, à peu près comme on met une traite à l'escompte, sans plus de garanties, ni moins de soupçons, à quatre-vingt-dix jours. Ils viendront te chercher et, en toute logique, tu ne pourras pas leur donner tort, ni de leur patine, ni de leur manque de précautions. Tout le monde s'est usé, alors pourquoi pas aussi les flics ?

Lorsqu'ils viendront te chercher, il vaudrait mieux que tu ne sois déjà plus là.

Giraud se décolla de la vitre avec un ricanement sec.

Milard.

Milard n'avait aucune importance.

Milard se passa de l'eau froide sur la figure. La femme était adossée à la porte de la salle de bains, une cigarette à la bouche. Son visage mat n'exprimait plus rien qu'une espèce de fatigue immémoriale. Elle avait parlé un long moment, puis Milard l'avait interrogée avec sa froide sagacité de flic, bien qu'il ne fût ni en service ni chargé de l'affaire.

Au juste, il n'y avait pas d'affaire Dieterich.

— Qu'est-ce que tu vas faire ?

— Rien, murmura Milard. Qu'est-ce que tu veux que je fasse ?

— Je sais pas...

Il s'épongea la face.

La femme bougea : elle fit quelques pas et s'approcha de lui, les yeux durs. Milard tourna la tête, la regarda. Belle, certainement, et soignée. Milard sourit de loin, sans doute pour lui-même. Lorsqu'elle écrasa sa cigarette dans le lavabo, il lui prit l'épaule.

— Malou...

— Ouais ?

— Qu'est-ce que tu as oublié de me raconter ?

— Rien du tout...

Il rit doucement, sans paraître y prendre garde.

— Malou... Je suis plus dans le coup.

— Pourquoi ?

— Jankovic m'a sorti.

Elle porta les mains entre les seins et les commissures de ses lèvres s'affaissèrent. Elle parut brusquement vieille et coriace, avança avec prudence :

— Janko ? Pourquoi ? Qu'est-ce qu'il a à voir dans ce mic-mac ?

— Jankovic ? C'est le patron de la division.

Elle recula d'un pas. Milard en profita pour retirer sa chemise. La femme semblait absorbée, ou calculatrice. Il pensa : tant mieux pour elle, elle se démerde pour goupiller le coup de manière à s'en tirer les cuisses propres. La mécanique s'est mise en marche dans sa tête. Tout dépend de la quantité et de la qualité de ce qu'elle a à balancer. Janko est un malin. Elle aura du mal. Ou lui ? Peut-être pas passionnant (qu'est-ce qu'on en a à foutre, d'un truand négocié dans la surface de réparation ?) mais intéressant. Sale mécanique. Elle tire des plans, ça défile comme sur un compte-tours digital. À toute allure. Il entreprit de dégrafer son ceinturon, régla l'eau de la douche.

Lorsqu'il sortit de la salle de bains, la femme avait refait du café. Elle en buvait une tasse, le dos tourné. Milard glissa le pistolet 32 dans sa poche de pantalon. Il ne pesait presque rien.

Elle se retourna, contempla le policier d'un air pensif. Elle dit :

— Je jouerai jamais contre toi, tu le sais...

— Rigolade.

— Et merde. Tu sais très bien...

— Rien du tout. Quoi ? Que tu as été maquée un moment avec moi ? Que ça a failli fonctionner, sauf qu'entre-temps tu as rencontré un type qui s'appelait...

— Il s'appelait pas. Il se sifflait. Combien de fois je t'ai attendu, Milard, que tu reviennes de tes opérations à la con ? Quand tu avais la pêche et pas une gueule de crevard, tu donnais signe de vie quand ? Tous les trente du mois, probablement quand tu avais trop envie de tirer un coup, ou une heure de libre ! (Elle s'avança lentement.) Tu as déjà gambergé à ça ? Tu t'es déjà demandé pourquoi ta grosse s'est tirée ? Je veux dire : l'autre...

Milard sourit.

— Juste...

Elle se passa la main devant les yeux.

— Excuse si j'ai fait fort, Milard.

— C'est pas grave. (Le sourire s'effaça progressivement.) On a joué, je suis pas sûr qu'on a gagné. Maintenant, c'est un peu tard pour remettre les compteurs à zéro.

— C'est jamais trop tard.

Milard bascula le barillet de son 38. Des gestes automatiques, sans signification. Il examina les culots cuivrés. Il avait eu de l'amitié pour Rolf, même s'ils ne jouaient pas tout à fait du même côté du filet, une espèce d'estime ou de connivence tranquille. Le truand avait réussi le sans-faute, et il était maintenant difficile de le distinguer de ses confrères légaux, tous ceux qui drivaient leurs sociétés, ni plus bidon, ni moins mal gérées. Au début, tout était clair : il y avait les arcans d'un côté, les autres de l'autre. Progressivement, l'image s'était brouillée, au fur et à mesure que Milard avançait en âge et en expérience — ou en amertume.

Il n'y avait plus seulement que les chasseurs et les chassés, les baiseurs et les baisés, sans beaucoup de limites précises. Seulement l'implacable exercice du pouvoir. Sans compter le reste, et ce qu'il avait appris à d'autres. Ce que l'autre Milard, le **conseiller technique**, avait patiemment enseigné à d'autres ombres, l'autre, son **ombre portée**...

Milard remit son 38 dans l'étui, à la ceinture.

— Désolé, Malou...

Elle s'approcha, lentement, en balançant les hanches.

— Ça t'emmerde pas, de te faire mettre par Janko ?

Il ricana :

— Janko ? Rien à foutre de Janko.

— Rolf était avec une gonzesse, martela la femme. Le type qui l'a flingué avait un 357 canon long, chromé. La fille est remontée à l'appartement paniquée. Je lui ai filé cent sacs et elle s'est tirée avant que les perdreaux rappliquent.

— 357... Ta suceuse était aussi une experte en balistique ?

Il s'appuya à bras tendus au dossier d'une chaise. Pour continuer à fonctionner, il devait faire l'impasse sur un certain nombre de choses, par exemple, sur la souffrance qui lui laissait la bouche sèche et les genoux flageolants. Putain de souffrance. Il releva le menton. Malou l'observait de loin.

— Cette partie-ci, tu la joues de quel côté, Malou ?

Elle secoua la tête.

— Ils l'ont flingué comme un chien.

— Comment tu crois qu'on flingue, dit-il la face immobile, avec des préambules et des fioritures ? On flingue à la va-vite, sauf quelques malades qui prennent leur pied à fignoler.

— Le type a fignolé.

— De quel côté tu joues, Malou ?

— Du côté de ma peau.

— Rien à voir avec Rolf.

Elle posa la tasse sur la table, esquissa un geste las.

— J'aurais pas dû venir.

— Tu n'aurais pas dû. Qu'est-ce que tu attendais ? Que je te retrouve le type et que je l'emballe dans du papier de soie ? Par amitié pour ce cher vieux Rolf... Tu rêves ou quoi ? (Il changea de ton.) Tu ne sais rien. Pas de gonzesse, rien. Tu n'es au courant de rien. Rolf a cramé dans sa caisse, c'est tout. La veuve éplorée... (Il lui jeta un coup d'œil bref.) Rôle de composition. Qui a flingué, pourquoi, tu t'en fous. Tu récupères la monnaie, tu attends un moment pour te tirer au soleil, c'est tout. Qu'est-ce que tu veux qu'ils fassent ? Qu'ils te lâchent leurs chiens au cul ?

— Tu as changé, Milard.

— On change tous, mon cœur.

Elle lui posa la paume de la main contre la joue.

— Milard, si je te disais que j'ai peur ?

Il lui prit le poignet, feignit d'examiner les doigts courts et doux, le bracelet en or massif, étonnamment sobre, hocha la tête.

— Assure, dit-il d'une voix neutre. Assure un moment, le temps que ça se calme, et tire-toi. Malou, tu sais rien de ces combines. Tu fais le tiroir de la caisse avant de te barrer. (Il eut un rire méchant.) Ils te doivent bien ça, merde ! Tu ne sais rien. Rien !

Elle hésita :

— Et toi ?

Il lui serra le poignet. Lui, il était game over, mais c'était pas une raison pour le dire. Le toubib pouvait le neutraliser d'un jour à l'autre et il savait bien ce qui l'attendait, les rayons, les murs de l'hosto, la chimio et tout le reste...

— Malou. Malou... Barre-toi.

— Vence ? Tu as parlé au Grand ?

— Rien du tout.

— Où il est ?

— Tu rigoles, Ducon ? Je sais même pas qui le demande.
— Vence, bordel...
— Ducon, j'espère pour toi que tu appelles depuis une cabine...
— Tu peux le joindre ?
— Comment tu veux que je joigne un type, que je sais pas où il est ?
— Joue pas au gland, mec, je suis dans la merde...
— Change de trou.

Il y eut un bruit comparable à une poignée de gravier sur de la tôle ondulée, puis la tonalité. L'inspecteur qui manipulait le magnétophone rembobina la bande, appuya sur la touche lecture. Château alluma une cigarette, se renversa dans le fauteuil. Il portait un complet d'alpaga noir, une chemise noire et une cravate de tricot orange. Au bout de quelques instants, il pressa sur le bouton de l'interphone, se pencha.

— Forrestier... Vous venez une seconde ?

Elle entra, jeta un coup d'œil circulaire dans le bureau. L'inspecteur la salua très vaguement, absorbé par ses diodes et ses potentiomètres. Château lui indiqua un fauteuil de la main, commanda à l'inspecteur :

— Envoyez...

Elle alluma une Pall Mall longue.

Elle n'eut aucun mal à reconnaître la voix et ne manifesta aucune espèce d'émotion. Château examinait le plafond, les mains croisées derrière la nuque. Tonalité. Il commanda de nouveau :

— Repassez...

Éliane Forrestier fumait, le torse incliné, les coudes aux hanches. La voix de Mauber était pressante, mais calme et réfléchie. La voix d'un homme qui a étalé le coup, puis gambergé. Quoi de plus naturel qu'il prenne contact avec la cible ?

— Trop tôt, coupa Château. Il était serré aux couilles,

mais pas au point de sauter tout de suite dans le train.

— Alors ? fit Forrestier en soufflant de la fumée.

— Alors, vous le gardez dans le collimateur.

Elle se leva en deux temps, d'abord les fesses, puis le buste, qu'elle redressa lentement, comme à regret. Elle avait le 357 à la hanche, les mains le long du corps, les doigts étendus.

— Vous n'aimez pas ça, dit Château. Personne n'aime ça. Personne non plus n'avait demandé à Ducon, comme l'autre l'appelle, de rentrer dans le coup. Je veux Berg. C'est tout. (Il s'accouda au bureau, parut réfléchir.) Vous n'avez pas le choix. À moins que vous décidiez de quitter le service ?

Giraud avait croisé les commandes, il s'était rasé de près et avait pris une douche. Il avait enfilé un blazer qu'il ne portait plus depuis des années, un pantalon de flanelle, preuve qu'il avait dû perdre du poids sans faire attention. Assommée de barbituriques, la femme dormait encore dans la chambre lorsqu'il avait quitté l'appartement. Il lui avait laissé un mot et deux cents balles.

Il avait pris le métro.

Midi. Il en était seulement au troisième scotch et se sentait sec et amer, parfaitement intelligent. Tout à fait le look du chroniqueur judiciaire. Ailleurs, dans un autre pays, il aurait fait un malheur. Avec moins d'alcool. Et s'il n'avait pas eu l'idée à la con de se foutre dans une combine qui le dépassait complètement, à laquelle il ne comprenait plus rien, même plus pourquoi il avait mordu à l'hameçon. Par connerie ? Pour se faire peur ? Pour combler le vide ? Pour ça, rien de mieux que l'ombre, qui ne tarderait plus à l'engloutir. Dans cette armée, il était à peine caporal. Un pion qu'on n'hésiterait pas à sacrifier. Il alluma une Navy Cut ; une femme, à la table à côté, lui adressa un signe de la tête.

— Vous étiez chez Meursault, dans le temps.
— Oui.
Ils se serrèrent la main. Giraud commanda deux autres whiskies.
Son Honorable Correspondant n'était rien moins que ponctuel. Il travaillait à la Cité. Ni plus ni moins retors que les autres. Giraud n'en attendait pas grand-chose. Il pensa à appeler Malou Dieterich, consulta sa montre. Sa voisine portait une robe coûteuse et des chaussures à talons, ce qui ne voulait rien dire.
— Où êtes-vous, maintenant ?
— Nulle part... (Il agita les doigts. Le whisky était râpeux.) Ou alors, ailleurs, comme vous voulez. Quel genre de sous-vêtements portez-vous ?
Elle se ficha de lui, du coin de l'œil :
— Vous êtes d'une incroyable drôlerie !
— C'est ce que tout le monde pense.
— Je suppose que tout le monde a raison. C'était une question entomologiquement sérieuse.
— Je n'en doute pas.
Elle semblait amusée.
— Je suppose que cette manière de question entomologiquement intéressante correspond à votre personnage...
— C'est ça, fit Giraud. Quel genre ?
— Pudeur effarouchée... (Elle sourit.) Meursault pensait que vous représentiez à ses yeux le type parfait du petit salopard retors et arriviste.
— Exact, dit Giraud d'un ton sec. Que diriez-vous de déjeuner avec un petit salopard, etc.
— Du bien, à partir de etc.
Giraud régla les consommations. Le barman faisait la gueule, mais la femme avait un bien beau cul et il n'avait plus rien à foutre de l'Honorable Correspondant. En sortant derrière elle, il manqua se payer la porte.

Chapitre VII

Il était seize heures. Château et son équipe avaient atterri à l'Institut médico-légal. On avait dévêtu le cadavre et un jeune Asiatique s'affairait autour avec une cuvette en plastique. Château avait la ceinture avec le revolver dans les mains. Il ne manifestait aucune émotion.

Éliane Forrestier se pencha sur le visage du mort.

Lorsqu'elle redressa les épaules, Château l'observait fixement.

Elle avança le menton.

— C'est bien lui...

Château parla sans remuer la face :

— Bien sûr, qui voulez-vous que ce soit ?

— Deux balles dans la tête.

— Oui.

— On flingue pas un flic pour rien, patron.

— Tout dépend : il arrive qu'on flingue un gars pour lui faire son fric, et que ce gars se trouve être un flic. On peut aussi flinguer un flic pour des raisons qui n'ont rien à voir avec son métier. Il arrive aussi qu'on flingue au hasard, par peur ou parce que les choses ont mal tourné... (Il parlait lentement, d'une voix sourde, comme on marche en rond.) Forrestier, on a retrouvé sa moto dans le quartier.

Elle alluma une cigarette.

— Un rendez-vous ? Une filoche ?

— Un rendez-vous ? Avec qui et où ? Une filoche, jamais seul. (Château regarda la crosse-combat du revolver, sans en attendre beaucoup de secours.) Manifestement, il s'est laissé approcher ou alors on l'aura surpris.

En quittant l'I.M.L., Château entraîna Forrestier à part.

— Vous aviez été très proches l'un de l'autre.

— Oui, reconnut la femme d'un ton pénible, le front penché sur l'eau du fleuve. Nous avions fait connaissance à l'École de police. (Elle eut une inflexion amère.) Ça aurait pu aboutir à un petit mariage tranquille. Jo venait de l'Est, il avait travaillé comme un fou pour réussir le concours d'inspecteur. Il avait travaillé comme un fou à l'École, pour se classer dans les premiers et retourner chez lui. Seulement il n'avait pas les moyens intellectuels. Sérieux, sobre, ponctuel. Limité. Sans relief... (Elle secoua la tête.) Des yeux un peu tristes.

— Ça n'a pas abouti.

Elle fit non : ça n'avait même pas duré après l'École de police.

— Voulez-vous prendre une récupération ?

Elle regarda Château.

— À quoi ça rimerait ? Certainement pas à le faire revenir. Il était sur quoi ?

Château hésita un court instant. Il avait les mains à plat sur le parapet et son visage indéchiffrable parut se rembrunir.

— La même chose que nous, sous un autre angle.

La femme souffla à mi-voix :

— Berg, n'est-ce pas ? (Château acquiesça de la tête.) Dieterich est mort. Hier matin. Vous le saviez. (Elle reporta les yeux sur un train de péniches qui descendait la Seine.) Pas de chance, n'est-ce pas ?

Château sortit une cigarette, l'alluma derrière ses paumes, sans quitter la femme des yeux. Grande et mince, bien faite, sportive. Une battante, plus dure que ses hommes les plus durs. Elle se passa des doigts jaunes, tachés de nicotine, dans les cheveux. Château murmura, immobile :

— Il n'y aurait pas eu de condamnation, en ce qui concerne Dieterich. Il avait organisé ses affaires de manière qu'on ne puisse pas remonter jusqu'à lui. Nous avons donc interrompu les investigations le concernant.

— Et il est mort.

— Jo aussi, Forrestier.

Elle se balança sur les talons, comme si elle hésitait à prendre une décision. Les péniches avaient disparu — des péniches de sable. Il y avait une Fiat 127 sur le pont de l'une d'elles, et une femme boulotte en pantalon corsaire qui étendait du linge.

— Quitter le service... (Elle lui jeta un coup d'œil rapide et inquisiteur, par-dessus l'épaule, et Château se contenta de tirer sur la cigarette.) Vous m'avez suggéré ce matin de faire mes paquets.

— Pas précisément.

— À quel titre voulez-vous Berg ? Personnel ou professionnel ?

Château bougea à peine, mais le mouvement suffit à ce qu'il lui saisît le coude et la fît pivoter. De loin, on aurait aperçu un couple en train de se déchirer sans véhémence inutile. Elle entendit la voix et vit les yeux où luisait à nouveau cet étrange éclat qu'elle avait surpris quelquefois dans ceux d'hommes et de femmes égarés par trop de souffrance, et qu'il parvenait toujours à réprimer, si bien qu'il n'en restait qu'un souvenir ambigu et douteux. La voix disait :

— Forrestier, je veux Berg comme vous venez de voir Jo. Raide. Refroidi. Je me fous bien qu'il tire dix ou vingt ans de trou, dans ce pays ou dans un autre...

Elle se passa les doigts sur les yeux, dit d'une voix sourde :

— Qu'est-ce qu'il vous a fait ? Qu'est-ce que Dieterich vous avait fait, lui aussi ?

— Rien, murmura Château. Rappelez-vous, ce type, dans un film : il n'y a pas d'innocents. Pas plus vous que moi ou eux. Personne n'est innocent. Ils existent. Nous aussi. (Château lui lâcha le coude.) Les morts aussi ont les yeux tristes. Berg ferait un beau mort triste.

— Château... Je ne demanderai pas à quitter le service.

Il eut un rire froid, étouffé, lointain.

— C'est bien ce qui prouve que vous n'êtes pas innocente.

Il avait les poings au fond des poches de pantalon, la veste ouverte.

— Si les choses allaient trop loin, confia la femme au fleuve, je pense que je devrais parler. Je crois bien que je ne pourrais pas faire autrement. Il ne faudrait pas qu'il y ait trop de casse... (Après un temps :) Et je ne crois pas que vous me donnez les bonnes raisons, pour Berg... Tout cela tombe trop bien, trop logiquement. Je ne crois pas ce que vous me dites, commissaire... Vous êtes trop intelligent pour que je vous croie. C'est pour ça que je parlerai...

Château ne bougea pas. Il essuya son regard très pâle, à l'expression pénible, souffla de la fumée par la bouche.

— Bien sûr que vous parlerez, Forrestier. Tout le monde parle, un jour ou l'autre. À moins qu'on parvienne avant à rendre tout discours inutile. Que pourriez-vous dire ? Qu'il a fallu trouver un moment où Dieterich soit seul et vulnérable ? Un tueur... La casse ? Tout le monde en fait tous les jours, de la casse. Vous vivez, vous bougez, trouvez-moi un coin sans casse. Un endroit où l'homme... (Il se tut brusquement, jeta la cigarette.) Pas d'innocents. Le dernier, ils l'ont cloué sur deux bouts de bois. L'histoire raconte qu'il avait été balancé par un de ses complices.

Il se tut, s'attendant à ce qu'elle l'interrompît. Elle n'en fit rien, et se mit à marcher, le frôla en passant, et il la regarda qui se dirigeait vers la voiture où les autres attendaient, à pas résolus et pressés. Château la regarda et regarda le fleuve.

Beaucoup plus tard, elle quitta le bureau.

Les couloirs étaient vides et nimbés d'une lumière dorée et moussue dans laquelle dansait la poussière. Elle parcourut les couloirs de la garde à vue, passa entre les cages vitrées. Deux jeunes Yougoslaves sales et dépenaillées, un grand black aux épaules énormes, à la peau bleutée, avec un bonnet à la Charlie Mingus, qui se leva en la voyant et s'approcha de la cloison. Il tapa de la paume. Elle passa. Un homme malingre, affligé d'un bec-de-lièvre, qui pétrissait une casquette en tweed entre ses doigts. Pour connaître la Rue et la Nuit, il suffisait de traverser les geôles, à n'importe quel moment.

On y dispensait une lumière artificielle qui blêmissait les faces, enfonçait des trous d'ombre à la place des yeux et de la bouche. Elle passa. L'air sentait le balatum, le vomi, la sueur et, très vaguement, l'urine. Une femme de ménage s'activait faiblement plus loin, une jeune Portugaise anguleuse. Forrestier la salua, comme elle salua le gardien de la paix de permanence, au fond.

Lorsqu'elle remonta à la surface, Château l'attendait au rez-de-chaussée.

Ils se regardèrent sans un mot.

Puis il inclina le torse et lui ouvrit la porte.

Dans la voiture, qu'il conduisait avec nonchalance, il lui annonça qu'ils avaient rendez-vous avec Jankovic. Elle alluma une cigarette, remonta le revolver sur sa hanche. S'installa dans le siège. Le soir bleuté montait de partout.

— Je suis désolé, pour Jo...

Elle secoua doucement la tête, regarda dehors.

— Non, Château, pas ça... Pas vous...

— Ne tirez pas trop sur la corde, Éliane.

Elle répéta, avec une espèce de sanglot sec :

— Pas vous.

Il ne voyait pas ses traits.

Il n'en avait pas besoin.

La ville dérivait tout autour, elle se laissait engloutir sans broncher, basculait comme un nageur dans la vague, sans plus d'effort ou d'attention.

Giraud se réveilla en nage. Les draps étaient froissés et de l'eau crépitait dans la douche. Il était dix-neuf heures à sa montre. Il chercha une cigarette sur le chevet, considéra son sexe brun et flasque. Drôle d'après-midi. Drôle de femme. Il était vidé.

— Dépêche-toi, fit la femme, j'ai promis qu'on se tirerait avant sept heures.

— Le cul de singe, à la réception, en bas, c'est un de tes copains ?

— Il me fait des prix.

Elle s'affaira à enfiler son slip et sa robe, se peigna rapidement.

— Et toi ?

— Je le laisse monter, de temps à autre.

Elle était prête. Giraud se leva. Il avait trop bu. Elle embrassa la pièce d'un coup d'œil rapide, serra le sac sous son aisselle. Giraud s'habilla et ils descendirent. Dans l'ascenseur, elle se fit un raccord de maquillage.

— Comment tu as trouvé ? demanda Giraud en lui frôlant le haut des cuisses.

— Chiant quand tu parles. Bien quand tu baises.

— On peut pas baiser tout le temps.

Elle sourit, déjà partie.

— Dommage.

Sur le trottoir, il hésita, fouilla dans ses poches et trouva quelques billets froissés. Plus qu'assez pour prendre trois ou quatre whiskies dans un rade, sur le zinc. Avec la monnaie, il téléphona à Malou Dieterich. Elle lui donna rendez-vous aux Halles, vers onze heures. Il retourna au comptoir.

Le pire, c'est pas quand une femme vous quitte. Le pire, c'est quand on la quitte. Le pire, c'est quand on sait qu'on ne pourra jamais plus rentrer chez soi. Le pire, c'est lorsqu'on a entrevu et touché la Terre Promise, promené les doigts sur une bouche qui riait, et senti le monde basculer, c'est lorsqu'on est devenu immense et gonflé d'une plénitude à pleurer et danser de joie, plus beau, lent et paisible que le plus beau des blues, plus vaste que l'univers, lorsque les doigts et les lèvres brûlent encore, des mois après, de la cruauté de l'absence. Elle n'était pas grande, mais gracile et bien faite, et il n'en reste que son sourire sur des photographies, la brûlure, et il avait encore baisé avec une autre et il y en avait une autre, dans l'appartement, qui avait sans doute dû préparer deux plateaux-télévision — et l'attendait. Aucune de toutes celles-là n'était la bonne. Il y en avait eu une, un jour, par accroc. Un monde entier. Il avait écrit pour elle. Il allait faire des adaptations pour elle. Giraud allait devenir un grand type, il lui paierait une robe de soie verte, une minijupe en cuir, ils achèteraient un bateau, un dix-mètres dont il ferait peindre la coque en noir, avec des voiles rouges dans le soleil. Ils partiraient et il se loverait contre elle, poserait le front contre son ventre, lui parlerait interminablement des visiteurs du soir, de ceux qui l'habitaient et elle lui caresserait le front, lentement, rêveusement, du bout des doigts, et bien sûr, ils feraient l'amour.

— Casse-toi, vociférait le barman. C'est pas l'Assemblée nationale, ici, merde. Je veux pas d'emmerdes avec les flics. Casse-toi ou je te sors. J'en ai rien à caguer de ton blé, connard. Tu nous gonfles, depuis un moment... Oui, oui. J'te dis, c'est pas le bureau des pleurs, ici. Tire-toi. Tu vas voir, si je t'éjecte pas...

En marchant, Giraud se palpa la face. Ça cuisait très modérément, beaucoup moins qu'aux genoux où il devait avoir des bleus, il avait les paumes mouillées et, à la lumière d'une vitrine, rajusta tant bien que mal son blazer.

Plié entre deux voitures, il se mit à dégueuler dans le caniveau.

C'était une question de foie.

Des voiles rouges dans le soleil.

Mon amour, j'aurais pas dû te laisser. J'aurais jamais dû te laisser. Qu'est-ce qu'il me reste, maintenant ? Amour, amour...

Le noir. Il le sentit venir dedans.

Avant de tomber, il essaya de se rappeler quelque chose qui lui sembla aussi opaque et tranquille que le ciel au-dessus de sa tête, ou le goudron sous ses pieds, mais ça ne vint pas.

Alors il se laissa tomber où il était.

Dans le noir...

Chapitre VIII

La sono du rade crachait en rafales les notes télescopées d'un rock qui pouvait aussi bien remonter à vingt ans qu'à l'avant-veille, avec un drive vigoureux, une guitare en fil de fer barbelé et des balais haletants. Jankovic s'accouda à la nappe, gratta une allumette de sûreté avec l'ongle du pouce, tendit du feu à la femme.

— Vous bouffez pas, Forrestier ?

— Non.

— Vous fumez trop. Baisez pas non plus ?

Elle leva les yeux. Jankovic jeta l'allumette après l'avoir secouée avec nonchalance. Son visage aigu, intelligent, était vaguement souriant, mais son regard ne trahissait pas la moindre bienveillance, il était fixe, vigilant et lointain. Éliane Forrestier souffla de la fumée.

— Et vous, Janko, pour tirer un coup, vous virez vos parents de chez vous ? Vous les faites coucher sur le palier ?

Château sortit un paquet de Pall Mall, repoussa son assiette.

Janko proféra d'une voix sans timbre :

— Vous perdez de vue, Forrestier, qu'ici ou ailleurs, je suis patron.

— Patron !

— Ça va, fit Château.

— Patron ! Des patrons comme ça, j'en fais un tous les matins, Janko... (Elle se pencha à peine, approcha son visage du sien.) Vous avez fait quoi, pour tourner blaireau ? Poursuivi des études à Assas à traquer le bique et le margeo, présenté le concours, après on vous a adoubé taulier dans la chapelle de Saint-Cyr au Mont-d'Or... C'est ça qui vous a mis à la masse ou vous y étiez déjà ?

— Forrestier, glapit Janko, Forrestier, je vous casserai !

Elle eut un rire froid, tira sur sa cigarette et souffla de la fumée droit devant elle.

— Vous casserez rien du tout, patron de mes noix. Vous casserez rien du tout, parce que vous auriez trop la trouille que je porte le deuil, Château et vous. Vous êtes pas un pourri, Janko, vous êtes pire : un zombie. Vous existez pas.

Elle repoussa la chaise derrière ses genoux, commença à se lever.

Jankovic avait entrouvert sa veste. Il avait le visage gris et les narines pincées. Château rabattit le capot de son briquet, qui claqua sèchement. La femme sourit de loin, dodelina la tête.

— Essayez pas de prendre votre feu, zombie, vous vous feriez péter la carlingue aussi sec.

Elle paya au comptoir avant de sortir.

Mingus...

Milard avait allumé dans chaque pièce, l'une après l'autre, feuilleté un livre dans la bibliothèque, versé un verre qu'il avait laissé sur le bar, dans le living il avait mis la télévision. Il s'était assis un peu partout de manière précaire, sans s'attarder. Le temps ne coulait plus. Il avait passé la journée comme si de rien n'était, à expédier les affaires courantes, à enregistrer et ventiler des dossiers. Il s'était intéressé comme tout le monde à un scanner saisi par la bande chez un julot casse-croûte avec tout un lot de photos pornos prises sur le vif. Il avait mangé avec les autres, dans le sous-sol où ils avaient installé une cuisine équipée.

Journée nulle.

Le scanner leur avait permis de piquer le trafic d'un groupe de la Crim.

Vol à main armée dans le dix-septième, trois types avec des fusils.

Montant du butin : pas loin de quatre cents francs.

Il était rentré avec Tony, qui avait pris deux bourbons à l'eau avant de s'esquiver et de le laisser aux prises avec l'appartement, les grandes glaces ternes, les pièces poussiéreuses. La bibliothèque. Aux prises avec Milard. Il y a un jour où on est obligé de cesser de fuir, un moment où on se retrouve au pied du mur, où ça ne sert plus à rien de se raconter des histoires.

Il sortit le pistolet de sa poche, l'examina.

Une arme italienne presque neuve.

Par habitude, il éjecta le chargeur, le soupesa dans la paume.

Bien des années auparavant, il aurait suivi le sapin de Rolf, en dépit du fait qu'ils ne se trouvaient pas du même côté des choses. Rolf avait commis des trucs sales et d'autres qui l'étaient moins. En fin de partie, les contours devenaient plus indistincts, les contrastes moins nets, les aspérités moins douloureuses. On n'avait jamais prouvé qu'il faisait dans le pain de fesses industriel, ni dans le trafic d'armes. Au fait, on ne savait rien de précis à son propos, sinon qu'il était mort, maintenant.

Bien des années auparavant, Milard aurait pris la femme sous son aile. Il l'avait connue avide et corrompue. Le temps avait passé, et tout ensablé. Milard remit le chargeur dans la crosse et déposa l'arme dans le coffre du living.

Bientôt, pensa-t-il sans étonnement ni crainte, toute cette histoire sera finie. Je suppose que je pourrai enfin me reposer un bon moment. Peut-être que c'est elle que j'attendais depuis longtemps sans le savoir, à travers ce parcours cahoteux, cette trajectoire imparfaite, tous ces ricochets graves et inutiles, peut-être que j'attendais seulement la mort.

Pourvu qu'elle vienne avec des yeux sagaces.

J'aurais horreur qu'elle ait l'air d'une conne.

Hagarde, échevelée...

En toute chose, Milard avait toujours détesté le laisser-aller.

Mauber était seul. Il avait laissé la fille chez lui, avec de quoi bouffer, des cigarettes, et une cassette dans le magnétoscope. Elle portait une de ses chemises en lin et se tamponnait les cheveux, les coudes levés, ce qui mettait en valeur ses seins durs. Il avait fermé à clé derrière lui, appelé l'ascenseur mais emprunté les escaliers. À présent il marchait vite, les poings dans les poches de son blouson de toile.

À cette heure, la rue était presque vide.

Il ne tourna pas la tête une seule fois, il marchait à pas pressés, sans plus. Il s'engouffra dans une bouche de métro, passa le portillon. Des clodos étaient répandus sur une demi-douzaine de sièges. Ils tenaient une conférence-débat à base de douze degrés. Une jeune homme émacié transportait une guitare et son ampli, flanqué d'un petit boudin baba cool à la face ronde et boutonneuse. Mauber les dépassa.

La rame arriva en grondant.

Il monta en première, s'assit.

Il savait qu'ils étaient derrière lui.

À leur place, c'est ce qu'il aurait fait, lui mettre un fil à la patte. Il avait récupéré ses papiers et son passeport, mais ça ne voulait rien dire. Ils pouvaient jouer un plan beaucoup plus tordu. Mauber ferma les yeux. Il avait le temps. Il s'occupa en pensant à la fille, à ce qu'elle lui avait raconté sur elle, à son histoire. Par-derrière, il y avait Berg et Vence, sous la forme d'une Cutlass sous la pluie et d'un radiotéléphone, la voix rauque et cassée de Berg, qui contrastait avec son visage enjôleur et ses yeux narquois. Souvenir d'une fois où un gorille avait entrepris de lui massacrer les cartilages de la gorge à coups de savate, pour lui rappeler les bonnes manières.

Pas facile de doubler Berg.

S'il y avait entrevue, ça donnerait sans doute ceci, en plein champ :

— Alors, qu'est-ce qu'il y a de cassé, Bermau ?

— Ils sont sur toi, Berg.

— Qui ça ?

— Les flics...

(Haussement d'épaules.)

— Ça fait une paye. Comment tu le sais ?

— Ils m'ont collé sur ton dos, Berg.

— Comment ça, petit ?

— Ils m'ont fabriqué. Ou je plongeais, ou je les rencardais.

— Qu'est-ce que tu as choisi ?

— À ton avis ?

On avait retrouvé le gorille quelques jours plus tard, avec un troisième œil calibre 44 sanguinolent, entre les deux autres où se lisait une résignation marquée de stupeur. Avant de l'expédier, on lui avait ouvert les joues au rasoir.

Comme une guêpe dans un bocal retourné, on peut battre furieusement des ailes, monter et redescendre, chercher la sortie, grésiller de temps en temps, recommencer une fois, deux fois, un temps de répit pour palper la surface du verre, essayer de trouver et recommencer... Elle était comme une guêpe dans son bocal. Elle aussi avait pris le métro et côtoyé des ombres sans consistance, changé de station lorsqu'il le fallait par le jeu d'automatismes qu'elle ne contrôlait pas. Et s'il s'agissait d'un labyrinthe souterrain dont elle ne devait plus trouver l'issue ? Elle n'avait presque pas mangé et trop bu, un ou deux demis alors qu'elle ne prenait presque jamais d'alcool. Elle se rappelait le visage de Jo en cadavre. Il avait une expression qui ne lui allait pas, comme si le tueur lui avait conféré une espèce d'intelligence qui venait bien trop tard. Elle n'avait jamais aimé l'I.M.L., même si elle le fréquentait trop. Jo en cadavre, c'était presque ridicule. Ils s'étaient perdus de vue à temps.

Dans quel merdier s'était-il fourré ?

Dommage que ceux qui savent ne puissent plus parler.

Dommage, ou heureusement.

Il y avait un troquet, où elle était assez connue et respectée pour qu'on la laisse tranquille boire un verre dans un coin. Elle n'aurait jamais dû laisser les nerfs prendre le dessus et attaquer Janko de front. Elle poussa la porte, s'affala dans un box après avoir jeté son sac sur la table. Whisky sec. Jo réduit à l'état de barbaque. Elle ne l'aimait pas. Elle ne l'avait jamais aimé. Ça ne les avait pas empêchés de passer de bons moments ensemble. Des moments qu'elle ne se rappelait pas. Ainsi, Jo lui avait fait l'amour ? Elle se raccrocha au verre. On lui avait filé une dose de déménageur. Le sol trépidait sous ses pieds. Qui manipule ? Château ou l'autre cinglé ? À quoi ça sert, la picole ? Qu'est-ce qu'on cherche, en définitive ? La vérité ? Foutre des mecs au trou ? Préserver les valeurs de la civilisation occidentale ? Elle n'aimait pas plus le whisky et fouilla dans son sac à la recherche de cigarettes et d'un billet de cent francs pour payer et se tirer vite, sortir dans la rue.

Janko et sa souffrance. Château et sa folie... Et elle, là au milieu ? Pas de nerfs, pas de faiblesse. Elle aussi, en cadavre. Tout le monde était devenu cinglé, à la recherche de sa fin. Elle n'aimait pas que ses doigts tremblent, ni ressentir des troubles d'accommodation visuelle. Elle renversa la moitié du verre sur le formica brunâtre de la table.

Une face apparut, lunaire et difforme, comme prise au grand angulaire.

Elle l'écarta, voulut se lever et retomba assise.

Trop de nuits difficiles.

Mingus...

On lui tenait les épaules, sans brutalité, pour qu'elle reste.

Dur, de vivre comme un chien.

— Slim, il me faut un calibre.

— Quel genre ?

— Du gros...

— J'ai ça.

— Vierge ?

— Ouais. Tu te lances ?

— Combien ?

— Pour toi, quatre mille.

— Et pour les autres ?

— La même chose.

— Slim...

— Ouais ?

— Tu m'as jamais vu.

— Je sais même pas que tu existes. La ferraille, pareil. Combien je te mets de cartouches ?

— Une boîte. Slim... Il me faudrait des fafs pour une gonzesse. Combien de temps ça demande ?

— Ça dépend.

— Ça dépend de quoi ?

— Ça dépend combien tu mets sur l'affaire. Où tu l'expédies... Ça dépend d'un tas de choses. Toujours pareil, tu connais le problème...

— Non. Je connais pas.

— Des vrais, autour de six mille.

— Pour quand ?

— Fin de la semaine.

— Après-demain.

— Il faut les photos...

Mauber en sortit des vieilles de sa poche. La fille avait la gueule de travers et un sourire niais. Une face de rat blonde, sans âge. Il glissa le pistolet plein dans sa ceinture, au milieu du dos.

— Après-demain...

Il gagna la porte sans se retourner.

— Slim, oublie pas : après-demain.

Il dévala sans bruit les escaliers du loft, remonta tout aussi furtivement. À travers le bois, il entendit qu'on décrochait le téléphone. Il resta un moment immobile, puis il se tira. La boîte de cartouches lui ballottait dans la poche de blouson.

À la première station, il monta dans un taxi.

Il ne faisait que commencer sa nuit.

Le taxi n'avait pas tourné le coin de la rue que Slim avait déjà son correspondant en ligne. C'était sa manière de préserver son fonds de commerce. S'il n'avait pas été aussi incurablement solitaire et pressé, Mauber l'aurait su, comme tout le reste de la rue le savait : Slim balançait à la Grande Maison. En gros et en détail.

Chapitre IX

L'équipe Château était réunie à huis clos dans son bureau depuis neuf heures du matin, au grand complet. Tout le monde avait déjà pris du café deux ou trois fois et la fumée blanchâtre des cigarettes stagnait en nappes sous le plafond. Château tripotait sans cesse un automatique 22 à crosse de nacre, le déposait sur son sous-main, l'y reprenait entre les doigts, actionnait le mécanisme. Il y avait des flics dans tous les fauteuils et, malgré le temps qui s'annonçait beau et chaud, personne ne semblait particulièrement détendu. Éliane Forrestier était adossée à une armoire métallique. Elle avait retiré son blouson de cuir et on pouvait voir ses seins sous le chemisier et le revolver à la ceinture.

Un enquêteur dit, en agitant les doigts :

— On n'avait pas assez de monde, patron. Le petit bâtard nous a trimbalés de la Porte-d'Orléans à Clignancourt et de Neuilly au Pont-de-Charenton, et quand il en a eu marre, il s'est tiré en traversant les voies.

— Personne de chez nous, en face ? murmura Château.

— Avec quoi ? On tourne en sous-effectifs depuis deux ans. Avant il nous avait sorti tout le grand jeu.

— Vous étiez combien ?

— Six. Deux voitures, une moto.

— Il vous a reniflés ?

— Je ne crois pas.

— La femme Dieterich ?

Un autre enquêteur sortit son calepin de la poche.

— ... Rentrée tard dans la nuit d'avant-hier. Elle a donné et reçu pas mal de coups de téléphone. Beaucoup de condoléances jusqu'à une heure avancée de la nuit. Rien de saignant. Elle a l'air d'essayer de joindre une fille, en appelant dans des bistrots et des boîtes. Pour l'instant, nix... Elle a passé une bonne partie de la journée à s'occuper des obsèques, hier.

— Et pour le trou dans son emploi du temps avant-hier soir ?

— Rien. Malou Dieterich est sortie de l'image pendant trois ou quatre heures. Où elle est allée, ce qu'elle a fait... Hier soir, elle avait un rencart aux Halles avec quelqu'un qui lui a fait bouffer du lapin. Elle a encore appelé depuis une cabine. Rentrée chez elle vers une heure, ronde comme une tasse. Elle doit encore en écraser, à l'heure qu'il est.

Le flic rangea son calepin.

— Quelqu'un, fit Château. La fille ?

— Je ne crois pas, ou alors le type qui l'a appelée le faisait pour une fille. (Le flic réfléchit.) Pourquoi pas ? Vous voulez écouter la bande ?

— Oui.

— Je vous la fais passer dans la matinée.

— Et notre chère Céline ?

Éliane Forrestier se décolla de l'armoire.

— Elle a fait très exactement ce à quoi personne ici ne s'attendait, dit-elle avec un rire étouffé, elle est retournée chez Mauber. Elle a dû s'empresser de lui parler dans le creux de l'oreille, toujours est-il qu'ils n'ont pas décoincé de l'appartement de toute la journée, sauf pour aller chercher de quoi manger au fast food du coin. À les voir dans la rue, ils semblaient en très bons termes.

— Mauber est rentré ? demanda Château.

Elle ricana.
— Aux aurores, avec un sac de croissants et un brick de lait écrémé.
Château reposa le 22, puis, après une hésitation, le glissa dans un tiroir. Il regarda ses flics comme il avait l'habitude de le faire, d'un œil pensif et détaché, après les briefings. Pas assez de monde, pas assez de matériel. S'il avait eu plus de temps... Il se leva avec raideur, les congédia d'un geste. Elle allait sortir, mais il la retint et elle resta seule dans le bureau, l'air incertain. Château remonta les stores et la claire lumière du matin rendit à la pièce son insignifiance habituelle.
— Forrestier... Hier soir...
— Vous voulez un rapport ?
Il regardait dehors, la cour étroite, les toits, et dit sourdement :
— Bon Dieu, abandonnez cinq minutes ce ton de flic.
Elle ricana de nouveau, beaucoup plus fort.
— Qu'est-ce qu'il fallait que je fasse ? Que je me couche ?
— Non, dit Château. Certainement pas. (Il se retourna.) Vous avez vu Jankovic... Vous avez certainement remarqué dans quel état il est. L'homme qui voit tout le système se détraquer, ses points de repère s'effacer. Un autre se serait réfugié dans l'aquarelle, le branleurisme organisé ou les courses de motos. Pour lui, c'est impossible. (Il prévint son objection.) Je ne veux pas le défendre, il a été passablement odieux à votre égard. Je ne veux défendre personne. Vous avez été implacable.
— D'accord, fit la femme.
— Vous avez surtout jeté de l'huile sur le feu. (Château sourit à part lui.) Inspecteur principal Forrestier, ça faisait des mois que le commissaire Jankovic me tannait pour que j'organise ce dîner. Le boulot n'était qu'un prétexte. Il vous avait remarquée à l'Office central...
— Laissez tomber. C'est pas mon type.

— C'est quoi, votre type ?
— Gros bras, déménageur, légionnaire. (Elle se tut brusquement.) Château, vous savez bien que ce con est timbré.
— C'est ce que tout le monde colporte. Il arrive que tout le monde se trompe. Forrestier... un jour vous apprendrez peut-être à nuancer. Peut-être. Peut-être pas. Qui sait ?

Milard montait les marches de bois, l'une après l'autre, en se tenant à la rampe. Il avait le souffle court et s'était remis à suer. Il traînait sa carcasse à bout de bras. Quel besoin avaient ces connards d'habiter sous les toits ? Sur le palier, il s'essuya le visage, replia pensivement son mouchoir. Le toubib lui avait bourré le mou, histoire de lui flanquer la trouille. Qu'est-ce que ça pouvait bien vouloir dire, ces histoires de numération globulaire, de vitesse de sédimentation ? Qu'est-ce que ça pouvait signifier pour un homme qui n'avait plus envie de se battre ? Il s'approcha du lavabo, dans un angle. Toutes les portes se ressemblaient, badigeonnées de brun foncé.
La cuvette sentait la pisse.
Milard frappa au hasard.
Lorsqu'on lui ouvrit, il rentra sans un mot.
La fille était petite et brune, elle avait un type méditerranéen très prononcé et rien sur le dos. Un coquard vieux de la semaine lui ornait le coin des lèvres. Elle regarda à peine la face cireuse qui la surplombait. Milard lui saisit le poignet, releva le bras comme pour prendre sa tension, mais le lâcha presque aussitôt.
— Où est Barrio ?
— Sorti.
— D'accord... (Il examina la petite chambre. Il y avait des posters de femmes nues un peu partout sur les murs obli-

ques. La tabatière était mal refermée, le carreau sale.) J'ai de la monnaie pour lui...

La fille se repoussa les cheveux sur le front.

— Il est pas là.

Il sortit deux billets de cent francs, les plia dans la longueur.

— Je veux le voir.

— Il est sorti.

— D'accord, d'accord...

À une certaine époque, il aurait foutu le bordel partout et embarqué la fille. Il n'aurait pas hésité à grimper sur le toit où le type devait s'être planqué derrière une cheminée, les coudes au menton, à peu près aussi accorte qu'une momie inca. Deux cents balles, ça faisait deux doses de came plus ou moins frelatées. La fille se passa la langue sur les lèvres.

— Quand tu le verras, dis-lui que je suis passé.

— Qui ça ?

— Le Père Noël.

Il lui reprit le poignet, mit le fric entre les doigts qu'il referma. Dans l'escalier, une quinte de toux le prit et l'accompagna presque jusqu'au rez-de-chaussée. Il s'embossa dans un recoin, sous les compteurs électriques shuntés.

Barrio mit seulement dix minutes à descendre.

Lorsque le policier lui saisit le coude, il tourna une petite face de singe apeurée sous des cheveux très blancs, ses yeux roulèrent, et il se mit à pleurer.

— C'est plus de nos âges, tout ça, remarqua Milard.

— Commissaire...

— Inspecteur.

— Inspecteur...

— Des chevaux en porcelaine... Huit chevaux. On les a tirés à une amie. Barrio, ça lui a fait énormément de peine. C'est une femme que j'aime beaucoup.

— Inspecteur, je suis plus au gaz.

— Il va falloir t'y remettre.

— Je savais pas que c'était vous.

— On ne sait jamais, c'est vrai.

— Le Père Noël...

Milard sortit un sachet de sa poche, le passa devant les petits yeux trop rapprochés. Barrio frissonna des pieds à la tête. Milard était immobile. Barrio releva les yeux.

— Des baluchonneurs, patron. Y a une équipe de yaourts qui remonte la rue, ces jours-ci. Ils travaillent à la va-comme-j'te-pousse. Des jeunes, à ce qu'il paraît.

— Connus ?

Barrio se secoua.

— Non, ils sont pas d'ici.

— Toi non plus. Moi non plus.

— Ils courent vite, fit le petit homme d'une voix misérable.

— La gonzesse, comment ça se fait qu'elle en déroule pour toi ?

— J'lui file sa dose quand elle en a besoin.

— C'est ça. De quelle rue tu parlais ?

Barrio releva la tête, la mâchoire inférieure sur les genoux. Milard raffermit sa prise. Cinq minutes Père Noël, cinq minutes Grand Méchant Loup. Des baluchonneurs, la rue, du travail dégueulasse. Milard sourit, seulement dans sa tête, car il arborait sa gueule de flic la plus rébarbative. Barrio frétillait au bout de son bras. Une balance minable dans une turne minable. Milard pensa à une chambre d'hôpital, à l'odeur d'éther.

— Barrio, si tu me files rien de plus, je te pique le fric et je t'embarque. Les collègues de l'arrondissement seraient ravis de sortir une petite affaire de proxénétisme. Combien tu as tiré, déjà, l'un dans l'autre ?

— Quinze ans en tout. Pour les Yougos, essaye de voir du côté du Modern Hôtel. Ils sont toute une bande dans ce boxon. Y en a deux trois qui sont chargés. Milard, c'est tout c'que j'peux te dire, parole...

— Tire-toi, fit le policier, comme s'il ne l'entendait pas.

Chapitre X

— Comment tu as su ?

Elle secoua les cheveux, sourit gravement.

— J'ai appelé au journal. J'voulais te passer un savon de première, pour le rencart. J'suis tombée sur une fille sympa. Elle m'a dit que tu avais déjanté, malaise cardiaque, tout le bordel...

— Malaise cardiaque, merde, fit Giraud. Tu parles, une biture comack !

Il s'était réveillé en réanimation, avec des perfusions et un sondage, à poil comme n'importe quel cobaye promis à une expérience par avance inutile. L'expérience, il l'avait faite avant. On l'avait remis dans une chambre à huit heures. On l'avait lavé et rasé. Il n'avait qu'une hâte : sortir.

— Malou, essaie de trouver mes fringues.

— Pour que tu recommences ?

Il leva les sourcils.

— Recommencer quoi ?

— Scotch plus dope.

— Dope ?

— Tu as dégueulé tout un fourbi de comprimés.

Il se passa le dos de la main sur le front. Il avait du mal à lever le bras. Pas réellement envie de boire. Un bon boogie-woogie... Oui. Groggy. Il avait quelque chose de jaunâtre sur les paumes, des éraflures.

— Quand c'est qu'on l'enterre?

— Cet après-midi.

— Pas d'autopsie?

Elle le fixa durement.

— Une autopsie? Pour quoi faire?

— Malou...

— Il faut que tu t'reposes. (Elle se passa les doigts sur les yeux.) Ça servirait à rien de te mouiller dans ce mic-mac. Le Parquet n'a pas l'intention de bouger, les flics font le gros dos... Rolf est mort et ça risque pas de faire pleurer la préfecture de police. (Elle eut un petit rire amer.) Faut dire que depuis trois ans, on avait quand même moins besoin de ses services. Faut être juste.

— Et avant?

— Avant? Avant, c'est tout juste s'il avait pas son bureau à la Cité!

— Rolf?

— Ouais, Rolf... Qu'est-ce que tu crois? Pourquoi tu crois qu'il passait les trois quarts du temps en Afrique et ailleurs?

— Raconte, fit Giraud.

Elle sortit un paquet de cigarettes, se rappela où elle se trouvait et le remit dans son sac.

— À quoi ça servirait, Giraud? se plaignit-elle. Même si tu faisais un papier, ça passerait jamais. Ils le laisseraient pas sortir. (Elle se pencha, se gratta la cheville sans cesser de le regarder.) S'il sortait, je crois bien que j'aurais des emmerdes. J'en ai déjà assez sur le dos comme ça.

— Rolf a été buté.

— Oui.

— Comment?

— Une balle dans la tête. Revolver.

— Tu l'as dit aux flics?

— Les flics me l'ont pas demandé.

Giraud se sentit faible et essoufflé. Dehors, il devait faire beau. Pas plus difficile que ça... Il ferma les yeux. La femme était venue pour parler, même si elle n'en avait pas exactement envie. Un secret... un secret c'est très lourd. Son estomac se souleva.

— Et s'ils t'avaient demandé ?

Elle se passa les doigts dans les cheveux.

— Pourquoi ils l'auraient fait ? La bagnole a cramé complètement, c'est tout juste si ça a pas foutu le feu à tout le sous-sol. La voiture de Rolf a calé au bas de la rampe, une autre bagnole l'a emboutie...

— Malou, tu étais dans la voiture ?

— Non...

— Qui, alors ?

Mauber marchait vite. Il avait identifié un de ses poursuivants, un jeune homme de son âge, avec un blouson de toile, une sacoche de reporter et des Adidas. Il n'avait pas beaucoup de temps. Il se mit à courir. L'autre commit l'erreur de démarrer immédiatement. Mauber essaya de repérer le reste du dispositif. Il aperçut une 250 plus haut dans la rue. Le motard trafiquait la jugulaire de son intégral.

Mauber tourna sec au coin d'un immeuble, stoppa en battant des bras. Il retrouvait la traque en sens inverse. Chasseur, chassé, quelle différence ? Il reprit son souffle, fit quelques mouvements et s'adossa au mur. Profession reporter n'avait pas suivi, le motard devait se trouver encore au même endroit. Il manquait encore une pièce. Mauber scruta les voitures, regarda les antennes.

Il n'y avait pas trente-six moyens.

Il revint sur ses pas, reprit la rue. La 250 n'avait pas bougé. Le type avait les mains à plat sur les cuisses, le dos cambré. Il ressemblait à un voyou. Mauber avait les mains le long des cuisses. Il ne courait plus, il se déplaçait sans hâte sur un pas de one-step, les doigts souples. Le type feignait la plus parfaite indifférence.

Au moment de passer derrière la bécane, Mauber parut hésiter. Le jeu du type, c'était de ne pas bouger d'un poil, le sien de passer sans attirer l'attention de l'autre. Jeu de cons. Mauber saisit l'avant-bras gauche par-derrière, s'assit familièrement en enfourchant la moto, enfonça le canon du 45 dans le dos de cuir.

— On s'arrache. Doucement.

La moto chassa sans heurt, descendit la rue.

Plus tard, dans un parking souterrain, le motard lui dit :

— Vous venez de faire une connerie qui pourrait vous coûter très cher.

— Votre pistolet...

— Une autre connerie... Vous savez ce que ça coûte, de sécher un flic.

— Vingt ans. Ça ramène pas le flic. Envoyez...

Le motard soupira, sortit un revolver 38 au canon effilé, un modèle antique. Mauber retira les cartouches qu'il expédia derrière lui, dans la pénombre.

— Je vous le laisse sur l'extincteur, en haut, dit-il en glissant le 38 dans sa ceinture.

Le flic était jeune et mince. Il sourit :

— J'ai l'impression que je vais me faire souffler dans les bronches.

Mauber le regarda, tout en mettant les gaz.

— Ça prouvera qu'il vous en reste.

— Essayez de pas bousiller la bécane, elle n'est pas à la boîte.

— Okay, fit Mauber.

Il démarra, tournicota dans la rampe de sortie et déboucha à l'air libre. Pas question de laisser le calibre : il y avait des rapides à qui ça ne faisait rien de tirer dans le dos. Mauber accéléra. Le flic devait avoir la grosse tête, il sentait l'intégral vasouiller autour des oreilles. En revanche, le blouson de cuir semblait avoir été coupé pour lui.

La bécane tournait comme une horloge.

Pas question de la bousiller.

On avait vu Berg dans une boîte de Clichy, la nuit précédente, ce qui voulait dire qu'il était de retour en France. Entouré d'une dizaine de durs. Ce qui signifiait que le tapis brûlait quelque part. Berg ne sortait pas pour boire, ou rencontrer des gens ou se distraire : il sortait pour se montrer. Pour qu'on dise qu'il était back o' town... Même chose pour la Cutlass. Pour autant, on ne l'approchait pas au point de lui taper sur le ventre. On pouvait lui faire demander une consultation. Il remuait à peine la tête, un des durs lui chuchotait quelque chose à l'oreille... Oui, Non. Il n'y avait pas de session de rattrapage.

Excepté le lance-roquettes, la seule manière de faire Berg, c'était le fusil à lunette.

Mauber rangea la 250 en bataille entre deux voitures.

Malgré sa récente prospérité, Vence habitait toujours dans le même immeuble vétuste dont les fenêtres donnaient sur la voie ferrée.

Avant de taper à la porte, Mauber fit monter une cartouche dans la chambre du 45 qu'il garda plaqué contre le flanc gauche jusqu'à ce qu'on ouvre. Vence avait les yeux bouffis de sommeil et se grattait les couilles dans le pantalon de pyjama. Il fit :

— Ouais? Ouais?

Il tenait le battant de la main gauche.

Mauber avança le pied droit et son avant-bras horizontal pivota sur le coude. Le canon du 45 s'enfonça dans la viande, à hauteur de l'estomac. Vence recula d'un pas et cessa de se gratter les couilles. Il dit pensivement :

— Ouais, j'espère que tu sais ce que tu fais...

Mauber referma la porte d'un coup de pied. Vence avait laissé tomber les épaules, ses grosses mains semblaient inertes, mais ses petits yeux ternes étaient durs et vigilants. Il poursuivit :

— Bermau, c'est pas avec ton flingue que tu peux faire la différence. Ça serait comme qui dirait te flinguer tout de suite toi-même. Qu'est-ce que tu veux ?

— Rencontrer le Grand.

— Pas possible.

— Il est rentré...

— Ouais... Il va à l'enterrement de Dieterich. (Vence ricana.) Ça va grouiller de flics de toute l'Europe. Un machin en grand style, avec les grosses bagnoles et les pleureuses, des gerbes à chier partout. Berg s'est foutu en tête d'en être, merde ! Histoire de remettre les pendules à l'heure.

— Vence...

— Ouais ?

— J'ai pas le choix.

— Ducon, on a toujours le choix de se filer ou non une bastos dans le citron...

— Vence...

La position de l'arme avait varié.

À présent, le canon appuyait au milieu du front, un peu au-dessus du nez, pas trop, juste ce qu'il fallait et Vence entendit le bruit du chien qu'on armait.

— Vence, s'il te plaît...

Il s'ébroua. Entre l'arbre et l'écorce.

Il aimait bien Mauber, mais ça faisait déjà deux trois fois qu'il avait proposé qu'on lui paye des rangers en béton, et que personne ne l'avait suivi. Rien de pire qu'un soliste, question emmerdements. Maintenant, il l'avait dans l'os. Vence vida ses poumons :

— On va essayer, Bermau.

Un train arrivait dans le lointain.

Mauber laissa venir.

Sentit l'autre se contracter d'instinct.

Le troisième œil...

Lorsque le dernier wagon en eut fini de passer en ferraillant, Vence alla dégueuler dans les chiottes.

Milard se trouvait encore dans la Renault 14. Il remplissait le barillet de son revolver. Tony pianotait sur le volant, sans quitter des yeux l'entrée de l'hôtel. Un minable boxon qu'ils avaient tapé cent fois. Plantes vertes dans le hall, tapis effiloché jusqu'au premier, le lascar de la réception se pignolait malade toute la journée, à lire des bouquins de cul des années cinquante. Répondait aux questions avec la queue à la main dans sa poche de pantalon, jusqu'à ce qu'il se ramasse une mandale à travers la gueule. S'était fait tirer la caisse une dizaine de fois. Tony déclara, distraitement :

— Je pensais que Barrio avait clamsé, depuis le temps...

— Non.

— Sacré vieux chien ! Comment elle est, sa marmite ?

— Une jeune bique pas mal. Les avant-bras couverts d'abcès.

Tony regarda les doigts maigres faire tourner le barillet, le cuivre des étuis. Chaque fois qu'il montait sur un coup, Milard vidait son arme et la remplissait cartouche par cartouche. Son visage cireux ne trahissait rien. On ne pouvait pas dire s'il avait peur, s'il était impatient ou excité, si, comme Tony, il avait la bouche sèche, l'estomac noué et froid dans les poignets et les coudes. Besoin de pisser un coup. Milard remit le 38 dans l'étui, porta le Motorola à hauteur du visage.

Il y avait d'autres flics dans l'arrière-cour de l'hôtel.

Assez de monde pour investir.

D'une voix calme et précise, de sa voix de commandement, Milard donna le top départ de l'opération. Ils quittèrent la voiture, le vieux flic devant, Tony en couverture. Lorsqu'ils poussèrent la porte vitrée, l'employé de la réception leva la tête et les examina pensivement. Tony ne le reconnut pas. Le malade avait dû décrocher. À la place, il y avait un rouquin balèze aux cils très blancs, à la bouche fine et rentrée comme une boutonnière faite au canif dans une boule de pâte blanchâtre, qui se leva lentement et saisit la chaise sur laquelle il était assis par le dossier.

Milard eut à peine le temps de dégainer.

La seconde d'après, la glace de l'entrée leur dégringolait dessus.

Chapitre XI

Jankovic avait la veste ouverte, les mains aux hanches. Il portait une chemise bleu pâle, mais pas de cravate. Il ne pensait pas à dissimuler la crosse du 357 dans l'étui de tir instinctif. Le directeur de la clinique l'observait de loin, tout en faisant pivoter son fauteuil de cuir.

— Je suppose que vous avez une commission rogatoire ?

— Pas besoin de ça pour consulter le registre des entrées.

— J'ai essayé d'expliquer à l'un de vos inspecteurs...

— Il ne s'agit pas d'un renseignement à caractère médical.

— Commissaire...

Jankovic sortit son paquet de cigarettes.

— Un de nos types a été descendu. Nous n'aimons pas du tout ça. Nous avons tout lieu de penser...

— Commissaire, notre clientèle...

Jankovic se ficha une cigarette à la bouche, omit de l'allumer.

— Vous me faites perdre du temps, docteur.

Ils se mesurèrent du regard.

Le policier s'assit dans un fauteuil, le temps que quelqu'un apporte le registre. À travers les vitres, le ciel était d'un gris neutre étale.

— Vous pouvez fumer, commissaire.

— Merci.

— Notre réputation nécessite une grande discrétion de notre part.

— Bien sûr ! Le fric, hein ?

— Il en faut pour faire tourner une boutique de ce genre. Vous pensez...

— Je ne pense rien. Nous en sommes à une phase... exploratoire de l'enquête. Nous ne devons rien négliger. (Jankovic prit la peine de sourire.) Il va de soi que nous ne donnons jamais nos sources d'information. Cuisine maison.

— Ah ! Bien, bien...

La fille était grande, avec un visage revêche, des talons plats, et donnait l'impression d'avoir avalé un parapluie. Elle hésita et posa le registre sur le bureau, puis elle quitta la pièce. Jankovic mit moins de quarante secondes pour trouver. Il referma le cahier.

— Ce que vous cherchiez ?

— Non.

Il se leva, gagna la porte.

— Commissaire...

Il se retourna à peine.

— Oui ?

— Vous dissimulez mal... Il en est à son quatrième ou cinquième séjour chez nous. Un de ces jours, quelque chose va casser pour de bon. Ou alors il se fera passer dessus par un camion.

Jankovic sortit, emprunta des couloirs. Dans la rue, il hésita à regagner sa voiture où l'attendait un chauffeur. Ils avaient suivi la femme et elle les avait menés à Giraud. Il avait connu le journaliste lorsque ce dernier s'occupait des affaires de grand banditisme. Il se disait à l'époque que Giraud jouait dans tous les camps à la fois. Qu'il n'était pas prudent d'essayer de le shooter. Ça remontait à 79-80. Depuis, Giraud avait plus ou moins levé le pied. Il avait entrepris d'écrire un bouquin. On ne le voyait plus beaucoup traîner, et il était interdit de séjour dans presque tous les services de police.

Jankovic fit un signe au chauffeur, en passant, et continua à pied.

Il faisait chaud.

Un camion...

Il appela depuis une cabine.

Château prit immédiatement.

À travers le pare-brise de la voiture, le chauffeur vit Jankovic batailler au téléphone, sans cesser de surveiller la rue autour de lui. Raccrocher rageusement. Il glissa *Paris-Turf* dans la boîte à gants, se pencha pour ouvrir la portière. Jankovic se laissa tomber sur le siège.

— Porte de Saint-Cloud. Vous me lâcherez dans le coin et vous rentrerez. (Il ricana.) Prospérité aux truands. Roulez, roulez... On n'a pas toute la vie. Où est ce putain de gyro ?

— Derrière...

Jankovic jeta le bras par-dessus le dossier, saisit l'engin.

L'homme pressé.

L'air gronda dans l'habitacle lorsqu'il baissa la vitre.

Gyro, deux tons... Le commissaire Jankovic courait à la place du mort à la rencontre de son destin. Les voitures étaient soufflées de part et d'autre dans le rugissement du moteur en surrégime, les cisaillements de pneus. Il ne haïssait pas plus Giraud qu'il n'avait haï Dieterich ; au juste, il ne haïssait personne en particulier. Il s'était embringué dans un coup et il irait jusqu'au bout. C'était sa manière de ne pas faillir.

La voiture s'arrêta en travers à un arrêt de bus.

Jankovic la laissa partir avant de se diriger vers la bouche de métro la plus proche. Main gauche, main droite. Il revint à l'air libre dans le quartier de Belleville. Le ciel était à présent tendu d'une taie blanchâtre, et un vent gris et poussiéreux remonta la rue, lancinant et tiède comme un regret. Dans l'arrière-salle du bistrot arabe, Château n'était pas seul. Il y avait avec lui deux hommes que Jankovic n'avait jamais vus. Entre les piles de casiers à bouteilles, à la lumière verdâtre qui tombait du plafonnier, ils étaient aussi déplacés qu'un piano de concert dans une réunion de sourds.

Sur un signe de Château, tout le monde s'assit autour de la table.

— Jankovic, fit l'un des inconnus, nous aurions pu avoir ce canardeux par la bande. (Le ton n'était guère amène.) Il serait revenu à la surface, un jour ou l'autre... Nous ne sommes pas persuadés qu'en toutes choses la précipitation soit la meilleure attitude possible, voilà tout.

Jankovic sourit lentement, les coudes sur la table.

— Dois-je prendre ces propos pour une remontrance ?

L'homme haussa les épaules.

— Prenez-les pour ce que vous voudrez. Nous n'avons presque pas de marge de manœuvre, vous le savez aussi bien que nous. (Il joignit les doigts.) Il y avait urgence en ce qui concernait Dieterich, et il a fallu opérer à chaud. Pour le reste, maintenant...

— Elle est restée toute la matinée avec Giraud. Vous croyez qu'ils ont passé leur temps à enfiler des perles ?

— Nous ne pensons rien, Janko, fit le second inconnu de mauvaise grâce. Vous avez vos méthodes, nous avons les nôtres, mais nous devons tous tirer dans le même sens. La femme et Mauber vous ont filé deux fois entre les pattes. Rien à dire pour l'opération Dieterich, encore que... tous les aspects de la question n'aient pas été parfaitement maîtrisés. Globalement positif. (Il leva les sourcils.) Janko, pas d'improvisation. Nous ne savons pas au juste ce qu'elle sait. Qui elle a rencontré. Nous n'avons aucune espèce d'idée, en ce qui concerne ses intentions.

Jankovic alluma une cigarette.

— Pourquoi pas une table ronde ? Vous pourriez négocier directement.

L'homme inclina la tête.

— Qui vous dit que nous n'y songeons pas ?

Château sortit son briquet, les yeux vagues.

— Berg est arrivé hier par un vol régulier, annonça-t-il. Il est descendu à l'International Hôtel avec sa troupe. Selon certains bruits, il aurait l'intention de se montrer aux obsèques, pour marquer le coup. Il sera très entouré. Il ne faut pas exclure qu'il rencontre la veuve et quelques autres personnalités françaises et étrangères. Il peut lui venir à l'idée de passer un concordat avec certains. Berg est bien plus précieux que Dieterich, dans certains coins du monde. Question d'implantation.

— Pas question de concordat, coupa le premier inconnu.

Jankovic l'examina. Pas plus de la quarantaine, complet de bonne coupe, chemise en soie et cravate-club, les cheveux courts. Services spéciaux ? Ne paraissait pas armé. L'autre avait dépassé la cinquantaine, mais semblait en très bonne forme. Jankovic écrasa sa cigarette par terre, du bout du pied. Au départ, le coup était simple : effacer un type pour en faire sortir un autre. Jankovic n'avait ni estime ni sympathie pour les hommes des Services spéciaux. Il était flic de Criminelle.

Pour un flic de Criminelle, la seule chose à faire était d'effacer Berg. Si possible en état de légitime défense. L'effacer puisque son armada d'avocats et les lois républicaines empêchaient de le foutre dans une cellule et de jeter la clé à la mer. Berg et le successeur de Berg. Nettoyer.

Jankovic toisa l'inconnu.

— Je ne sais pas quel jeu vous jouez et je m'en fous...

L'homme le coupa avec l'assentiment de Château.

— Commissaire, nous désapprouvions et nous désapprouvons toujours cette opération. Nous l'avons clairement signifié. Elle comporte de trop gros risques et nous avons dit et écrit qu'il est criminel de mettre en œuvre un dispositif de retournement qui pourrait devenir une manœuvre de déstabilisation... Seulement le coup est parti. Nous devons le parer, c'est tout...

Jankovic écrasa sa cigarette, le torse penché. Il avait de la sueur aux tempes. Il releva les yeux.

— Déstabilisation ?

— Priez le ciel qu'il n'arrive rien à Berg, d'une manière ou d'une autre, gronda l'inconnu. À supposer qu'il y ait un ciel. Directement ou indirectement, il est fichu de mettre ce pays à feu et à sang...

Jankovic se leva lentement. L'inconnu le rappela.

— Tout ce que nous venons de dire, commissaire, est couvert par le secret. Vous me comprenez bien, n'est-ce pas ? Je suis assez clair.

— Giraud aussi ?

L'inconnu acquiesça en silence.

— Restez, commanda Château à Jankovic. Au point où nous en sommes...

Lorsque Suzanne Vauthier pénétra dans le bureau, Milard tournait le dos à la porte. Planté devant la fenêtre, il regardait la cour sans prêter attention à la radio qui grésillait sur la console. Elle frappa au chambranle. À la lumière du jour, la face du policier lui parut lasse et grisâtre.

— Vous les avez retrouvés ?

— Non, murmura Milard. Des bijoux, pas mal de devises... Plusieurs armes automatiques. Les Chevaux, non... (Il s'inclina.) Voulez-vous vous asseoir ?

— Volontiers.

Presque sans se pencher, il ramassa une enveloppe en papier kraft sur le bureau, en fit glisser le contenu devant elle. Plusieurs chaînes, des bagues, une broche vieillotte. Elle fit non de la tête. Milard saisit une seconde enveloppe.

— La petite bague, fit la femme. Celle-ci... Nous l'avions

achetée un soir qu'il revenait des États-Unis, en l'honneur de rien. De son retour, peut-être. Et puis cette gourmette d'enfant... (Elle pointa l'index sur le bijou.) Lydie... À l'intérieur, il y a sa date de naissance, 12 avril 1960.

Milard s'assit derrière sa machine à écrire.

La femme l'observait.

Il lui adressa un regard neutre et sagace, d'un calme douloureux.

— Inspecteur, je ne pensais pas...

— Tout ce qu'ils n'ont pas pu ou pas voulu fourguer. On les garde au chaud, en bas. Évidemment, ils ne savent pas d'où proviennent ces objets. Ils jurent leurs grands dieux les avoir achetés porte de Clignancourt, à un Norafe.

— Et vous ne les croyez pas ?

— Non. Est-ce que vous acceptez la restitution de ceux qui vous appartiennent ?

Elle le fixa.

— Bien sûr.

Il tapait vite et bien, avec les dix doigts. Il s'interrompit pour se relire, chercha une cigarette. La femme lui tendit du feu, par-dessus le bureau, et il la remercia d'un sec hochement de tête. Un court instant il croisa son regard, reporta les yeux sur la liasse de procès-verbaux informatisés. Elle s'appuya de l'épaule à une armoire métallique.

— Inspecteur, j'ai réfléchi à notre conversation.

Il hocha la tête.

— Je me fous bien que vous retrouviez ces Chevaux ou pas. Est-ce que vous avez un prénom ?

— Ne compliquez pas tout, fit Milard.

— Inspecteur, grimaça la femme, je suppose qu'il vous arrive de temps à autre de vous regarder dans une glace.

Milard eut un rire doux, sans conséquence.

— Le moins souvent possible.

— Naturellement...

Elle retourna s'asseoir, les yeux très assombris, croisa les jambes. Milard s'était remis à taper. Elle écouta les conversations assourdies à travers les cloisons, on galopait dans les escaliers, les claquements secs d'une autre machine sur laquelle on ânonnait, des bribes de trafic radio. Elle ressentit une impression de profonde détresse.

Elle dit brusquement :

— Milard, ceux qui ont cassé chez moi, pourrais-je les voir ?

— Pourquoi pas ? fit le policier.

Il était clair qu'il ne tapait et ne répondait plus que par automatisme. Tout un tas d'automatismes limités, les uns au bout des autres. Elle se passa la main dans les cheveux, soupira entre les dents. Lorsqu'il se leva, elle aperçut le revolver à sa ceinture. Il lui fit signer quelque chose qu'elle ne lut pas. Au moment de descendre en geôle, elle lui prit la manche.

— Milard...

Il tourna à peine la tête. Elle sourit avec embarras.

— C'est inhabituel, mais je vous invite à déjeuner.

Il lui mit la bague et la gourmette dans la main, lui ferma les doigts.

— Inhabituel, murmura le policier. Oui, en effet... (Il hocha la tête.) Pourquoi pas ?

Il avait dérivé trop loin, il était calme et vide. La peur reviendrait sans doute plus tard, avec la tombée de la nuit, quand l'ombre monterait, que les premiers néons tendres commenceraient à s'allumer, quand la vie se remettrait à couler, chaude et pressée, dans les veines durcies de la ville, avant que tout sombre pour de bon. Il lui montra les deux types et la fille à travers les vitres de la garde à vue.

Ils sortirent, firent une centaine de mètres au soleil avant de prendre la voiture de la femme.

— Quartier latin, annonça-t-elle.

Il baissa le front. Elle s'enquit brusquement :

— Combien de temps est-ce qu'ils vous donnent ?

— Quelques mois, quelques semaines, s'entendit murmurer Milard.

— Qu'est-ce que vous allez faire ?

Il regarda dehors.

— Rien. Attendre, sans doute. C'est ce que nous faisons tous.

Elle conduisait sèchement, avec intelligence et précision, de la même manière, probablement, qu'elle avait mené sa vie. Il regarda les mâts d'un voilier à quai. Attendre... Retrouver les Chevaux. Assister à l'enterrement de Rolf. Il n'avait rien conduit, mais erré avec une obstination d'aveugle. Erré dans une espèce de pénombre indistincte.

Il sentit une main ferme sur son poignet.

Attendre... Attendre, c'était le plus difficile.

— Roule doucement, commanda Mauber.

La BMW fit docilement le tour du parking sur lequel stationnaient des Porsche et des Lancia, quelques Renault haut de gamme. Mauber avait le 45 à plat en travers des cuisses. Il repéra plusieurs équipages disséminés là où il les aurait placés s'il avait eu à couvrir Berg. Les hommes portaient des lunettes noires et des complets stricts, rien à voir avec les voyous de la zone.

— Tu rentreras pas, fit Vence. Si tu rentres, tu ressortiras pas, ou alors les pieds devant, dans un panier à linge.

— Merde, murmura Mauber. Une véritable armée.

Vence rit sourdement, en moulinant le volant.

— Une armée. Jumelles et fusils d'assaut, central radio. Le grand jeu.

— Merde, répéta Mauber. Le Grand est devenu fou, ou quoi ?

— Fou ? C'est des mecs d'une boîte privée. Le Grand n'est pas fou, il a pris de la surface. (Vence jeta un coup d'œil dans le rétro.) Il vaudrait mieux pas continuer à tourner, on va finir par leur agacer les gencives.

— Tu mouilles ? demanda Mauber.

Vence regarda la figure du jeune homme, puis le 45.

— Penses-tu !

— Il est complètement déchiré.

Vence haussa les épaules, lâcha à contrecœur :

— Bermau, il serait temps que tu sortes les aérofreins et que tu atterrisses. Dieterich s'est fait effacer par un cow-boy. Zano, juste avant : quatre cents grammes de plastic sous le châssis de sa Rover. On n'a pas retrouvé une seule de ses dents en or, ni quoi que ce soit de son chauffeur garde du corps. Y en a qui racontent qu'il était seul dans la bagnole quand elle a pété, Zano. Seul avec une balle dans la tronche. Avant Zano...

— Ça va, coupa Mauber en rangeant son pistolet, on décroche.

La BMW prit la rampe de sortie.

Vence conduisait plus relax.

Jusqu'au moment où une Datsun Patrol leur coupa la route.

D'instinct il stoppa, enclencha la marche arrière.

Derrière, une grosse Ford vint plonger contre son pare-chocs.

Vence tourna une face livide vers le jeune homme.

— Si c'est des emmerdes que tu cherchais, j'vais te dire, tu les as trouvés.

Mauber lui flanqua le canon du colt à travers la figure.

— T'es pas dans le coup, papa, fit-il d'une voix sourde. J't'ai braqué de bout en bout...

Il sortit posément de la voiture, les bras écartés du corps.

On tira Vence dehors. Il pissait le sang par le nez et la bouche.

Mauber regarda au loin la silhouette de l'International Hôtel.

Des drapeaux d'une douzaine de pays pendaient, flasques, aux hampes dressées devant. Mauber changea de pied d'appui. Le passager de la Datsun était grand et mince. Il se déplaçait de biais, sans quitter les deux hommes des yeux. Il tendit la main, la paume en haut, les doigts à peine pliés.

— Ton calibre, petit...

Mauber lui expédia le 45.

— Tu as des papiers, quelque chose ?

Mauber haussa les épaules, expédia de la même façon son portefeuille.

L'homme avait des gestes vifs et souples. Il examina distraitement le contenu. Mauber essaya de distinguer les autres, autour. Des durs, mais pas forcément des arcans. D'autres flics ? Il se passa la main dans les cheveux. Pas d'armes apparentes.

— Qu'est-ce que tu foutais dans le coin, petit ?

— On cherchait une piaule. C'est interdit ?

— À midi ? Avec un feu ?

Mauber le regarda de loin. Il dit seulement :

— Il faut que je voie Berg.

L'homme haussa les épaules. Son regard était dur et fixe.

— Berg ? Inconnu au bataillon.

Il renvoya les papiers, que Mauber bloqua contre le torse. Puis le 45.

— À ta place, petit, je ferais pas de vieux os dans le coin, dit-il d'une voix neutre. Ton copain a besoin de se faire arranger la façade. Tu vas quand même pas le laisser perdre son sang comme ça cent sept ans. (Il retourna à la Datsun, sans présenter le dos. Mauber fourra le pistolet dans sa ceinture.) Petit, il n'y a pas de Berg au numéro que tu as demandé.

Mauber regarda partir les voitures. Un numéro de clowns, mais de clowns gonflés. Le soleil et la haine lui brûlaient le crâne. Il balança Vence sur le siège du passager sans le moindre ménagement, se glissa au volant. Pas de Berg...

Il s'arrêta devant la première pharmacie. Vence respirait fort, la tête renversée en arrière, et ça lui gargouillait vilainement dans l'arrière-gorge. Mauber le traîna dans l'officine. Un rongeur en blouse blanche apparut et se mordilla le pouce gauche. Mâle ou femelle, difficile à dire. Vence geignait doucement.

— Coup de pare-brise, expliqua Mauber.

— Les ceintures de sécurité, observa le rongeur, ça existe, vous savez.

— Il supporte pas. Moi non plus.

Vence s'enroula autour du potard, du sang frais apparut sur le coton de la blouse. Mauber était déjà à la porte, et en quelques foulées rapides et souples il avait atteint la voiture.

Les pneus couinèrent à peine.

Mauber se rappela les yeux livides de la femme flic.

Chapitre XII

C'était une soirée très tiède, de merde : le flanc des hautes herbes était pâle et gris, un vent exsangue les troussait de temps à autre, sans y attacher vraiment une grande importance, avec une manière d'indulgence distante et amère et d'indifférence ennuyée. Il allait pleuvoir, on voyait des nuages s'amasser juste au-dessus des Bordes au fur et à mesure que l'obscurité montait, à croire que la nuit et l'orage se faisaient la course d'un commun accord, les dernières longueurs, la première avec ses imprévisibles réserves d'ardoise lisse, le second avec sa choucroute tropicale, sa chantilly tournée frangée de jaune qui s'entassait jusqu'à vingt mille pieds et nous envoyait des bourrasques, faisait ronfler le brasier comme s'il l'empoignait et le secouait en tortillant les flammes, et prenait un malin plaisir à égrener les étincelles ravies bien plus haut que le faîte du toit, dans ce qu'il restait de bleu délavé, immobile, au-dessus de nos têtes.

Sur le bord de la terrasse, j'essayai d'évaluer l'étendue de ma propre invulnérabilité : elle me parut immense, complexe et finalement dérisoire. Le fait d'avoir un verre entre les doigts ne la rendait guère plus consistante, ni moins épuisante. Bien qu'il fît encore assez clair, des visages sans relief se superposaient, et leur expression scrupuleuse et inquiète n'était pas de nature à me rassurer, à supposer que j'aie eu envie de l'être, et bon Dieu, je ne sais pas si j'en avais envie, mais besoin oui.

Au bout d'un moment, j'ai enfin remarqué le grondement allègre du feu, le crépitement vif, impertinent, des fagots, l'enchevêtrement implacable et enjoué des flammes, j'ai vu l'expression de ses yeux calmes, plantés un peu de travers dans les miens, fixes et froids, et j'ai trouvé le moyen d'esquiver encore une fois, bien que cela ne servît plus à rien, dorénavant, sinon à gagner du temps, alors que je savais que s'il en restait encore, je ne pourrais plus que le gaspiller en pure perte en divertissements aléatoires, en mornes parcours brefs, sans relief, pas plus sensés que ceux de la bille d'acier d'un flipper aux mains d'un joueur habile. Elle s'était approchée de moi, avait secoué ses courts cheveux coupés à la garçonne et dit :

— Tricheur...

Ses yeux étaient pleins de colère, de rage ou de souffrance. Avec le dos de la main, je m'étais essuyé la pommette gauche, comme je le fais souvent. Bien sûr que je trichais. Ça me servait à gagner ma vie, de tricher. Je ne me rappelle pas une heure, pas une minute, durant laquelle je n'ai pas triché. Je suppose que, dans sa bouche, tricheur signifiait quelque chose de grave et d'important, ou alors elle ne l'aurait pas dit, et surtout pas sur ce ton de ressentiment.

J'aurais aimé lui dire que tout le monde trichait, et heureusement, car autrement tout aurait été impossible, sans issue. J'aurais aimé lui faire remarquer qu'elle aussi trichait, certainement. Que nous étions embarqués dans la même galère et qu'il n'y avait pas à jouer les farauds, puisque de toutes les façons nous n'avions pas le choix, et que la cargaison finirait par arriver à destination, quel qu'en soit l'état, et nous ne serions plus très frais, les uns et les autres, plus usés que meurtris et sûrement tout aussi dépourvus de valeur marchande que des balles de coton moisi, et qu'on ne nous traiterait pas avec plus d'égards. Quelque chose sur son visage m'a prévenu de n'en rien faire : elle était tapie dans sa colère, confortablement rencognée, et à quoi bon l'en faire démordre ? Il s'agissait de quelque chose de tonique et de salubre, qui, en tout cas, me mordit jusqu'à l'os, et je repassai le dos de la main sur ma joue, très lentement, en regrettant d'avoir traversé ma propre vie comme un météore.

Elle avait été sur le point de s'en retourner vers les autres — et à cela non plus je ne pouvais rien, pas plus qu'à sa colère et à son mépris — et parut hésiter, bien que ce fût invraisemblable. Un instant, un très court instant qui ne tenait à rien, il avait semblé que le sourire qui lui frôlait les lèvres avait dépouillé toute dureté de ses traits, essuyé la haine et trop d'années de travers, mais c'était très peu et beaucoup trop tard. Il ne pouvait s'agir que d'une expression de sarcasme lucide, de dérision appliquée à l'un comme à l'autre. Elle avait murmuré, à part elle :

— Trop compliqué...

Elle était partie vers le feu, puisqu'elle était venue pour ça. J'étais resté là où je me trouvais, à la suivre des yeux, à imaginer sa silhouette brune et juvénile, son pas vif sur un rythme de one-step, à ressentir la brûlure de sa peau contre ma joue pareille à celle du soleil, un midi de juillet dans la plaine du Chéliff, presque insoutenable, son souffle retenu, je restai à me demander seulement ce qui avait foiré et quand, quel train j'avais manqué et à quelle station j'aurais dû descendre pour les retrouver. Pourquoi il était désormais trop tard pour y croire et remettre ça. Je me sentais comme un bateau qui court sur l'erre dans une mer plate, un navire sans pilote qui ne va plus tarder à se déchirer sur les hauts-fonds et ne coulera peut-être pas mais se contentera de se coucher sur le flanc pour dormir le reste de son temps, et il me semblait que l'eau serait à la fois mauve et dorée, et finalement assez compréhensive...

Bien sûr que je la devinais qui marchait de groupe en groupe, tandis que, sur un tempo identique, Cab Calloway scandait en détachant les syllabes, avec une ironie lente et acharnée « Hey Folks, Here is the story / 'bout Minnie-the-Moocher / She's / A low-down hoochie-coocher » et ainsi de suite, dans de grands jappements de cornet et les vociférations du public, portant son assiette en carton et son gobelet de plastique pleins, riant et parlant, relevant au passage d'une douce torsion du cou quelque flatterie appuyée, je n'aurais pu dire si elle était belle ou non, mais j'entendais de temps à autre sa voix un peu rauque et voilée, ou je pensais la reconnaître, et l'orage qui ne se décidait pas laissait l'air suspendu à d'improbables cimaises. Puis j'avais posé mon verre sur un pied de colonne que Chess avait exhumé des déblais, je m'étais avancé sur la pelouse où les spots s'étaient allumés automatiquement et diffusaient une lumière artificielle et douce autour de laquelle tournoyaient des papillons de nuit aux trajectoires brasillantes.

Je m'avançai vers le feu et ce faisant, je l'évitai.

Je ne voulais pas que ma haine rencontre la sienne.

Plus tard, durant la même nuit de juin, j'essayai de baliser le chemin, de prendre des points de repère, plus ou moins de comprendre, mais ça n'avait guère de sens : tout avait commencé sans que j'y sois pour rien, et tout se terminerait de la même manière, sans que j'y sois pour grand-chose. Entre, s'étendait un no man's land qui ne m'appartenait pas vraiment, mais dans lequel j'étais bien contraint d'évoluer au jugé, en corrigeant la trajectoire à droite et à gauche, au talon-pointe, de moins en moins persuadé que ce soit vraiment utile. J'avais parfois joué et gagné, parfois joué et perdu, et souvent les deux en même temps, ce qui annulait en les compensant gains et pertes et les confondait dans la même irréalité de bon ton.

Le feu ne crépitait plus que par à-coups, avec des retours de flammes tout de même voraces et cuisants, il montait des étincelles droites et dures, d'un orange acéré. Il n'y avait pas eu d'orage, mais les nuages pesaient sur les Bordes, tenus en lisière par les bancs de schiste.

Je m'étais assis en retrait, j'avais allumé une cigarette pêchée au hasard dans une poche de chemise. Pour la première fois depuis des semaines, je n'avais presque rien bu, convaincu qu'un homme doit enfin être le témoin impartial et lucide de sa propre défaite — peut-être le seul. Qu'en tous les cas, elle ne concernait personne. Oh, bien sûr, il y avait un coupé Mercedes noir dans la grange, ainsi qu'une Golf GTI cabriolet, tout ça parce que des types avaient fini par remarquer ce jeune blaireau dont les dents commençaient à menacer leurs parquets vernis, et par y croire assez pour penser à se faire de la laine sur son dos. Je ne l'avais pas vue s'asseoir : elle s'était trouvée subitement à côté; quelque part dans la maison des couples dansaient de façon moderne sur le « Perdido Street Blues » et j'entendais clairement la clarinette aigrelette de Bechet qui sinuait dans l'air. Je l'avais crue partie avec l'un ou l'autre, au-dessus de trois litres de cylindrée, et il y en avait quatre ou cinq qui n'auraient pas craché dessus — et je ne leur aurais pas donné tort. Du tonnerre grondait vaguement dans les lointains, sans hargne, avec une certaine rondeur de bistrotier marron.

Au bout d'un long moment, elle avait dit quelque chose comme :

— Dans le temps, j'ai connu un homme brillant et tendre. Dur et vulnérable.

J'en avais conclu qu'elle tenait une caisse. Elle ne devait pas être la seule, à en juger par certains gloussements niais, dans le parc. C'était peut-être le plan, ce soir-là, se ramasser une biture super-carrée, avec le noir au bout du chemin, peut-être que la bouteille m'aurait aidé, en fin de compte. On a beau essayer de jouer les costauds, il y a toujours un moment où c'est maman-bobo, où on aimerait mettre la tête sous l'aile de quelqu'un, seulement il faut tomber pile. Si ça avait été possible, j'aurais aimé lui parler, lui dire des trucs, s'il n'y avait pas eu ces ondes dures, autour d'elle, qui irradiaient de toutes parts et faisaient comme un glacis infranchissable.

Je l'avais vue me regarder et j'avais compris. Elle avait de la classe. Une classe dingue... Dix tailles au-dessus. Elle ne le montrait pas, à quoi bon ? Elle incarnait la vraie classe, celle qu'on a depuis le début ou qu'on n'a pas, un point c'est tout. Pas de deuxième donne. La vraie classe, dans un genre janséniste. J'avais bougé trop de merde, trop bourlingué, elle le lisait sans peine sur ma figure, dans mes cheveux mal coupés, elle n'avait pas besoin de traduction simultanée, à voir ma chemise kaki fripée, mon Levi's à la corde. Elle ne disait rien des comparaisons, elle parlait en pensant à autre chose, mais elle avait les yeux durs avec parfois un éclat plus opaque, une espèce d'irritation contenue, et elle ne souriait que du bout des dents, comme on déchiquette un blanc de poulet filandreux.

Devant le feu, elle avait continué, par-dessus l'épaule :

— Je crois bien que cet homme m'avait émue.

— Oui ?

— J'aime le feu. Tu le savais ?

J'aurais pu lui répondre que si je ne connaissais rien des combines qui lui permettaient de tenir debout, je n'ignorais pas grand-chose des saloperies et des magouilles qui constituaient, plus ou moins en filigrane, la trame du morceau qu'il fallait jouer pour pas un rond. Jeux de cons, et encore bien heureux de ne pas y croire. « Tu as pris le TGV / Moi j'ai pris l'train de La Rochelle / Tu as pris le TGV / Et moi, l'train de La Rochelle / Y faudrait un sacré coup de chance / Pour qu'on se re-rencontre un jour... » La clarinette me glaçait les os. Elle allait au pas, en appuyant bien à contretemps, un trombone aboyait. « Bayou blues. » Il y avait une espèce de tendresse râpeuse, là-dedans, de la noblesse par en dessous, mine de rien, et quelque chose d'inexorable ; j'aurais aimé lui dire. Elle était loin, très loin d'être sotte. Ce qu'elle ne comprenait pas, elle le sentait. Diablement perspicace. Elle fixait le feu, le menton appuyé sur les avant-bras. Elle ne souriait pas plus que d'habitude, abîmée dans sa contemplation muette, murée dans une de ses pièces secrètes. Si j'avais eu du culot, alors, ou si je m'étais imbibé avant, je lui aurais pris le poignet, ou frôlé les cheveux, fait n'importe quoi pour l'appeler, j'aurais essayé de lui arracher un de ses rares sourires, un de ceux qu'elle exhibait parfois lorsqu'elle n'avait aucune raison de penser que je pouvais le surprendre, qui lui abaissait d'abord les commissures des lèvres avant de les entrouvrir sur ses dents impeccables.

Elle avait répété, tout aussi durement :

— Tricheur...

Elle n'avait eu besoin que d'un coup d'œil pour voir les cartes.

Si j'avais eu plus de culot, beaucoup plus de culot, si la donne n'avait pas été aussi pourrie, oh oui, j'aurais essayé, essayé de lui expliquer. Si j'avais bu, j'aurais peut-être réussi, elle aurait compris.

Que j'en avais plus que marre.

De tricher.

Giraud se relut.

Il avait réussi à se tirer de la clinique comme un voleur. Dans son appartement vide, il se mit à errer, le carnet à la main, parcours sans faute du noir derrière au noir devant. Il lui revint, exsangues et furtifs, les échos d'une clarinette narquoise dans le noir, le froissement des balais semblable à des pas ralentis.

Elle avait lu, relevé le front et dit :

— Pas mal, tricheur, pas mal...

C'était loin, maintenant. Furtif et inconsistant.

Giraud se laissa tomber dans son fauteuil président, mit en route la machine à écrire. Mort d'un truand, clap dixième. La première touche claqua sur le papier avec la sécheresse laconique d'une culasse qu'on arme. Les autres... Les autres auraient pu raconter l'histoire dérisoire d'un homme pris à son propre piège, s'intituler « Mémoire (il n'en avait plus) d'un agent double », mais c'eût été déraisonnable. Les suivantes inscrivirent le texte d'un rapport destiné à être reproduit sur microfilm. À l'usage d'une puissance **étrangère**, parce que Giraud ne la connaissait même pas.

Chapitre XIII

Elle avait terminé sa partie de flipper lorsque le black s'approcha, une cigarette à la bouche, en traînant un peu la plante des pieds. Il portait encore son espèce de bonnet à la Mingus et ne semblait pas pressé.

— Ouais ? fit-elle.

— Vous avez cinq minutes ?

Elle reprit sa cigarette, sur le verre du tilt. More fun to compete. Derrière la fumée, elle l'examina rapidement, fit craquer ses phalanges. Elle avait de longs doigts blêmes et osseux, pas du tout en rapport avec ses fonctions ou l'expression de son visage. Il était immobile et lui barrait le passage.

— Casse-toi, Boule de Neige, dit-elle d'une voix désagréable.

Il ne bougea pas, se contenta de laisser les bras pendre le long de son corps. Son visage était penché, attentif. Elle se passa les doigts dans les cheveux.

— Tu as envie de retourner au trou ?

— Pas tellement...

— Alors ?

— Cinq minutes.

Elle rit avec dureté.

— Tu veux que je te paye un verre, pendant qu'on y est ?

— Non... (Il hocha la tête.) J'ai de quoi vous en offrir un.
— C'est quoi, ton job ? Le pain de fesses ? Le racket à la sortie des écoles ? Le deal ? (Elle glissa les doigts dans sa ceinture de jean.) Il vaudrait mieux que tu dégages...
— Qu'est-ce que vous prenez ?
Elle consulta sa montre.
— Ricard. C'est quoi, ton blaze ? Jo le Morbaque ?
— Napoléon...
— Tu vas ramasser un aller simple pour le dépôt.
— Napoléon Leroi Charles.
Elle laissa de la fumée s'échapper de sa bouche, la tête un peu inclinée sur l'épaule droite. Il souriait, sans avoir l'air de se foutre de sa gueule. Très grand, bien balancé. Elle finit par secouer les épaules. Un être humain comme les autres. Il s'effaça devant elle, avec une élégance courtoise, la suivit au comptoir où elle se jucha sur un tabouret, les talons de bottes dans la barre. Elle piocha dans la kémia.
— Tu manques pas d'air, Napo... C'est quoi, ton plan ? T'envoyer un poulet de la Criminelle ?
Il noya les deux Ricard.
— Si je vous disais non ?
— Je te croirais pas.
Il eut un rire grave, low-down. Elle écrasa sa cigarette et parut en même temps se débarrasser du fardeau qui lui pesait sur les épaules. Elle se passa de nouveau les doigts dans les cheveux, but quelques gorgées.
— Pourquoi tu étais au trou ?
— Des conneries... Un type m'a payé en monnaie de singe.
— Des clous.
Il soupira et sourit. Costaud et désarmant. Elle sortit un paquet de cigarettes froissé, en alluma une. Peut-être qu'on l'avait vraiment payé comme ça, peut-être qu'il s'était réellement fait mettre, peut-être aussi qu'il écoulait de la fausse

monnaie, que c'était son job. Le Parquet l'avait refoutu dehors, à charge pour lui de déférer à toute convocation de justice ultérieure. Son jean et sa chemise de toile kaki étaient d'une propreté méticuleuse. Pas de bijoux ostentatoires, des pataugas.

— Qu'est-ce que tu fais dans la vie ?

— Je bosse au tri...

— Fonctionnaire ! Qu'est-ce que tu vendais au type qui t'a arnaqué ?

— Des dessins.

— Pornos ?

— Non... Je pourrais, mais ça me dit rien.

— Cher ?

— Non. Même pas !

Elle vida son verre, le reposa sur le zinc, chercha de la monnaie et commanda la même chose. Napoléon Leroi Charles. Et puis quoi encore ? Elle secoua la tête. Dans un rade avec un coloré. Merde alors. La plupart du temps, elle se contentait de les interviewer sans complaisance particulière. La plupart du temps, ils n'arboraient pas ce genre de bonnet et il ne leur serait pas venu à l'esprit de l'inviter à prendre un verre. Jamais d'innocents, avait déclaré Château. Filez-moi du temps et les moyens et je vous sors le crâne.

— Je connais un restau, un peu plus loin, dit-il. Ça vous dirait ?

Elle se surprit à hausser les épaules. Elle était assez grande pour se défendre, de toute façon. Château voulait l'emmener à l'enterrement de Dieterich, certainement pour compléter son éducation. Le cirque promettait d'être savoureux, seulement il y avait la chaleur qui grouillait au ras des chevilles, le ciel laiteux, les grosses bulles molles et tièdes qui crevaient de temps à autre entre les arbres poussiéreux, figés dans un sinistre garde-à-vous à la solennité en carton-pâte.

Elle murmura :

— Ça me dirait, mais ne vous mettez pas martel en tête... Pour la botte, pas la peine de vous faire des illusions.

Il grimaça.

— Des illusions ? (Il lui tint la porte pour sortir.) Vous vous en faites donc jamais ?

Elle ne trouva rien de définitif à rétorquer, serra le sac sous son bras.

Dedans, il y avait le Motorola qui la reliait en permanence à l'équipe en planque sur l'appartement de Mauber, une bombe incapacitante et une vingtaine de cartouches en vrac parmi tout le méli-mélo qu'elle emportait partout avec elle, et dont elle ne trouvait que rarement l'usage. Elle marchait à grands pas. Il n'avait aucun mal à suivre, cool, décontracté et silencieux.

Mingus...

Dans la contre-allée un homme courait, en jogging noir et Adidas. Taille moyenne, corpulence mince, cheveux châtains coupés court, visage carré. Yeux clairs. Nez droit. De temps à autre, il consultait la montre carrée qu'il portait à l'intérieur du poignet droit. Sa foulée régulière avait quelque chose de négligent. Il aurait pu faire beaucoup plus fort, sans le moindre doute. Il se bornait à enrouler en toute quiétude. La chaleur ne l'affectait pas outre mesure.

Plus loin, deux hommes attendaient dans une Renault 20 gris métallisé.

Ils n'étaient guère impatients.

La voix de la fille était aiguë, pressante :

— Malou, il faut absolument que tu viennes. Écoute, j'ai

besoin de monnaie aujourd'hui. J'te jure, c'est important. Il faut que je te parle. Tu peux pas ?

— Pas cet après-midi.

— Ce soir ?

— Peut-être. Est-ce que je peux te rappeler ?

— Quand ?

— Quand tu veux...

— D'accord. Huit heures.

— Vingt mille, tu peux ?

— Oui.

— Tu m'appelles au...

— Comme d'habitude.

Sans lui laisser le temps, Malou Dieterich raccrocha. L'homme qui avait pris l'écouteur le reposa sur la fourche, la consulta du regard et secoua les épaules. Il était petit et trapu, vêtu d'un complet en alpaga sombre.

— Les bretelles, dit-il d'une voix sourde, elle connaît pas ?

Malou Dieterich haussa les épaules. Il lui alluma sa cigarette.

— Merci... Non, je crois pas qu'elle connaisse.

— Dommage. Vous allez vraiment craquer vingt mille balles ?

— Pourquoi non ? Vous voyez une autre solution ?

— Oui. Elle est comment ?

— Inoffensive.

— D'accord, mais elle peut l'ouvrir un jour ou l'autre.

— On en est tous là, pas vrai ?

Il inclina le torse dans un semblant de salut. Elle se dirigea vers la fenêtre, souleva le rideau. Elle essaya de se rappeler le corps de la fille, ou son sourire, sa manière de parler et de se mouvoir. Jeune, le ventre plat, elle portait une chaîne d'or gris à la cheville gauche. Elle laissa retomber le rideau, se retourna. L'homme observa :

— C'est votre fric, après tout.

— Voilà. Et vous n'êtes pas l'exécuteur testamentaire.

Il secoua de nouveau les épaules, enfonça les mains dans ses poches de veste. Il avait une bonne cinquantaine d'années et l'apparence d'un industriel tranquille. Il ne portait pas d'arme. Les deux autres, dans la cuisine, avaient chacun un 38 canon court sous l'aisselle et ne faisaient rien pour le dissimuler. Malou Dieterich s'assit dans un fauteuil, croisa les genoux. Il regarda ses jambes. Il hasarda :

— Le Grand a peut-être une autre manière de voir la question...

— C'est pour ça qu'il vous a envoyés ?

— Pour ça, ou parce qu'il était inquiet pour votre sécurité.

Elle releva les commissures des lèvres, écrasa sa cigarette.

— Merci... (Elle ricana.) Je vous attendais même plus tôt. Quand est-ce que Berg veut me voir ? Avant ou après l'enterrement ?

— Pendant. Il n'a pas beaucoup de temps. Vous non plus, je pense.

— Et la sécurité, après ?

Il sortit un paquet de Craven, l'examina et releva la tête, son regard remonta des chevilles aux genoux, apprécia le galbe des mollets, la finesse des escarpins à talons, s'attarda sur la poitrine pleine. Il réfléchit :

— Ça dépendra. De vous d'abord, bien entendu.

— Vous avez changé, Max. Tout le monde change, c'est d'accord, mais je ne vous voyais pas dans les buts, cette fois. Qu'est-ce que vous êtes, chez Berg, onzième couteau ou pourvoyeur ?

Il prit place, assez cavalièrement, sur le bras d'un fauteuil, en face d'elle, alluma une cigarette et laissa tomber l'allumette de sûreté dans un cendrier.

— Malou, dit-il avec gravité, le Grand n'a rien contre vous. Il est disposé à passer l'éponge, parce qu'il sait que vous avez toujours été régulière avec Rolf. Il n'a pas envie de penser que vous êtes mouillée dans le coup.

Elle sourit.

— Et vous, Max, qu'est-ce que vous en pensez ?

— Que vous êtes juste assez tordue pour ça. Mon avis n'a aucune espèce d'importance. (Il porta la cigarette à sa bouche.) Pour la gonzesse, c'est une autre paire de manches...

— Un deal, dit Malou. C'est ça ?

— Une preuve de bonne foi, fit l'homme. Le Grand y serait très sensible. (Il secoua de nouveau les épaules.) Elle a vu le type qui a effacé Rolf, elle pourrait le décrire ou le reconnaître.

— Vous dites les choses autrement, Max, mais ça signifie pareil. Vous voulez que je vous balance la gosse. (Elle agita impatiemment un pied devant elle.) Vous me demandez de la donner. En quoi cette histoire concerne Berg ?

Il redressa les épaules, la fixa d'un air maussade.

— Je crois pas que vous avez le choix, dit-il avec réticence. Il veut la gonzesse, point à la ligne. Il veut l'enfant de putain qui a négocié Rolf. Il veut savoir d'où le coup est parti. Je reconnais, vous êtes entre l'arbre et l'écorce, mais c'est comme ça. Il fallait pas commencer.

Elle se leva d'un coup, s'approcha de l'homme.

— Rolf avait levé la fille dans un fast food, sur les Champs. Elle crevait la dalle, elle n'avait plus rien à se foutre sur le dos, pas d'endroit où aller. Max, ça vous rappelle pas quelque chose ?

Il se leva à son tour, écrasa sa cigarette.

— Malou, tout ce que vous pourrez me dire, ça y changera rien. Vous, moi, on pourrait s'entendre, c'est sûr, et j'en ai rien à cirer de cette sauteuse. (Il prit un air gêné et malheureux.) Essayez d'expliquer le coup au Grand, si vous avez le temps. Ça m'étonnerait que vous y arriviez. (Il écarta les bras.) Sinon, ça sera vous ou elle, et en fin de compte les deux.

Elle se prit les coudes dans les paumes, balança le torse et dit :

— Les deux voyous, à côté, c'est pour ça ?

— Oui, souffla Max.

— J'ai jamais balancé personne, Max...

— Je sais. Malou, le Grand a complètement dévissé. Je sais pas si c'est le fric ou quoi, il a viré complètement parano. Il est speed les trois quarts du temps. Il pieute avec une Kalash à la tête du lit. Complètement déchiré. Certaines interviews, il s'en occupe lui-même...

Il débitait sa leçon, d'un ton qui ne se voulait même pas persuasif.

Elle frissonna, remonta le menton. Serra durement les paupières.

— Qu'est-ce que vous feriez à ma place, Max ?

Il la regarda avec ce qui pouvait passer pour une expression de pitié.

— Tout pour pas leur tomber entre les pattes.

— Max, est-ce que vous me laisseriez me tirer ?

Elle rouvrit les yeux. Pas besoin de grandes phrases. Elle porta une main à sa gorge. Max la surveillait avec embarras et déclara :

— Tâchez de vous entendre avec lui, seulement.

Il ne trouva pas le courage de lui dire qu'il l'emmenait à l'abattoir. Et qu'il le faisait parce qu'il ne pouvait pas en être autrement, parce qu'elle ne pourrait même pas parler à Berg. À son regard, soudain grave et tranquille, il eut pourtant l'impression que la femme avait compris. Et qu'elle éprouvait pour lui une manière de compassion...

Chapitre XIV

Mauber avait un automatique dans l'oreille, et celui qui le tenait ne semblait pas doté de la moindre parcelle d'humour. L'autre était bâti en force, et il jouait avec le ceinturon enroulé dans sa main. La fille ne bougeait plus. Elle était étendue par terre au pied du divan, entièrement nue. Mauber sortit une cigarette, l'alluma. Il dit, très doucement :

— À votre place, j'aurais pas fait ça.

Le canon de l'automatique remua et le jeune homme grimaça.

— Non, dit l'homme au ceinturon, je suppose que tu aurais fait mieux. (Il sortit une dague de combat, l'exhiba devant lui.) Tu reconnais ce truc ?

Mauber hocha lentement la tête.

— Je t'explique le plan : la fille t'a tiré tes fafs et elle t'a mis dans la merde. Après, elle est venue te les rendre. Comme on te connaît, tu l'as accueillie à bras ouverts... (Il lui flanqua le bout de la chaussure dans les côtes et elle tressaillit.) La preuve... Après, ça se pourrait que tu aies un peu perdu les pédales, alors tu l'as plantée.

— J'ai déjà entendu cette chanson, grinça Mauber.

— Ouais. Tu t'es empressé d'aller pleurer dans le paletot à Berg.

— Bande d'ordures.

— La dope, c'était gentil, histoire d'amorcer. Cette fois, c'est plus pareil. Cette fois, c'est un crime. On va t'arranger juste pour que tu puisses pas te tirer tout de suite, mais que ça laisse pas de traces. On te trouvera peut-être même un bon bavard... Personne a intérêt à la mort du pécheur. (Il se pencha un peu, contempla le dos boursouflé. Elle avait la figure noire de coups.) Elle a bien tenu, au début.

Mauber laissa tomber les épaules. La pression du canon n'avait pas varié un instant. Une balle dans la chambre, il suffisait d'une fraction de seconde pour que la balle lui implose le crâne. Mauber le savait, ça ferait à l'intérieur un vilain dégât en cloche, une cavitation de bouillie. Il s'était fait avoir comme un bleu. Les autres jouaient tous les coups avec une case d'avance. Ils ne ressemblaient pas à des flics. Ils en étaient pourtant...

— Perdu pour perdu, réfléchit Mauber, je pourrais voir à jouer le coup autrement. Un neuf millimètres, ça fait du barouf et après, macache pour expliquer comment j'ai pu me flinguer après avoir buté la môme.

L'homme au ceinturon réfléchit une seconde.

— Ouais. Tu as le choix entre tout de suite et maintenant. On nous a pas demandé de faire du boulot clean, remarque. Rien que de nettoyer un peu. Alors on nettoie. Si on peut prendre son pied au passage, c'est pas interdit. (Il posa la dague derrière lui.) Comment tu vois ça, Mauber ?

Le jeune homme bougea la tête.

Plus rien à perdre. Il pataugeait dans la semoule. On lui avait demandé d'approcher Berg et ça pouvait se concevoir, une solide balance. Il avait tenté de les doubler et ils l'attendaient au tournant. C'était encore raisonnable. Plus du tout de le liquider avec la fille. Et en tout cas, pas de cette façon : d'habitude, c'était la balade au soleil, deux coups de calibre en douce, les corps dans une gravière lestés de béton ou passés à l'acide. Boulot de taré.

— Qu'est-ce que tu gamberges ? demanda l'homme au ceinturon.

— Ça tient pas debout, votre truc.

— Petit malin...

— Pas beaucoup d'imagination...

— On va la réveiller et tu vas voir si on n'a pas d'imagination.

— Okay, fit Mauber. Le chapitre suivant ?

— On l'arrange et on vous laisse en tas. Tu tires vingt ans.

— Autrement ?

— Merde, un intello... Je t'emmène voir Berg. La fille reste ici avec notre ami, des fois que tu aies des velléités d'indépendance. Tu te démerdes à percer le béton autour, c'est ton problème. Tu l'approches. (L'homme esquissa un sourire incolore.) Il est déjà au gaz, avec tes conneries. Là où il sera, avec tous les perdreaux autour, il pensera pas à mal. Tu es superstitieux ? Croyant ?

— Non...

— Alors, un cimetière, ça te fait ni chaud ni froid, pour buter un mec.

Mauber écrasa sa cigarette.

Ou des tarés ou un super-chef d'orchestre. Avec les hommes de Berg, il n'avait pas la moindre chance de s'en tirer, cimetière ou pas. Ils ne devaient pas l'ignorer. Mauber repensa aux yeux obsidienne du flic. C'était irréel. D'un autre côté, il savait ce qui se passerait s'il refusait. Il en avait sa claque de la voir encaisser. Il sentait de nouveau la haine lui monter dans la tête.

— Vaudrait mieux pour vous deux que je m'en sorte pas, dit-il d'une voix très sourde.

L'homme au ceinturon l'observa.

— Si tu t'en sors, tu auras bien d'autres choses à penser.

— Et la fille ?

— On te la rend après.

— Pas question.

— Qu'est-ce que tu vois d'autre ?
— Elle vient avec nous.
— Petit malin.
— Vous voulez la peau de Berg ?
— Oui.
— Alors ?
La haine lui vrillait le crâne.

Milard n'avait pas beaucoup mangé. De temps à autre, il regardait sa montre. Suzanne Vauthier s'accouda à la nappe.
— Un rendez-vous ?
— Pas exactement...
Il la mit au courant en quelques mots et elle acquiesça.
Milard sortit sa carte bleue, la posa sur l'addition.
— Si vous n'avez jamais vu ce genre de cérémonie...
Elle rit.
— Au cinéma, oui. C'est toujours un peu surréaliste. Je suppose que c'est l'hommage du crime à sa raison, une espèce de match nul. Je ne sais pas, c'est un monde que je n'ai jamais croisé. Il y a autant de grosses voitures et de fleurs qu'on le dit ?
— Parfois, oui. Il arrive même qu'il y ait des pleureuses, tout dépend.
— Et pour un flic ?
— Mort en service ? (Elle opina.) Quelques huiles, en fonction de l'intérêt politique, de la couverture de presse, des circonstances... (Le serveur ramassa la soucoupe.) Beaucoup moins opulent et spectaculaire, en règle générale.
— Vous aimiez bien Dieterich ?
— D'une certaine façon, oui.
— Et ce Berg ?
— Une idée fixe de certains.

— Vous le connaissez ?

— Non. La quarantaine, une ascension foudroyante après des années de vache enragée. Il ne dédaigne pas de se salir les mains personnellement, ce qui est devenu plutôt rare. Rien à voir avec Dieterich. Berg a quelque chose à venger et tous ceux qui ont travaillé sur lui le savent. (Il secoua la tête.) Un monde que vous n'avez jamais croisé ? Je n'en suis pas si sûr.

— Comment se fait-il que vous les connaissiez si bien ?

— Intérêt entomologique.

Le serveur revint et Milard signa la fiche. La femme l'observait, le menton sur le dos de la main. Sur le visage de l'homme, elle relisait sans difficulté les atteintes de la maladie. Il rangea carte et stylo. Elle sortit une cigarette.

— Mécaniques vaines et pitoyables, entomologie...

Milard sourit, lui donna du feu.

— Vous avez de la mémoire...

— Oui. Pourquoi voulez-vous attendre ?

Il sourit plus largement, mais ne répondit pas.

Elle baissa le front.

— Milard, croyez-vous au hasard ?

— Pas beaucoup...

— Vous ne bougez plus.

— Non.

— Ça sera très dur, à la fin, vous savez...

Il sortit une cigarette. La salle se vidait peu à peu. Bientôt ils seraient seuls, un couple plus très jeune à ressasser à mi-voix des espoirs amers et des anecdotes sans but. Il la regarda, le menton relevé, derrière la flamme du briquet. Elle avait son visage parfait d'ancienne cover-girl, le blanc des yeux très clair, presque trop lumineux. Les épaules larges et droites.

— Je vous emmène, décida-t-elle avec brusquerie. Vous ne voulez pas être en retard, tout de même.

Il se leva, posa la serviette sur la nappe, ferma sa veste.

Dans la rue, elle lui prit le coude.

— Jamais trop tard, Milard.

Il secoua la tête et posa les doigts sur les siens.

Il essaya d'imaginer son corps nu et bronzé, sur le sable d'une plage vide et blanche, sous un ciel bleu violacé, la mer de jade. Certainement mince et musclé, entretenu par le sauna et l'aérobic, d'une gracilité trompeuse. Elle avait les doigts glacés. Il se sentit fragile et amer sans raison. Elle lui donna une petite bourrade dans les côtes.

— Vous vous promenez toujours avec cet engin ?

Il rit dans la foulée.

— Oui. C'est réglementaire.

— Et ça vous sert à quoi ?

— Plus à grand-chose, j'imagine.

— Vous m'apprendrez à tirer ?

Il lui jeta un coup d'œil rapide, la vit se mordiller la lèvre inférieure.

— Pourquoi pas ?

Elle s'arrêta à côté de la voiture, lui fit face sans le lâcher.

— Inspecteur...

— Oui ?

— Est-ce que ça vous ennuierait vraiment beaucoup de m'embrasser ?

Éliane Forrestier se leva et son compagnon allait faire de même, mais elle prévint son geste et il resta assis à la regarder payer et glisser le sac sous son bras. Elle se passa les doigts dans les cheveux.

— J'en ai pas pour longtemps, mais je serai pas à la boîte. Où je peux t'appeler ?

— Chez moi. Tu veux le numéro ?

Elle le retint de tête. Il la regarda sortir. La toile délavée du jean moulait ses fesses de manière particulièrement indiscrête. Napoléon commanda un autre café à la turque, s'étira. Flic ou pas flic, elle lui plaisait drôlement. Il aurait quand même préféré qu'elle ne soit pas de la Maison. Sur la nappe, en quelques coups de stylo à bille, il dessina son visage puis sa silhouette, et arracha le coin de papier qu'il mit dans sa poche. Tout en buvant son café, il réfléchit qu'elle ne l'avait pas envoyé aux pelotes. Une femme avec un calibre à la ceinture, ça ne lui était jamais arrivé. Elle avait des yeux bizarres, comme si elle était tout le temps en colère contre le monde entier. Elle n'avait pas l'air de vouloir se rendre compte de l'effet qu'elle pouvait faire sur un mec.

Elle connaissait Charlie Mingus. L'autre, le musical.

Il se leva.

En quittant le rade, la chaleur d'étuve lui tomba sur les épaules.

Malaise : il était accro d'un cul habillé Wrangler Jeans.

Dans le vestiaire, l'homme troqua son jogging noir et les Adidas contre une chemise bleu pâle de coupe militaire, une cravate-club en soie et un complet bleu marine. Il chaussa des boots noirs qu'il astiqua minutieusement, puis il s'examina devant la glace murale. Dans son étui d'épaule, le 22 n'était pas immédiatement décelable. L'homme compara son apparence et sa tenue avec la photo couleur glissée dans le cadre, à la hauteur des yeux. Satisfait, il sortit le pistolet, éjecta le chargeur rempli de balles expansives, le remit dans la crosse et l'arme retourna dans l'étui.

La pièce sentait la sueur, la poussière et l'embrocation.

L'homme rassembla ses affaires qu'il fourra dans une armoire métallique fermée par un cadenas. Au moment de sortir, il récupéra la photo, la déchira en petits morceaux. Il éteignit, verrouilla la porte derrière lui.

Dans la première bouche d'égout, presque sans se baisser, il glissa les morceaux de photo, poursuivit son chemin les bras ballants, la tête haute. Il n'avait pas besoin de courir. Son cœur battait comme une grosse pompe régulière et tranquille. Il esquissa un pas de deux désinvolte, se passa le pouce sur la pommette droite.

Il ne visserait le tube creux du silencieux qu'au dernier moment.

Lorsque l'objectif n'aurait plus que quelques secondes à vivre.

Il monta dans un bus.

Dans certains cas précis et à condition d'obéir à un formalisme rigoureux, l'administration de la mort anonyme pouvait revêtir un indéniable aspect esthétique, dépourvu de toute connotation morale susceptible de l'affadir.

22 dum-dum.

Devenu agent de sécurité d'une entreprise de gardiennage, il avait reçu de Château une double mission, supprimer la femme Dieterich qui se trouvait à proximité immédiate de Berg et ne devrait plus jamais être en mesure de parler, aspect des choses qui ne soulevait aucune difficulté, même si elle devait paraître avoir été abattue par erreur, et neutraliser l'autre tireur. Ce qui ne présentait pas non plus l'ombre d'un problème, puisqu'on allait lui amener le jeune homme **comme sur un plateau**.

L'homme recevait ses instructions du seul Château. Cloisonnement. Il avait coutume de les exécuter à la lettre, c'est pourquoi il avait épargné la fille, dans le parking.

Il descendit du bus, à plusieurs centaines de mètres du cimetière et n'alluma son émetteur-récepteur plat qu'au moment d'y entrer. Il n'eut aucune peine à repérer l'endroit, pas plus à pénétrer dans le dispositif de protection. Dont il faisait partie intégrante.

Chapitre XV

Château parcourut l'entrepôt, remarqua la camionnette et les hommes en uniforme, qui ressemblaient plus ou moins à ceux des employés d'une société de gardiennage. Il serra la main à un homme mince et grand, au visage en lame de couteau, vêtu d'un complet gris poudre, aux manières sèches et résolues. L'homme constata :

— Eh bien, nous y voilà...

Château le dévisagea et l'autre soutint son regard sans ciller.

Un soldat, habitué à obéir aux ordres. Château releva sa manche de veste, consulta sa montre. Il releva les yeux :

— Je vous donnerai le top de départ par radio.

Le reste fut couvert par le bruit du démarreur de la camionnette dont on lançait le moteur. À supposer qu'il y ait eu un reste.

Giraud cessa de taper et se massa les yeux, puis il arracha la liasse de feuilles de la machine. Il se relut rapidement, enleva les carbones et se versa un scotch léger. Il ne ressentait rien, sauf peut-être un fond d'amertume ou un très vague sentiment de dérision. Il avait conclu : « S'en prendre à l'objectif en l'état actuel des choses ne pourrait être interprété que comme un geste inamical à l'égard de puissances amies ou supposées telles. » Du vent gonflait les voilages, un vent gris et sourd. Giraud s'étira.

D'une cache aménagée dans un placard, il sortit un appareil micro-format et, après un instant d'hésitation, un automatique 38 dans sa gaine en peau de porc, tous deux chargés.

Ce faisant, il s'empêchait de penser.

Il photographia la première page dactylographiée plein cadre, puis la seconde, et les suivantes l'une après l'autre. Autant d'exemplaires à expédier en poste restante sous ses divers pseudos. Brûler les carbones. Envoyer la bobine de film impressionnée après avoir signalé la boîte aux lettres morte qui serait utilisée. Ou la déposer soi-même après un double parcours de sécurité.

Il but son verre.

Avertir Milard, d'une manière ou d'une autre.

Il sentit ses doigts trembler.

Ne pas avertir Milard. Laisser courir.

CHACUN POUR SOI.

Un jour, il cesserait de tricher pour de bon : ils sonneraient, ils seraient à sa porte. Ils se comporteraient certainement avec la plus grande courtoisie et lui témoigneraient ces égards ambigus et gênés qu'ont les professionnels entre eux. Il n'y avait plus de Cour de sûreté de l'État. Dans le meilleur des cas, on le bouclerait avec des droits communs, ou une cellule d'isolement, suivant l'estime qu'ils auraient pour lui. Dans le pire, on l'emmènerait faire un tour et il ne reviendrait plus.

Il s'y était préparé de longue date, presque dès le début. Giraud fonctionnait depuis bientôt quinze ans et buvait depuis cinq. De plus en plus, au gré de son ascension.

Bientôt, tout serait fini.

À cette idée, il ressentait un intense soulagement.

Il pensa avec calme : « Ils ont Giraud dans le collimateur. Un fusible a sauté quelque part. Ils le laissent continuer à fonctionner comme si de rien n'était. Normal. Giraud en ferait autant à leur place. Ils ne veulent pas Berg. Ils veulent tout casser. Déstabilisation. Giraud, dans tout ça... Ils le feront tomber au passage. Fontaine, je ne boirai pas de ton eau. »

Il se força à terminer la pellicule.

La CX diesel roulait à fond sur l'autoroute de l'Ouest. Le plus âgé des deux hommes conduisait, l'autre, celui en chemise de soie, avait allumé un mince cigare à la peau ocelée et une odeur douceâtre flottait dans l'habitacle.

— Merde, grogna le conducteur, ça ne vous arrive jamais de fumer autre chose ?

— Cigare au porto. Vous en voulez un ?

— Jamais de la vie...

Ils squatterisaient la file de gauche. Le passager consulta sa montre.

— Vous pouvez lever un peu le pied, nous sommes en avance.

— À quelle heure, le taxi ?

— Quinze heures. Il n'est même pas en approche.

Le conducteur haussa les épaules.

— N'empêche, j'aurais aimé assister à la suite de la corrida.

— Vous aurez toute la presse écrite et filmée pour ça.

Il remarqua :

— Ce n'est pas la même chose.

Le passager sourit avec lenteur.

— Les ordres...

— Bien sûr ! Cloisonnement. Comment pensez-vous que Berg va réagir lorsqu'il comprendra que tout le monde l'a lâché ? Y compris ses plus fidèles amis et ses commanditaires.

Le passager tourna la tête, examina le profil du conducteur avec une attention pensive, dépourvue de toute chaleur.

— Qu'est-ce qui vous dit qu'il aura le temps de réagir ?

Le conducteur rit entre ses dents.

— Mon petit doigt, colonel.

Le passager se pencha à peine et gronda, arrachant le cigare de sa bouche.

— Votre petit doigt, vous pouvez vous le carrer dans l'oignon, comme vous dites ici. D'accord ?

— D'accord. Les heures qui suivent vont donner raison ou tort à l'inventeur du dispositif « ATLANTA »... Je comprends que tout le monde soit un peu nerveux, à commencer par vous, colonel. Imaginez...

Le passager se pencha, actionna la vitre électrique. De l'air s'engouffra en tunnel et couvrit leurs voix. Le cigare voltigea. Le passager remonta la vitre et observa :

— Votre caractère latin vous amène à échafauder des hypothèses inutiles. Autant de fioritures qui vous apparentent au baroque. (Il remarqua, pensivement :) Je n'apprécie pas toutes les impasses du dispositif, loin s'en faut, et mes autorités et les vôtres l'ont désapprouvé... Apparemment...

Il eut un geste de la main, plutôt fataliste.

Mauber était serré derrière, dans la BMW de Vence, entre Céline et le type à l'automatique dont le canon lui fouaillait le flanc. Le plaisantin au ceinturon avait pris le volant. Il conduisait ganté. Mauber regardait les rues défiler. Il s'efforçait de respirer avec méthode et de se dégourdir les doigts. La fille était dans le coltard. Il avait passé un bras autour de ses épaules, mais elle ne répondait plus.

Mauber serra les paupières. Les rouvrit. Des rues...

Un muscle s'agitait sur son maxillaire droit.

Calmos. Décompresser.

Il remua un peu les épaules et le canon s'enfonça sous ses côtes.

— Pas de conneries...

— Quelle connerie ? murmura Mauber. C'est vous qui tenez.

— Un peu, oui, ricana le conducteur. (Il jeta un coup d'œil au jeune homme dans le rétroviseur.) J'dois dire que tu es plutôt mal embarqué cette fois. Avec une gonzesse, en plus. Quelle idée ! (Il sortit quelque chose de sa poche de blouson, l'agita sans se retourner. Mauber reconnut deux passeports.) Tu as pas été prudent, Bermau. À ta place, je me serais arraché solo. (Il jeta les passeports dans le vide-poches.) Si tu es sympa, tu les auras après...

— Après, grimaça Mauber, il vaudra mieux que vous ayez changé de secteur.

La voiture roulait plus lentement.

Le conducteur cherchait une place de parking.

Mauber sentit le froid lui remonter du ventre, lui envahir les bras et les jambes, le prendre dans la tête. Il avait la bouche sèche et une violente envie de pisser. Comme chaque fois qu'il montait sur un coup. Lorsqu'ils l'auraient lâché sur le trottoir, il n'aurait plus qu'à se tirer à toutes jambes, et plus de Berg ni tout le bordel. Pas de passeport, pas de fric, et grillé partout. Il s'était déjà tiré de situations pires. La sueur se mit à lui couler le long des flancs. Des ennemis inconnus. Rien ne tenait debout.

À présent, la voiture roulait au pas.

Mauber n'avait pas d'arme. La fille avait la tenue d'une poupée en chiffon. Le canon du pistolet lui arrachait une douleur lancinante, mais sans consistance. Trop serré pour bouger. Quitte à crever, autant que ce soit tout de suite, quand il manœuvrerait, le coude dans la pomme d'Adam du type, il aurait peut-être le temps de dévier l'arme avant que le projectile lui explose le foie et le reste, aucune chance mais justement...

La voiture ne manœuvra pas : elle courut sur l'erre et vint se ranger derrière une camionnette d'où deux autres hommes sortirent au même instant, revêtus d'uniformes identiques à ceux d'une société de surveillance. Ils encadrèrent les portières arrière de la BMW.

Le conducteur se retourna.

— Terminus. Tu descends. On reste avec toi, des fois que tu aies des velléités d'indépendance.

Mauber sortit. La chaleur le frappa en plein front et il vacilla.

La fille était effondrée en tas. Si ça se trouve, elle était déjà foutue. Mauber se redressa autant qu'il put, examina les visages alentour et n'en retira rien. Il connaissait la rue, le cimetière n'était pas loin. Il fit quelques pas au hasard et ils le laissèrent. Il se retourna, les regarda de nouveau. Il sentait la chaleur du bitume, sous ses plantes de pieds, mais tout le reste était glacé à l'intérieur, comme mort, et pourtant il se savait capable de se déplacer et de viser à une vitesse hallucinante. Il avait trouvé son souffle.

L'homme au ceinturon s'approcha et lui dit au visage :

— Berg contre ta peau, connard. C'est régulier, non ?

Mauber le vit et l'entendit de très loin, et le regarda avec distraction, comme s'il n'avait plus d'importance. Il n'en avait plus aucune. Les autres ombres autour non plus. Mauber se déplia les doigts, les écarta les uns des autres, fit craquer les articulations de sa main droite. Pas des amateurs, ni des types de la rue. Il se rappela les yeux luisants du flic en complet blanc, sa manière de se déplacer, le regard arrogant et incertain de la femme flic.

— Régulier, acquiesça Mauber.

Il regarda la silhouette vague, derrière les vitres teintées de la BMW, se rappela encore les seins durs et tendres, sa pauvre avidité et la douceur de ses mains hésitantes, son espèce de sourire effacé. Les hauts murs, petite sœur.

Il tendit la main, la paume au-dessus :

— Je vais pas y aller à poil...

Le conducteur enfonça les poings dans ses poches de jean.

— On te donnera ce qu'il faut au dernier moment.

Mauber sourit.

L'homme précisa :

— Calibre 45. Le tien...

Mauber lui tourna le dos.

Et s'abstint de lui dire qu'il pouvait commencer le compte à rebours.

Parce qu'il savait à présent comment il allait s'en tirer.

Giraud se laissait ballotter par la rame de métro. Il avait changé quatre fois de ligne et utilisé les passages interdits. Il était revenu sur ses pas à plusieurs reprises, morne litanie du parcours de sécurité. Routine. Tout commençait et finissait par la routine.

L'enterrement avait lieu à seize heures et il n'avait rien à y faire.

Il descendit après le klaxon, juste au moment où les portes se fermaient.

Le parcours du rat dans le labyrinthe.

Un dollar sur le minotaure, pour voir...

Châtelet-Les Halles.

Il suivait un itinéraire en pensant à un autre : il l'avait rencontrée beaucoup trop tard et qu'aurait-il pu lui dire qui n'aurait été ni pompeux, ni proprement incroyable ? Qu'il travaillait (que Giraud travaillait) pour une puissance étrangère en utilisant une couverture en béton armé, et qu'il n'était pas le seul dans ce cas, qu'il y en avait d'autres et qu'il en connaissait certains, des choses dingues aux confins de la schizophrénie, qu'il avait été recruté en faculté, bien des années auparavant, et que la seule grâce qu'il aurait jamais demandée aurait été l'oubli.

Les agents spéciaux sont les Job modernes.

Leur tas de fumier est l'univers.

Giraud serrait un livre de poche dans ses doigts.

La reliure contenait la pellicule photographique traitée sur laquelle se trouvait reproduit le long rapport qu'il avait rédigé et qui ne mentionnait nulle part l'existence d'un témoin au meurtre de Dieterich.

Mais qui relatait tout le reste.

Denfert-Rochereau.

Il lui restait douze minutes pour arriver au Père-Lachaise.

Trop tard.

Il sortit au grand air, les doigts accrochés au livre, les articulations blanches, reprit sa respiration à grand-peine, à grandes goulées précipitées. Pas de bus ni de taxi. Il pénétra dans une cabine téléphonique, composa un numéro au hasard. Ses yeux firent le tour de la place. Il transpirait sous la toile de la chemise et la culasse du pistolet lui collait à la peau, sous la ceinture. Il raccrocha le combiné, ressortit.

Personne n'avait pu le suivre.

Ou on l'attendait au rendez-vous.

Un jour, quelqu'un l'attendrait au bout du parcours, au lieu du contact un homme — ou une femme — avec un automatique 22, ou il y aurait plus loin un tireur d'élite avec une lunette et un fusil, et la mort lui parviendrait, miraculeuse et candide comme une rupture d'anévrisme.

Il reprit le métro.

Il avait sa livraison à faire. Le livre choisi n'était autre que *L'Iris de Suze*, de Giono, en Folio Gallimard. Le contact aurait lieu à Saint-Michel. Trop tard pour avertir Milard. Saint-Michel... Il lui revint les images d'un restaurant grec, celles d'un visage mat et éperdu qui ne comprenait pas, qui ne voulait pas comprendre pourquoi il arrivait à Giraud de disparaître des jours, des semaines entières, sans donner signe de vie.

Sortir du wagon au dernier moment, remonter dans le suivant.

La migraine lui broyait la tête.

Tricheur...

Adieu, amour, adieu...

Une seule balle expansive en plein crâne, tirée de haut en bas, au-dessus de l'oreille, et le silence, vertigineux.

Giraud avait envie de dégueuler, bien qu'il eût l'estomac vide.

Seize heures.

— Avance, ordonna l'homme au ceinturon.

Mauber se retourna une dernière fois vers la voiture et ne distingua que des silhouettes qui paraissaient s'affairer autour. La rue était vide et poussiéreuse sous le soleil incolore. Il aspira une profonde bouffée d'air gras et chaud et se mit à marcher à pas ni lents ni rapides, les bras le long du corps. Les deux autres l'encadraient de si près qu'il ne paraissait pas se déplacer de manière autonome.

Ils auraient aussi bien pu le porter.

Mauber relâcha les muscles des épaules, fit jouer ses poignets.

Il faudrait bien qu'ils finissent par lui glisser le 45 dans la main.

Au dernier moment...

Ils passèrent le portail.

Plus loin dans une allée, Mauber aperçut les toits des limousines qui paraissaient se gondoler doucement sous la chaleur. Un fourgon. On faisait à Rolf des obsèques synthétiques. Il se força à ralentir le pas et l'homme au ceinturon le poussa du flanc, presque sans rudesse.

Mauber haussa les épaules.

Le type portait un pistolet-mitrailleur sous le bras gauche, dissimulé par son blouson de toile. Trop gros et trop mastoc pour qu'il s'agisse d'un revolver canon long.

Mauber trébucha.

— Regarde où tu fous les pieds, merde, ronchonna le type à mi-voix.

Mauber chercha une cigarette dans sa poche, et l'autre la lui enleva des lèvres, la cassa entre les doigts et éparpilla tabac et papier dans le gravier. Mauber secoua doucement la tête. Un pistolet-mitrailleur, très certainement UZI, ou une arme tchèque. Baudrier d'aisselle.

À mi-distance, Mauber remarqua qu'il n'y avait pas grand monde autour du trou, et pas la moindre couronne. Quelques pas plus loin, les paupières plissées et le visage grimaçant, il s'efforça d'identifier des têtes. La seule qui lui fût familière, c'était celle du flic aux yeux de camé. Il portait un complet bleu pâle et fumait une cigarette marron, fine et longue, avec le bout doré.

Milard bascula le barillet du revolver, contrôla le contenu des alvéoles et le remit à l'étui d'un geste qui dénonçait une très longue habitude. La femme avait les mains sur le volant, les bras fléchis. Elle tourna à peine le menton.

— Quel genre d'homme êtes-vous ?

— Quelconque.

— Bien entendu... Je suppose que je dois vous croire sur parole.

— Je n'ai pas l'impression que vous ayez le choix.

Elle réfléchit une seconde, le front penché.

— Dieterich était votre ami...

— En un sens, oui.

— Bien entendu.

Elle se passa les doigts dans les cheveux.

— On y va ?

— On y va, fit Milard.

Elle le retint par le coude avant qu'il sorte de la voiture.

— Milard, si vous n'aviez pas cette saloperie de cancer, est-ce que vous feriez la même chose ?

— Peut-être.

— Tout à l'heure, vous m'avez parlé de quelques jours au soleil. Vous en aviez réellement l'intention, ou c'était pour dire quelque chose dans le micro ?

Il eut un rire sec.

Au loin, une radio à lampes assoupie balançait « Strangers In The Night ». Milard se déplia, les pieds bien à plat sur le trottoir. Il était réellement très grand et elle le regarda boutonner sa veste, mettre des lunettes noires. Un étranger sec et dur au visage grisâtre, brusquement dépourvu d'expression. Le Milard qu'il avait été, des années auparavant. Elle le rejoignit après avoir verrouillé sa portière, glissa familièrement la main sous son bras. Il lui toucha les doigts et sourit.

— Ne vous emballez pas.

— Un sale flic ! Un flic ! Est-ce que vous auriez su faire autre chose ?

— Peut-être...

Leurs pas les portaient, beaucoup trop vite.

— Est-ce que vous auriez été capable de faire quelque chose d'humain ?

Il toucha la crosse du 38 à travers le tissu de la veste. Humain, trop humain...

Lorsqu'ils avaient fourré le corps inerte de la fille dans le coffre de la BMW, en cinq sec, elle était encore vivante. Quelqu'un lui avait rabattu la robe sur ses cuisses remontées et s'était rapidement éloigné. La rue était vide comme un décor, le moteur de la camionnette tournait au ralenti. Il était resté un homme en bleu de travail penché sur le coffre ouvert, rien qui puisse attirer l'attention. Il s'était relevé, l'expression absorbée, un peu soucieuse.

La fille avait à présent la dague de combat de Mauber enfoncée à travers la gorge ; ses doigts remontèrent comme des serres, se barbouillèrent de sang. Elle avait les yeux ouverts. L'homme avait commencé à baisser le capot arrière. Encore quelques secondes. Les doigts eurent un long frémissement, à mi-chemin.

Le coffre fut refermé avec un clappement étouffé.

L'homme jeta un coup d'œil autour de lui, sortit un paquet de cigarettes. Personne. Un sans-faute. Ses doigts tremblaient légèrement. Il rejoignit la camionnette, monta par la porte latérale. Avant même qu'il se soit assis sur la banquette, le véhicule démarra. On lui donna du feu, il remercia sans un mot, d'une secousse de la tête.

Son vis-à-vis portait un complet gris poudre, une cravate sobre.

Il rangeait déjà son briquet dans la poche de poitrine, l'interrogeait du regard. L'homme en bleu tira goulûment sur sa cigarette, posa les coudes sur les genoux, haussa les épaules. Bien sûr que c'était fait. La camionnette avait pris de la vitesse. Un amortisseur arrière claquait. Il se passa les doigts sur la figure.

C'était fait.

Éliane Forrestier avait rejoint Château et Jankovic, à bonne distance du trou. Elle serrait son sac sous le bras gauche. Château fumait une cigarette après l'autre. Elle s'approcha de lui et il lui adressa un regard maussade.

— Goût du risque ou attrait morbide ?

— Ni l'un ni l'autre, protesta-t-elle. Et si on arrêtait le massacre ?

— Comment ? fit Château d'un ton lisse.

— Berg n'est pas là.

— Il ne va plus tarder, observa Jankovic. Malou fait une veuve très convaincante, vous ne trouvez pas ?

Elle regarda la femme, que trois types en costard coûteux encadraient de près. Malou avait le visage vide et ses yeux ne se portaient sur rien. Beaucoup plus loin, elle remarqua Mauber. Lui aussi était tenu en laisse, mais son expression était différente : il paraissait légèrement ennuyé, les épaules basses et les mains ouvertes le long des cuisses. Éliane Forrestier renversa la tête en arrière. Elle aussi portait un revolver, après tout.

— Comment ? répéta Château près d'elle, sur un ton impitoyable.

— Tirer dans le tas, émit-elle entre ses dents serrées.

— Ridicule.

Un homme maigre et élégant s'approchait de Malou, en contournant le tas de terre. Son visage lui disait quelque chose. Château le suivait des yeux, la cigarette entre les doigts. Jankovic se pencha, murmura :

— Décidément, tout le monde est là.

— Tout le monde sauf le Grand, fit Château.

Milard avait sorti les mains des poches, il avait le visage un peu penché et les lunettes lui dissimulaient les yeux. Malou Dieterich remonta lentement le menton, ses lèvres remuèrent sans qu'un son en sorte comme si elle allait se mettre à pleurer. Quelqu'un tenta de s'interposer et Milard se borna à déboutonner sa veste.

— Dégage, Max, dit-il d'une voix sourde, presque inaudible.

Malou implora, à voix basse et sans le regarder :

— Laisse tomber, Milard... (Elle bougea la tête.) Tu aurais pas dû venir. Qui c'est, la femme avec toi ?

— Aucune importance... (Il lui prit le bras pour l'entraîner à l'écart, mais macache pour la bouger. Les types autour faisaient le béton. Ils ne regardaient ni la femme ni le flic.) Malou...

Elle le regarda comme si elle se réveillait, et, dans ses yeux, passa comme une espèce d'indulgence tendre et distante. Elle proféra, à haute et intelligible voix, qu'elle n'avait rien à lui dire, sauf qu'elle le remerciait d'être venu, que c'était bien de ne pas avoir oublié Rolf, le Rolf du bon vieux temps. De ne pas l'avoir oubliée non plus.

— Merde, grinça brusquement Milard, arrête ces conneries.

Elle s'étonna :

— Pourquoi ?

Milard arracha ses lunettes. Elle vit ce qu'il y avait dans ses yeux à lui, de la détresse et de la rage, une manière de flamme qui ne demandait qu'à exploser, et elle porta la main à ses seins, manqua lui caresser le visage du bout des doigts. Les gardes du corps de Berg étaient arrivés, ils commençaient à se déployer entre les tombes. Les flics, en face, s'étaient imperceptiblement raidis, elle sentait ce qui allait arriver dans les reins et les coudes, elle regarda les maisons au loin, n'importe qui pouvait tirer d'une fenêtre, ou du coin d'un caveau. Elle dit doucement au flic :

— Milard, tire-toi... Tu as fait tout ce que tu pouvais.

Max remua et elle sentit qu'il lui prenait le coude à son tour, maintenant que Milard l'avait lâchée. Un groupe compact remontait l'allée. Berg était au milieu, il dominait les autres de la tête et des épaules et se mouvait rapidement, comme un homme pressé d'en finir avec une corvée.

— Tire-toi...

— Pas question, fit Milard.

Il se plaça à son côté et son regard balaya le décor, pendant qu'il remettait les lunettes de soleil dans sa poche, tira machinalement sur ses pans de veste, ses doigts palpèrent la crosse du revolver, juste là où elle devait se trouver, l'arme légèrement inclinée vers l'avant. Château et ses troupes se trouvaient à moins de dix mètres, sur la droite, les hommes de Berg avaient pris position un peu partout et le groupe se trouvait à présent à moins de vingt mètres. Sur la gauche, il y avait un jeune type au visage oisif et qui ne semblait guère intéressé par la scène. Suzanne Vauthier se trouvait là où il l'avait laissée, et elle changeait sans cesse de pied d'appui, certainement indécise et troublée.

Milard reporta les yeux sur Berg.

Un grand gaillard bâti à chaux et à sable. Quelqu'un lui parlait, et il était contraint de se pencher un peu, sans cesser d'avancer à grands pas. C'était bien lui qui entraînait les autres, et ceux-ci connaissaient leur métier. Berg portait des lunettes de soleil. Berg ?

Milard se passa les doigts dans les cheveux.

Un grand gaillard...

Quelqu'un, un type de son dispositif, coupait à travers les tombes, un poste portable dans la main gauche, la veste de complet ouverte. Il n'allait pas tarder à rejoindre les éléments en protection rapprochée, un homme aux cheveux châtains coupés court, au visage carré et aux yeux très clairs, le nez droit, avec une bouche mobile et expressive. Il se payait le luxe de ne pas se dépêcher.

Milard inspira un grand coup et la douleur lui traversa la poitrine.

Berg était à côté de lui, il n'en était séparé que par quelques kilos de chair, de tissus et d'os, on allait se mettre en place pour la cérémonie. Le moment que Milard aurait lui-même choisi, le moment toujours délicat où les éléments se rejoignent. Pas de protection à cent pour cent. L'instant délicat de la soudure. Il se sentit projeté contre Malou qui se raidissait, Berg était là, il cherchait à se dégager un bras, les lunettes étaient braquées en direction du flic, mais elles ne paraissaient pas le voir. Milard avait les doigts sur la crosse de son revolver. Berg... Berg... Berg ?

Dans quelques secondes, tout serait en place, et que la fête commence.

Hébété, Milard essaya de tirer la femme. Suzanne Vauthier avait disparu.

Il renversa la tête, vit le ciel blanc.

Maintenant. Il perçut très loin un crépitement sec.

Irréel.

Il avait eu raison d'un bout à l'autre.

Et tout explosa dans ses oreilles.

Mauber : on lui avait glissé le 45 dans les doigts et il n'avait plus eu qu'à se retourner au lieu d'avancer, fourrer le canon de l'arme dans le plexus de l'homme estomaqué et arracher le pistolet-mitrailleur de l'étui, et tirer deux fois avec le 45, explosant le type à bout touchant, pivoter à contre-pied pour abattre l'autre, empêtré avec son étui de ceinture, jeter le pistolet et armer l'UZI, ça n'avait pas pris plus de trois secondes, certainement moins, sales cons arrogants, il avait gerbé en paré-boulé, s'était relevé en appui sur un genou, une figure d'entraînement, espèces d'ordures, qui lui avait appris à le faire, une fois, deux fois, cent fois ?

Continuer.

Lâcher une courte rafale qui rencontra des chairs, invraisemblable connerie, déchira des muscles et émietta des os. Un autre paré-boulé. S'approcher. Jamais plus de quelques secondes au même endroit. Tir tendu. Des corps par terre, des fleurs de sang. Une silhouette hostile cisaillée de quatre balles, les bras déjetés, très courtes rafales. Rentrer dans le tas, jamais reculer, ses pieds ne touchaient pas le sol, tirer au minimum. On ne ripostait pas beaucoup, profiter de l'invraisemblable boxon, ça ne durait que depuis une fraction de seconde, il n'entendait plus rien, la panique, RENTRER DANS LE TAS, récupérer un otage, décrocher. Otage...

On essaya de le saisir, il donna un coup de crosse métallique. Berg était debout à peu de distance, il était resté debout, il y avait une femme à côté, un type qui n'en finissait pas de sortir son 38, image au ralenti, un des hommes de la surveillance avait un 22 extra-plat à la main mais le canon était braqué sur Berg et personne d'autre. Berg ? Mauber tira, mais le 22 s'était déjà à peine cabré, la femme porta la main à son front et commença à fléchir des genoux, le type maigre au 38, le calibre à la main, la reçut dans ses bras. Mauber pivota, son regard intercepta celui de Milard, s'y accrocha. Le type au 22 avait son compte, la poitrine déchirée par les balles de 9 mm. Berg se tenait le flanc.

Décrocher. DÉCROCHER.

Mauber, hagard, fixa Berg comme s'il voulait graver ses traits dans sa tête. Ça ne collait pas. Berg n'était pas Berg ! Mauber regarda à côté, pas de temps à perdre, entubé jusqu'à la garde... Milard tenait Malou contre lui. Elle avait deux trous rougeâtres au-dessus du sourcil gauche, et quelque chose lui suintait dans l'œil. Mauber saisit Milard par les cheveux, le contraignit à la lâcher, le redressa. Une autre femme apparut dans son champ de vision, surgie de nulle part. Personne ne tirait plus. Tenant le P.M. à bout de bras, Mauber braqua le canon entre les seins de la femme.

— Milard, cria-t-elle.

— Connards, hurla Mauber. ENFANTS DE PUTAIN !

N'importe qui pouvait le descendre, mais personne ne pourrait l'empêcher de buter le type et la fille. Elle s'approcha, à toucher l'arme.

— Tu viens avec nous, dit Mauber.

— Naturellement, fit-elle.

Il faisait beaucoup trop chaud.

— Foutez-lui la paix, fit Milard que l'avant-bras de Mauber étranglait. Laissez-la se tirer, elle est pas dans le coup...

— Pas question, papa. Filez-moi votre flingue... Doucement...

— Vous avez pas une chance.

— Elle encore moins. Votre flingue...

Son pire cauchemar : des tas de mecs autour de lui, à découvert, il ne saurait même jamais d'où serait venu le coup. Milard lui glissa le 38 entre les doigts, près de l'épaule droite. La femme les regardait, rigide et tranquille, et ne tressaillit pas lorsque le canon de l'arme lui entra sous le cou.

Mauber dit d'une voix forte à la cantonade, mais sans crier :

— Si quelqu'un fait le mariolle, ils y ont droit.

Il s'adressa ensuite à la femme :

— Vous avancez en même temps que moi... (Il lui enfonça le métal dans la chair.) Si je vous sens plus au bout, je tire.

Au moment de commencer à décrocher, il regarda une dernière fois le type qui s'était fait appeler Berg. Même taille, même corpulence, même architecture du visage, un bronzage identique. Un bronzage ne voulait strictement rien dire. Mêmes complets de chez Cerruti. Pas à pas, il se mit à reculer, la femme le regardait sans ciller, sans la moindre trace de crainte sur son visage acajou. Elle marchait tranquillement, le menton appuyé sur l'extrémité du P.M., les bras le long du corps et les épaules droites, imbécile procession.

Les tordus leur faisaient la haie.

Il aurait pu les allumer comme au stand.

Tout ça pour rien.

Milard regardait le visage de la femme. Il essayait de peser le moins lourd possible, de ne pas trébucher, de ne rien faire qui puisse déclencher le tir, il s'appliquait à reculer, seulement reculer, à effacer de son esprit l'image des corps hachés par les brèves rafales dont aucune n'avait été inutile et pas la moindre superflue, celle de la progression souple et intermittente du tireur, rageuse et contrôlée, intervention commando. Le staccato des détonations. Comment un seul lascar avait-il pu faire autant de dégâts, s'approcher de l'objectif à le toucher de la main, pour finalement ne pas prendre seulement la peine de le détruire ?

Sous ses pieds, Milard sentit non plus le gravier, mais une lisse surface en béton. Ils n'allaient pas tarder à passer le portail. La meute, en face, avait suivi de loin. Disposée plus ou moins en tirailleurs.

— Flic ? demanda Mauber.

Milard acquiesça.

— Vous avez des pinces ? Donnez...

Milard amena les menottes à hauteur de son visage. Ils étaient dans la rue, et il ne sentait plus son dos crispé. Suzanne Vauthier continuait à déambuler de son pas de cover-girl, marquant ici ou là une manière d'impatience dans la position du talon, la pointe du pied en attente, et rien de plus.

— Passez-lui...

Elle tendit les bras.

Milard boucla les bracelets autour de ses poignets.

Mauber le lâcha, recula suffisamment.

— Vous allez courir.

— Ça va, fit Milard. Vous n'avez plus besoin d'elle.

— De vous non plus, papa. Courez...

Château parlait dans un Motorola. Éliane Forrestier vint se camper en face de lui. Jankovic avait disparu avec le gros des troupes, un 44 Magnum à la main. Personne n'avait empêché Berg de se replier. Il restait quelques vivants désemparés, un cercueil au bord de la fosse dont tout le monde se foutait à présent, et le reste, ceux qui n'étaient plus vivants ou n'allaient plus tarder à cesser de l'être, jetés au petit bonheur, là où les balles les avaient cueillis, les balles tirées par une seule arme automatique, excepté le corps de Malou sur lequel on avait jeté une veste, une seule arme servie par un seul tireur.

Château écarta le poste de ses lèvres.

Il avait les yeux creux.

— Bordel de merde, dit Forrestier. Ce coup-ci, on va tous sauter...

— Pourquoi donc ?

Elle balaya le cimetière du bras.

— Tout ce merdier...

— Quel merdier ? (Château agita vaguement le poste.) Un dingue qui se met à tirer à tout-va. Et alors ? La scène a été filmée en vidéo depuis un point haut que nous avions fait installer pour détroncher Berg et ses éventuels contacts. Procédure normale. Tout le monde sait que nous le faisons quand un gros est porté en terre.

D'un corps, elle entrevoyait une jambe qui faisait un angle pénible avec le reste, des doigts qui de loin paraissaient caoutchouteux. L'irruption de la mort. Elle n'avait rien pu faire, à aucun moment. Elle n'avait rien vu. Elle avait enregistré les détonations à ciel ouvert. Pas son genre de violence. D'ordinaire, elle arrivait après, bien après. Château sortit une cigarette.

— Personne ne sautera.

— Ce Mauber...

— Quel Mauber ?

Elle se mordit la lèvre.

— Est-ce que vous pensiez qu'il s'en sortirait ?

On entendait au loin le cri des ambulances, tourmenté de place en place par ceux des deux-tons de police, opéra macabre d'une modernité clinique, et le tout s'approchait sans cesse. Château la dévisageait sans un mot, il avait un étrange tressaillement à la paupière gauche, incongru dans son visage cireux.

— Pas de cette manière, Forrestier.

Jankovic revenait, le revolver le long de la jambe. Il était encore à distance, s'attarda à se pencher sur une silhouette étendue.

— Ce coup, Château, vous l'avez monté tout seul ?

— À votre avis ?

Elle fit quelques mètres en arrière.

— Et vous l'estimez réussi ?

Il haussa les épaules.

— Rien n'est jamais réussi avant le final. Ceci dit... (Il haussa de nouveau les épaules, plus légèrement, ou en fit bouger les muscles à tout hasard et sourit sans raison.) Ceci dit, cette phase de l'opération s'est déroulée de manière satisfaisante. Aucune des victimes ne méritait beaucoup plus que ce qu'elle a récolté. Personne ne pleurera... (Le bruit des sirènes le contraignit à hausser le ton.) Forrestier... Rien ne vous retient ici. Nous saurons où vous trouver si nous avons besoin de votre témoignage.

Elle fit encore quelques mètres en arrière.

Puis elle se retourna et se mit à gagner la rue à grands pas.

Elle avait l'impression de nager à contre-courant dans quelque chose de parfaitement irréel. Les arbres étaient immobiles, au garde-à-vous. Sous le blouson, le chemisier lui collait au thorax. Elle avait assisté à un flingage en règle suivi d'une prise d'otages. Il y avait des refroidis un peu partout. Qu'est-ce qui s'était détraqué ? Même la Grande Maison ne fonctionnait plus de manière rassurante. Et qui s'était occupé de Mauber ? Et que raconterait-elle aux enquêteurs lorsque ceux-ci viendraient l'interroger sur le jeune homme ? Est-ce que Mauber existait réellement ?

Elle se retourna une dernière fois, Château l'observait de très loin, à présent. Elle ne distinguait pas bien ses traits. Elle n'en avait pas besoin pour comprendre qu'il l'avait manipulée d'un bout à l'autre, comme il avait certainement manipulé Jankovic et les autres. Pour des raisons qu'elle ne voulait plus connaître.

Y aurait-il seulement des enquêteurs pour venir l'interroger ?

Elle demeura immobile quelques secondes, comme pour

se pencher sur un passé béant, puis elle partit. Elle ne parlerait pas, puisque, comme l'avait prédit Château, **tout discours était devenu inutile**.

— Vous avez déjà conduit ce genre de bagnole ? Non ? Tant pis...

— Sortez-la de l'affaire... Elle n'a rien à y voir. On peut la laisser n'importe où... Un drugstore. Elle ne sait rien.

— C'est votre peau que vous défendez, ou la sienne ?

— La vôtre...

— Démarrez.

— Non.

— Gonflé, papa... Elle va descendre, ici même.

Mauber colla le 38 contre la tête de la femme, le chien relevé.

Milard mit le contact, démarra sèchement.

La voiture embarqua.

Il conduisait sans penser à rien, le moteur en surrégime. Il retrouvait toute la gamme de réflexes qu'il avait crus oubliés. D'abord, se tirer du quartier, gagner des rues tranquilles. Comment avait-elle fait pour le rejoindre, et pour quoi faire, grands dieux ? Il faillit percuter un taxi, les pneus hurlèrent, la caisse glissa, une véritable bombe. Milard se passa les doigts sur la figure. Réflexes... Fatigue. Suzanne Vauthier, les Chevaux du Bonheur. Un autre monde, sans aucun doute. Il l'avait enfin trouvée, un peu trop tard. Elle n'avait pas dit un mot depuis que le jeune homme l'avait braquée. Instinctivement, Milard jeta un coup d'œil dans le rétroviseur, leva le pied. Plus la peine de prendre des risques. Mauber se renfonça dans la banquette, le 38 sur les genoux.

— Drôle d'affaire, hein, papa ?

— Débarquez-la et je vous trouve une planque.

— C'est ça, ricana Mauber : 36, quai des Orfèvres !

— Je veux rester, dit la femme.

— Ça ne servirait à rien, dit Milard.

Mauber se pencha sur le dossier du conducteur.

— Quel genre de planque ?

— Enlevez-lui les bracelets. Je suis votre seule chance de vous en tirer.

— C'est vous qui avez la clé. Qu'est-ce qui me prouve que vous allez pas essayer de m'enfler ?

— Rien du tout. (Milard ralentit encore.) Je vais m'arrêter, lui retirer les menottes. Elle va descendre... Après, nous changerons de bagnole.

— Pas tout de suite.

Milard avait mis le clignotant. Quatre ou cinq voitures les dépassèrent coup sur coup. Il se rangea à proximité d'une sanisette. Suzanne Vauthier le regardait faire. Il sortit son trousseau de clés, défit les bracelets. Elle le regardait toujours, le visage immobile. Milard parut embarrassé.

— Descendez, Suzanne. Il ne tirera pas. C'est fini, maintenant.

— Et vous ?

Il lui sourit avec douceur.

— Ça faisait déjà un moment que c'était fini... (Il tourna la tête en direction du jeune homme.) Elle va sortir. Elle n'ira pas aux flics. Elle va prendre une chambre quelque part, un jour ou deux... Se reposer.

Mauber agita les doigts.

Milard se pencha, ouvrit la portière du passager. Elle lui agrippa le poignet. Il était déjà loin, très loin, il dérivait à perte de vue. Il ne souriait plus. Un étranger. Elle n'avait pas peur. Il la poussa dehors, sans brusquerie. Mauber passa devant en dissimulant le revolver sous le blouson.

Elle vit la BMW s'éloigner, le clignotant palpiter et s'éteindre. Elle fit quelques pas au hasard. Il lui revenait le fracas des détonations, le visage de Milard et celui du jeune homme, joue contre joue. Elle se mit à trembler et ses mâchoires claquèrent. On la dévisageait au passage. Les impacts de balles dans un corps tournoyant, le visage de Milard, crispé et sagace. Elle se rappela qu'elle avait laissé son Alfa à proximité du cimetière. Sa montre marquait à présent seize heures quarante. Moins d'une heure auparavant, elle avait pris le bras du policier, il lui avait adressé un sourire neutre. Moins d'une heure, autant dire à une autre époque dont le souvenir ne lui parvenait plus que brouillé, par-delà le temps distendu.

Elle n'avait plus de sac, pas un centime de monnaie.

Elle appela Milard à mi-voix. Elle ne tremblait plus.

Elle se sentait seule et vide, une maison délaissée.

Elle commença à avancer à grands pas.

Il reviendrait : il ne pourrait pas faire autrement.

Il reviendrait parce qu'il le fallait.

Maintenant, elle courait à toutes jambes.

Qui pouvait dire si c'était pour fuir ou le rejoindre ?

Jankovic était blême, il avait les poings dans les poches de pantalon. Des flics et des ambulanciers partout. On évacuait le corps de Malou Dieterich. Un jeune médecin agenouillé brandissait à bout de bras un bocal de perfusion. Château fumait. Jankovic le toisa. Château porta le Motorola à la bouche. Lorsqu'il eut cessé d'émettre, Jankovic s'approcha à le toucher.

— Tout ça pour quoi ?

Château le fixa durement.

— Un banal règlement de comptes, Janko... Le procureur général va être là d'un instant à l'autre. Vous avez regardé la bande vidéo ?

— Pas eu le temps...

— Un dingue. L'œuvre d'un cinglé. Totalement imprévisible. Imparable.

— Berg s'en est tiré...

Château souffla de la fumée, son regard se glaça et il eut une grimace qui pouvait passer pour de la lassitude. Il examina le poste qu'il tenait entre ses doigts, reporta les yeux sur la face livide de Jankovic.

— Ça n'était pas Berg...

— Comment ?

— Non. À supposer qu'il soit réellement en France, ça n'est pas Berg que vous avez vu tout à l'heure. Pas même vraiment un sosie, un homme de sa taille, avec la même couleur de cheveux, c'est tout...

— Alors...

— Alors rien, coupa Château d'un ton tranquille. Pour des raisons qui risquent de nous demeurer à jamais inconnues, un taré a ouvert le feu à l'enterrement d'un malfrat. C'est un miracle qu'il n'ait pas fait plus de gâchis.

Jankovic se balança sur les talons.

— Pas suffisant, Château.

— Tant pis...

— Il a embarqué Milard et une fille.

— Ça aurait pu tomber sur n'importe qui d'autre. Ils auraient aussi bien pu se faire descendre au cours de la fusillade. Ils auraient pu être renversés par un autobus en venant, ou sortir de la route un beau soir d'hiver.

Jankovic sortit les mains des poches, pivota sur les talons.

— Château, si jamais votre poufiasse de merde se met à table, on est tous bons comme la romaine.

— Personne ne se mettra à table.

Jankovic ricana brusquement.

— Je voudrais en être aussi certain que vous. (Il explosa :) On danse sur un volcan. Qu'est-ce que la presse va raconter ? Vous croyez qu'elle va couper dans votre salade ? A l'heure qu'il est...

Château le coupa avec sécheresse :

— Elle racontera ce qu'on lui dira de raconter. (Il répéta, détachant chaque syllabe :) Personne ne se mettra à table, parce que personne n'y a intérêt. (Plus bas, il ajouta d'une voix neutre :) Janko, tout le monde est mouillé dans cette affaire. Que Berg figure au palmarès ou pas n'a aucune espèce d'importance. À l'heure qu'il est, des tas de télex crépitent un peu partout. On va s'arranger à accorder les violons, voilà tout.

— Drôle de bal, observa Jankovic.

Château jeta sa cigarette.

— Des soldats en guerre.

Une ambulance s'approchait à reculons, avec une lenteur prudente et calculée. Les deux policiers lui accordèrent une attention distante, puis Jankovic se passa les doigts dans les cheveux. Château allumait une autre cigarette. Il n'avait pas bougé d'un millimètre durant les quelques secondes qu'avait duré la fusillade. Il s'était contenté d'observer, les épaules crispées. Jankovic avait dégainé, il allait démarrer, lorsque des doigts durs l'avaient saisi au poignet. Château, qui ne le regardait même pas. Il n'avait pas tenté de se dégager. Il n'y avait pas eu le moindre cri, seulement l'acharnement d'un fauve, le piaulement de quelques ricochets. Château dit lentement :

— Vous êtes embarqué comme tout le monde, Janko. C'est autre chose que de dérouiller des malfrats dans une arrière-cour, mais vous aussi vous êtes mouillé, comme l'inspecteur Forrestier que vous n'aimez pas beaucoup, comme tous les autres... Commissaire, il n'y a pas d'innocents, seulement des bourreaux et des victimes, tous interchangeables. Personne ne s'en sortira plus.

Jankovic reconnut le procureur général qui arrivait, entouré d'un aréopage de flics et de magistrats de haut vol. Il se surprit à rectifier d'instinct la position. Château glissa le Motorola dans sa poche de veste. Puis, avec une soudaine brusquerie, il déclara :

— Même eux, Janko. Mouillés jusqu'à la garde !

Jankovic tourna les yeux. Le visage de Château était cireux.

Un masque sinistre derrière lequel se terrait un regard vitreux.

Malgré lui, Jankovic ressentit une horreur glacée. Des soldats en guerre. Il fit quelques pas au hasard. Un champ de bataille. Château avait porté le combat dans la ville. Château ? Jankovic le regarda par-dessus l'épaule, découvrit du mépris et de la haine dans les yeux de l'autre qui le suivaient sans ciller. Un inconnu. Un inconnu qui l'avait manipulé. Un inconnu ou un fou.

Il ne trouva rien à dire, rien à faire.

Plus qu'à aller jusqu'au bout.

Éliane Forrestier avait commencé par enlever son 357 Magnum de l'étui et vider le barillet, puis elle avait remis l'arme sur une étagère. Ensuite seulement elle avait arraché son chemisier, enlevé ses chaussures et son jean. En slip, elle avait erré dans son deux-pièces, bougé quelques objets sans rime ni raison, elle s'était fabriqué un browning qu'elle avait bu, dans la cuisine, appuyée au frigidaire, elle avait lavé le shaker et son verre, rangé les bouteilles.

Elle avait appelé Mingus. Pas libre.

Elle s'était assise sur le divan, puis relevée. Elle avait mis de l'ordre dans les revues disposées sur la table basse, les doigts glacés. L'alcool commençait à lui faire de l'effet. Il déformait les perspectives, altérait les contours et l'installait dans le flou et le cotonneux, elle se mouvait au ralenti, l'angoisse lui refluait dans le ventre, elle y faisait une boule encore lourde et pleine qui irradiait un peu partout, elle serra les genoux. Bien sûr qu'elle en crevait d'envie, elle se souvint avec exaspération de mains maladroites, qui avaient l'air de s'excuser, bien sûr qu'elle s'était affublée d'un revolver pour gagner sa vie, et quoi ?

Mingus se déplaçait comme on danse, il lui avait souri. Il semblait fort et tranquille, un véritable colosse qui ne se sentait pas obligé de prouver quoi que ce soit. Elle ricana : une flic et un black. La honte. Elle se refit un browning, but d'un trait. C'était pas un homme pour sortir avec, juste pour la baiser. Un black qu'elle avait aperçu la première fois en geôle.

L'image de Mauber lui traversa l'esprit : courbé en deux, il zigzaguait en bondissant et tirait coup sur coup, sans paraître y prendre garde, occupé à autre chose, boxeur sous la garde d'un adversaire sans relief. Elle la chassa.

Elle reposa le verre vide sur la paillasse de l'évier. La pendule murale marquait dix-huit heures. Elle retourna dans le living, s'assit sur le divan et étendit ses longues jambes musclées devant elle, les leva, les chevilles jointes. Pas un gramme de graisse, déjà un beau bronzage. Elle se passa les doigts sur son ventre lisse et dur, les glissa sous le tissu du slip. Elle avait déjà essayé de le faire seule et abouti à se prendre une cuite carabinée. Elle voulait autre chose, un type sur elle, des bras suffocants, Mauber l'arme au bout du bras, tassé sur lui-même, solidement campé sur ses pieds écartés comme un tireur au stand, Berg dans la ligne de tir, Mauber qu'on l'avait chargée de recruter, de garder dans le collimateur, tout juste si on ne lui avait pas commandé de le border dans son lit, Mauber qui se trouvait fiché dans l'ordinateur de l'antiterrorisme...

Elle attira le téléphone du bout des doigts, composa le numéro de Mingus.

Il répondit aussitôt.

Elle murmura, d'une voix sourde :

— C'est moi...

Il ne dit rien. Dans l'écouteur, elle reconnut l'élégance

nerveuse, le phrasé aigu de Charlie Parker. Mingus écoutait le Bird. Elle reprit :

— Tu viens ?

— Où ?

— Chez moi...

Elle lui donna l'adresse, le numéro de code de l'entrée, en bas. Elle glissait à la renverse dans un puits sans fond. Dehors, il ne faisait pas encore nuit et la lumière était tendre et dorée. Elle laissa retomber le rideau. Il allait venir et tout se passerait aussi mal que possible. Elle pensa à s'enfuir, il trouverait porte de bois, puis à ce qu'elle avait envie qu'il lui fasse. Elle but du gin au goulot, s'en renversa sur le menton, reposa rudement la bouteille dans le bar, pensa à mettre des entrecôtes à dégeler, des pommes dauphine.

Après, elle se flanqua sous la douche, soufflant comme un phoque.

La peau lui cuisait de partout.

— Où sommes-nous ? s'enquit Mauber.

— Chez moi, dit Milard.

— Pourquoi ?

— Vous avez besoin de fric. J'en ai.

Mauber inspecta le parking souterrain. Milard avait serré le frein à main, il s'apprêtait à sortir. Mauber le retint par la manche, agita le canon du 38.

— Pas d'entourloupe.

Milard haussa les épaules. Le flic ne manquait pas de cran. Mauber sortit à son tour, abandonnant le P.M. sur le siège avant. Si les choses tournaient mal, il n'en aurait pas besoin. Milard avait appelé l'ascenseur. Mauber allait le rejoindre, lorsqu'il se ravisa. Milard se retourna. Le jeune homme se dirigeait vers l'arrière de la voiture, lui tournant le dos. Intrigué, Milard le regarda ouvrir le coffre avec autant de lenteur que s'il s'attendait à ce que tout lui saute à la figure. La minuterie s'éteignit, Milard ralluma. Le coffre était ouvert, le jeune homme immobile, la tête un peu penchée sur l'épaule gauche. Milard s'approcha au lieu de monter dans la cabine ouverte, pas à pas. Mauber ne bougea pas lorsqu'il se pencha.

La fille était très jeune. Elle avait les yeux enfoncés. Une main reposait sur son genou découvert, une robe de quatre sous, des escarpins passés de mode. Elle avait la gorge empâtée de sang noir, et le manche du poignard dépassait. Elle s'était vidée en mourant et une insupportable odeur de merde leur monta à la bouche.

Milard se redressa, interrogea le jeune homme du regard.

Ce dernier remua les épaules.

Milard referma le coffre, l'entraîna.

— Venez...

Il rattrapa la cabine. Mauber s'adossa au fond, le pistolet au bout des doigts, appuya l'arrière du crâne à la cloison. Son propre poignard, évidemment. Et ils ne pouvaient pas non plus la remettre en circulation. Il rouvrit les yeux, vit la nuque du flic; remonter le bras, il y aurait le cliquettement du barillet qui pivote, du chien qu'on arme et puis, dans l'étroit local confiné, une explosion qui laisserait abasourdi, un corps qui ne tarderait pas à s'affaisser, la boîte crânienne éclatée.

Milard ne bougea pas.

Mauber laissa retomber son bras.

— Ça n'aurait servi à rien, fit la voix de Milard.

— En effet. Le travail de vos copains...

— Je n'ai pas de copains...

— Si un jour ils apprennent que vous m'avez filé un coup de main, non, vous n'aurez plus de copains. Brigade criminelle?

Milard acquiesça de dos.

— Ça les dérangerait pas beaucoup, d'effacer un poulet de la Criminelle ?

Milard acquiesça de nouveau.

Mauber le précéda dans l'appartement, visita chaque pièce l'une après l'autre. Milard s'approcha du coffre mural, dans la bibliothèque. Avant de l'ouvrir, il se retourna vers le jeune homme :

— Il y a deux pistolets dedans.

Mauber haussa les épaules. Il avait le 38 dans la ceinture. Il sourit.

— À vous de jouer, papa... Si vous faites le con, on sort tous les deux. Et si on sort, un jour ou l'autre, il y aura quelqu'un pour retrouver votre amie dans le même état que la gosse, en bas. Peut-être pire...

La radio jouait un tango oppressant. Giraud avait liquidé la bouteille de scotch qui se trouvait en équilibre sur sa poitrine. Une blonde bien en chair était occupée à se peindre les ongles des pieds, assise en tailleur au milieu du lit. Elle portait une culotte noire, d'où dépassaient des poils très sombres, luisants. Elle geignit :

— Tu te souviens que j'existe rien que quand tu as besoin de te faire sécher. Tu pourrais au moins donner signe de vie, de temps en temps.

— Ferme ta gueule, j'écoute.

En se penchant à peine, elle éteignit le poste.

Giraud saisit la bouteille par le goulot et la lui flanqua en travers des seins. La blonde tomba à la renverse en piaillant. Giraud se leva rallumer la radio. La bouteille le manqua de quelques centimètres, cogna contre la cloison où elle rebondit et roula sur la moquette. Giraud shoota dedans et elle alla taper dans une plinthe. Le bandonéon était nostalgique et harcelant. La blonde se massait les seins du dos de la main gauche. Elle avait toujours le flacon de vernis dans la droite. Giraud trouva le bouchon sur le drap, s'inclina de manière grotesque.

— Pour vous servir, madame. Carlos Gardel et moi-même vous présentons nos hommages... (Il revissa le bouchon, non sans mal, redressa la tête.) Enlève la main.

Elle avait de gros seins, lourds et fermes aux aréoles très brunes, larges comme des pièces de dix francs. Elle écarta les doigts. Giraud prit la bouteille de vernis, la posa par terre. En se tortillant, elle retira sa culotte, le saisit dans la main.

— J'ai jamais tiré un mec à qui le scotch fait cet effet-là.

— Le scotch et la misère...

— La misère, ah merde!

Elle prit son assise, les genoux relevés. Pas besoin de l'aider, il trouvait tout seul. Elle fit tout de même attention de garder les orteils écartés pour que le vernis sèche bien.

Sur le chevet, le réveil électrique marquait sept heures douze.

Il voisinait avec une serviette de toilette, une plaquette de contraceptifs, deux revues de cinéma et l'automatique dont Giraud s'était défait en entrant, en même temps que de cinq billets de cent francs neufs.

Chapitre XVI

Le colonel tripotait son cigare, le porta à la bouche. La baie vitrée donnait sur la ville, qui miroitait de tous ses feux, parure élégante allongée le long du cou du fleuve, lascive et redoutable. Le colonel se retourna. Le mur du fond était tapissé d'appareils de transmission, de tout un panneau d'écrans, de dispositifs de contrôle. Un officier était penché sur une console. Il se redressa.

— Bon voyage ?

— Excellent...

L'officier arracha une bande télétype, passa le carbone à la broyeuse.

— Paris vient de passer une vacation. Il semblerait que les autorités françaises tombent des nues. (Il tendit le message, que le colonel parcourut rapidement.) Ou alors ils font de la fumée...

— Bien sûr ! murmura le colonel. Que ta main droite ignore ce que la main gauche fait...

— Mao Ze-dong.

— Non. Saint Augustin. (Il rendit le papier, chercha un cendrier.) Quelque chose de la Centrale ?

— D'un instant à l'autre.

Le colonel retourna regarder la ville. Elle ne dormait pas. Le bimoteur avait viré à plat, il avait aperçu la rivière de pierreries dériver sous l'aile gauche, s'enfoncer dans la nuit derrière. Une Mercedes anonyme l'attendait sur le parking. Combien d'avions avait-il déjà pris, combien de voitures ? Combien de fois avait-il attendu qu'un message tombe ? Le cauchemar de Beyrouth, une mission à Vienne. L'ennemi n'avait pas de visage, les « amis » pas plus. Il aspira une bouffée de fumée sucrée, la laissa fuser aux coins de la bouche.

Il avait appris l'insensibilité.

Qui piège qui ?

Milard avait sorti un sac de voyage en cuir. À présent il choisissait quelques ouvrages dans la bibliothèque. Mauber l'observait sans un mot. Le flic agissait vite, chacun de ses gestes était sûr et ordonné. Mauber s'approcha du bureau. Dans un cadre en alu brossé, une femme s'essayait à sourire. Le jeune homme examina les traits durs et froids. Le sac était ouvert sur un fauteuil. Milard y déposa une boîte de cartouches 44, deux paquets rectangulaires enveloppés de papier kraft solide. Une trousse de toilette au cuir fatigué.

— Ça va comme ça, vous croyez pas ? fit Mauber.

Milard lui adressa un coup de menton.

— Vous tenez à en terminer au premier coin de rue ?

Mauber haussa les épaules.

— Embarquez le sac.

Le jeune homme saisit le bagage. Milard embrassa la pièce du regard, éteignit la lampe de bureau, sortit à reculons. Dans l'entrée, il récupéra deux boîtes d'ampoules, un paquet de seringues jetables. Mauber avait le 38 dans la main gauche. Ils entrouvrirent la porte. Le palier était vide et sombre, seule la cabine d'ascenseur produisait un vague rectangle de lumière jaunâtre vertical.

— S'ils sont là, on va pas tarder à le savoir, fit Mauber.

— Couvrez-moi, ordonna Milard.

Sa voix était froide et sèche.

— Par les escaliers...

Il commença à descendre le premier, Mauber quelques marches derrière. Dans la pénombre, ils se mouvaient sans bruit. Milard sentit la douleur se rallumer. Il lui faudrait bientôt commencer la morphine. Ne pas tousser. Descendre, encore descendre. Il revit le visage de Malou, la mâchoire inférieure pendante. Un mort n'était jamais très beau. Il n'avait pas pu la sauver. Qui l'aurait pu ? Ils auraient fini par lui mettre la main dessus, de toute façon. Milard s'immobilisa un court instant, les sens aux aguets, inspecta le hall d'entrée où parvenait à peine la lumière de la rue. S'ils avaient été là, il l'aurait su.

Dans le parking, Milard jeta ses clés au jeune homme :

— La Fuego, au fond...

Mauber hésita.

— On dirait que vous avez pris les commandes, non ?

— Vous avez le choix ? Il faut sortir la BMW. Vous suivez...

— Je pourrais me tirer avec votre bagnole, réfléchit Mauber.

— Rien ne prouve que vous iriez très loin. Vous perdez du temps.

Mauber gagna la Renault, l'ouvrit et jeta le sac de voyage sur la banquette arrière. Milard était penché sur son volant, il avait allumé les lanternes. Les deux voitures sortirent à la queue-leu-leu. Presque pas de circulation. Ils roulaient déjà sur le périphérique, lorsque Mauber se rappela l'UZI qu'il avait laissé sur le siège du passager, dans la BMW. Il ne devait pas rester grand-chose dans le chargeur, mais une seule balle suffisait.

Éliane Forrestier se regarda, la glace de la salle de bains lui renvoyait une image trouble. Mingus apparut derrière elle. Il avait remis son slip de bain mauve et fumait une de ses cigarettes. Il prononça son prénom, lui posa la main sur l'épaule. Il avait une voix basse et grave, rêche comme celle d'un chanteur de blues et finalement à peu près aussi tendre. Elle secoua la tête.

— Je crois bien que tu as gagné, Mingus.

— On gagne jamais, poulette, seulement cinq dix minutes, trois semaines...

Elle le regarda dans la glace, lui prit les doigts entre ses lèvres.

— Tu vas partir, maintenant.

Il se colla contre son dos, lui passa le bras autour de sa taille, en faisant attention à la cigarette, la sentit s'abandonner de tout son long, se frotter à lui.

— Pourquoi tu m'as abordée, Mingus ? Parce que j'avais l'air d'une pute ? (Elle serra les mâchoires.) Tu t'es dit, celle-là, je vais la baiser à l'aise. Comment tu as su ?

Sans la laisser, il jeta la cigarette dans la cuvette des WC, promena les lèvres sur ses épaules. Elle avait la peau brûlante et douce. Tout allait recommencer, elle ne tarderait pas à rouvrir les jambes et ce serait la même chose, une espèce d'explosion brutale, puis de longues vagues qui déferlaient et la roulaient d'un bout à l'autre du lit, jusqu'au moment où... Elle sentit ses genoux trembler. Maintenant, oh oui, maintenant. Elle s'appuya du pubis au lavabo, se hissa sur la pointe des pieds. Il lui tenait les seins dans les mains, frotta le menton dans son cou. Elle tourna la tête, juste assez pour qu'il lui prenne la bouche. Elle balbutia :

— Fais-le, chéri... Tu en as envie, alors fais-le.

Ce fut elle qui dégagea son sexe, le guida du bout des doigts.

Elle était encore trempée, mais beaucoup trop étroite. Il hésita.

Elle cria :

— Continue. Ne t'en vas pas ! MINGUS ! MINGUS !

Il força le passage. Elle se mit à crier. Elle avait enfoncé les ongles dans les poignets de l'homme, lui déchirait la peau. Dans la glace, son visage aux yeux fermés avait revêtu une expression torturée, renversé en arrière, les cheveux blonds mouillés lui collaient au front. Mingus parvint à lui reprendre la bouche et elle mordit jusqu'au sang.

Milard s'était arrêté dans une station-service où il avait fait le plein de la BMW. Il avait payé en liquide. Le mufle bas de la Fuego attendait en bout de piste, à la lisière de l'ombre. Mauber avait vu le flic se remettre au volant, démarrer sans la moindre précipitation. À présent, les deux véhicules cahotaient sur un chemin défoncé en soulevant la poussière. Mauber se dirigeait au jugé. Les stops de Milard incendièrent son pare-brise.

Une gravière... Le flic l'avait emmené à une gravière.

Dans les phares, il remontait une barrière rouillée.

Mauber enclencha la première.

Ils cahotèrent dans des ornières, longèrent des tas de sable et de graviers. Puis la BMW stoppa. Milard descendit, parcourut la centaine de mètres qui le séparait d'une étendue plate et noire, un mètre en contrebas. Mauber sortit une cigarette, le rejoignit. Les paupières serrées, le flic estimait la distance. Il vit la cigarette.

— Vaudrait mieux pas. Le sac...

Mauber remua les épaules.

Milard retourna à la Fuego. Mauber écouta la nuit, maintenant que les moteurs ne tournaient plus. Une pièce métallique craqua dans la pénombre, en se refroidissant, un train passait au loin. Des crapauds, quelque part. Il faisait tiède et l'air sentait le cambouis et la vase. Mauber jeta sa cigarette devant lui, revint sur ses pas. Installé sur le siège du conducteur, Milard avait sorti des pinces, une vingtaine de centimètres de cordon vert à peine épais comme un crayon, qu'il s'appliqua à détordre, un container de plastique jaunâtre dont il entreprit de dévisser l'un des bouchons. À la lumière du plafonnier, son visage était exagérément creusé. Il retira un mince cylindre d'aluminium. Mauber reconnut le détonateur réglementaire de l'armée française. Il remarqua d'une voix feutrée, le coude sur la portière ouverte :

— C'est sûrement pas ce qu'on vous a appris à l'École de police...

Milard procédait avec une extrême minutie.

— Pas précisément.

Il sertit le détonateur à la mèche lente.

— Pentrite, fit Mauber.

Il avait les doigts dans la ceinture.

Milard sortit un couteau de poche, un rouleau de chatterton noir.

Lorsqu'il eut terminé, il déposa le tout sur le siège du passager, rassembla ce dont il s'était servi et le remit dans la trousse de toilette. Puis il alla jusqu'au coffre de la BMW, l'ouvrit, braqua le rayon étroit d'une lampe-crayon. Il tira de toutes ses forces sur le manche de la dague, essuya la lame sur la robe de la fille. Rendit l'arme à Mauber, le manche en avant.

— Rien d'autre à l'intérieur ?

— L'UZI... Des passeports dans la boîte à gants. Vous avez repris les menottes ?

— Oui. Récupérez le reste...

Il revint à sa voiture. Mauber le vit disposer le plastic sous le corps, un plastic orangé, ligoté dans le cordon détonant. Milard plaça un allumeur au bout de la mèche lente sans le dégoupiller, puis il se redressa, contempla le corps et son œuvre. Il annonça, sans se retourner :

— Vous allez mettre le contact. Lorsque j'aurai rabattu

le coffre, démarrez sec, prenez le maximum de vitesse et sautez. Le plus tard possible. Il faut qu'elle atterrisse dans l'eau.

Mauber hésita un court instant. Déjà Milard plongeait les mains.

Le jeune homme monta à la volée, mit le contact. Le moteur démarra à l'instant où le coffre claquait. Tous phares allumés, le compte-tours dans la zone rouge, il jeta la voiture en avant. Des cailloux claquèrent contre la caisse. Brusquement, le noir sous le faisceau des phares, la direction qui tapait. Il lâcha le volant.

Le plus tard possible...

Sur le sous-main en cuir de Château, il y avait des photos noir et blanc de format anthropométrique. L'homme se trouvait en dehors de la lumière de la lampe de bureau. Jankovic en voyait seulement les avant-bras, les poignets et les mains aux doigts légèrement recourbés. Il y avait deux verres et une bouteille de Ballantine's, le poste portable, des clés de voiture. Château entreprit de retourner certaines photos, avec la même négligence qu'il mettait à couvrir des cartes à jouer.

Rolf Dieterich...

Malou Dieterich...

Le tueur en jogging...

Jankovic se pencha légèrement.

Il restait Mauber, un vieux cliché de Milard pris au cours d'un pot de service, il y avait encore Éliane Forrestier, qui portait une combinaison de parachutiste, Giraud intercepté en gros plan, vraisemblablement au téléobjectif. D'autres qu'il ne connaissait pas. Jankovic saisit son verre. Les doigts de Château jouaient avec un dernier cliché, comme s'il hésitait encore à le placer. Jankovic se leva brusquement, le lui arracha. Regarda.

Les mains de Château reposaient à plat sur le bureau.

Jankovic balaya la bouteille et le verre, d'un brutal revers du bras.

— Ce type, Château...

— Ce type, c'est vous. Qui d'autre ?

Jankovic jeta son verre, qui se fracassa contre le mur, l'arrosant de whisky, saisit la lampe et la braqua sur la face de Château. Le regard l'attendait, nullement surpris ni incommodé. Jankovic se prit la tête dans les mains. La voix de Château lui parvint, calme et réservée.

— Le coup est parti, Janko. Vous pouvez essayer de décrocher, mais ça ne vous avancerait plus à rien. Donnez, s'il vous plaît...

Château disposa sa photo à côté de celle de Milard.

— À présent, dit-il avec un soupir satisfait, il va falloir terminer notre part de travail. (Il sortit un autre verre du tiroir, redressa la bouteille et l'indiqua de l'index.) Il en reste, buvez un coup, Janko. Pour vos nerfs.

Jankovic se versa une rasade de scotch, en but quelques gorgées et grimaça. Il reposa le verre. Château n'avait pas touché à la lampe, il se trouvait toujours en pleine lumière.

— Et le journaliste ?

Château considéra froidement son interlocuteur.

— Nous contrôlons Giraud... Un pantin au bout de ses ficelles... (Il balaya une éventuelle objection du bout des doigts.) Nous avions besoin à chaque instant d'une autre vision des choses, d'une approche plus fine et plus intuitive de la situation... Je ne sais pas ce que Giraud s'imagine faire et ça n'a pas d'importance : il constitue l'envers du décor. Certaines de ses informations sont extrêmement précieuses, le reste n'est qu'un tissu de pures divagations... (Château bougea la lampe.) Il a encore un « service » à nous rendre, et puis nous le retirerons du circuit.

Jankovic broncha. Château proféra d'une voix sans relief :

— Un service sans grande importance et dont nous pourrions peut-être nous passer... Une petite pièce manquante... Nous pourrions faire l'impasse. Et puis nous le débrancherons, de manière **délicate**, bien sûr.

De Château, Jankovic ne voyait que les mains posées à plat, les doigts joints. Débrancher... Il inclina le torse, mais ne cherchait pas à voir.

— Bas les masques, fit Jankovic, la tête penchée. Vous aviez des ordres pour monter tout ce mic-mac, depuis le flingage de Dieterich jusqu'au coup du cimetière, sans compter tout le reste... Ça veut dire qu'il y a du monde au-dessus. Vous avez raison, tabasser des malfrats, c'est pas le même plan. Vous vous foutiez pas mal de Berg...

Château sortit une de ses cigarettes, l'alluma.

— Berg a joué le rôle de l'explosif primaire. Celui qui fait partir l'explosif secondaire, et ensuite la charge.

— Qui ? demanda Jankovic.

— Vous seriez étonné. Et il ne serait pas bon que vous le sachiez. Pour vos nerfs.

— Qui ? répéta Jankovic. (Il eut une mimique de dégoût.) Est-ce que vous le savez seulement ?

— Aucune importance, Janko. (Château haussa les épaules et proféra d'une voix rêveuse :) Le chef d'orchestre...

— Est-ce que vous le savez ?

Château poussa le verre du bout des doigts.

— Buvez...

— Affaires réservées... Vous allez me parler de raison d'État, de je ne sais trop quelle foutaise... J'ai marché dans votre combine à cause de Berg...

— Non, coupa Château. Vous avez fonctionné parce que vous aimez ça. Que vous en aviez marre des nuits de planque et des enquêtes pour rien. Pas à cause du laxisme de la justice, ou des conneries qu'on imprime dans les journaux à l'usage des poujadistes de tous bords. Vous avez marché à cause de l'excitation. L'instinct du chasseur. Vous aviez un champ de manœuvres à la dimension de votre tentation. C'est moi qui vous l'ai donné.

Jankovic releva le front. À la taille de sa propre démesure. Château avait raison. Il vida son verre, se leva à tâtons. Château dit dans son dos :

— S'il y a un chef d'orchestre, Jankovic, il vaudra mieux que vous partiez sans le savoir.

Dans le couloir chichement éclairé, un planton se leva avec empressement, le salua. Jankovic bougea vaguement les doigts. Il avait le blouson à l'épaule, on voyait le revolver sur sa hanche. L'instinct du tueur.

Il sortit dans la rue, inspira l'air tiède à grandes goulées. Le monde des vivants...

Mauber était étendu à plat ventre, les bras allongés devant lui. Les mains du flic le saisirent aux épaules, il se redressa, se releva sur un genou. Les mains le soulevèrent avec brusquerie. Mauber tourna la tête vers l'eau sombre, aperçut des roues qui tournaient dans le vide, sentit quelque chose de tiède sur sa figure : du sang. Il avait l'épaule en feu. On le redressait sans le moindre ménagement.

— Amenez-vous, bon sang, gronda Milard.

Il tituba jusqu'à la Fuego, se laissa tomber sur le capot, la joue contre le métal tiède. Il balbutia :

— Combien de temps ?

— Le temps qu'elle s'enfonce. Moins d'une minute, avec les glaces ouvertes peut-être un peu plus. Ou un peu moins.

Mauber releva la tête. Du sang sur le capot... Milard ne le regardait pas. Il consultait sa montre, le visage à peine éclairé par la lueur des lanternes, le front baissé. Sur le grand capot, il y avait le P.M., les deux passeports. Mauber se redressa, chercha une cigarette. Milard avait bougé, il lui saisit le bras, l'entraîna derrière la voiture. Mauber trébucha, s'étala dans du gravier.

Il y eut le son assourdissant d'une très lourde plaque de tôle tombant de très haut sur le ciment d'un entrepôt. Un geyser d'eau monta à une dizaine de mètres et s'abattit en cataracte avec pas mal de retard. Milard se retourna, alla allumer les phares de la Fuego, s'approcha du bord à grands pas. L'eau sombre bouillonnait.

Lorsqu'il revint, Mauber avait récupéré le pistolet-mitrailleur qu'il pressait contre le flanc droit, les avant-bras serrés sur l'estomac. Milard lui braqua la lampe-crayon sur la figure. Mauber détourna les yeux. Du sang lui coulait le long des joues. Il grimaça :

— Deux mètres de plus...

— Deux mètres de plus et vous sautiez avec, considéra Milard.

Mauber acquiesça, les mâchoires crispées.

— Un cercueil de quinze bâtons... Personne ne lui aurait offert mieux.

— Vous voulez dire une prière ? grinça Milard.

La lampe se promenait lentement, puis s'éteignit.

— Poulet, dit Mauber avec difficulté, vous êtes bien comme les autres.

Il saisit le P.M. Milard avait déjà repris le volant. Le jeune homme se laissa tomber sur le siège. Milard alluma les essuie-glaces, chercha la première et accéléra. Mauber sortit une poignée de mouchoirs en papier d'une poche, se tamponna la figure. Le flic slalomait entre les ornières, à coups de volant précis, sans lever le pied. Les essuie-glaces tapaient dans le vide, il les éteignit, passa la barrière levée sans ralentir.

— Vous qui sortez d'ici, perdez tout espoir, fit le jeune homme.

Milard passa en quatrième, questionna :

— C'est de vous ?

— Dante... Pas tellement le répertoire d'un flic.

Milard toussa, puis il objecta :

— Pas beaucoup plus celui d'un pro-Palestinien.

Mauber lâcha les mouchoirs, empoigna l'arme sur ses genoux, la braqua sur le conducteur. Milard leva la main droite du volant, trouva sans le chercher un objet métallique dans sa poche, l'exhiba en souvenir.

— Le chargeur... Il doit rester deux ou trois cartouches, pas plus...

Mauber le lui arracha des doigts.

Ils avaient repris la nationale. Milard roulait très vite. Il étouffa une toux rauque du dos de la main. Devant eux, les projecteurs bâtissaient tout autour une vaste nef tendue de nuit opaque, le moteur grondait. Mauber appuya la nuque et l'arrière de la tête au dossier. Le flic aurait pu l'abattre après son vol plané. Il avait ramassé une claque de première. Il ne l'avait pas fait...

— Pour deux raisons, répondit Milard. La première, c'est qu'il aurait fallu que je me débarrasse du cadavre... La seconde... (Il toussa de nouveau, plus longuement.) La seconde, c'est que je n'en ai pas vu la nécessité.

Mauber jeta l'UZI sur la banquette arrière.

Il resta un bon moment à tripoter le chargeur entre les doigts.

Un couple s'en va, riant aux éclats,

Il pleut sur Broadway...

Céline, petite sœur, il ne reste plus rien de toi.

Plus rien d'identifiable.

Ainsi, il était apparu dans sa vie, et n'avait pas tardé à disparaître. La voiture s'était glissée dans la circulation et, bien entendu, il ne lui avait pas fait signe, ne s'était pas retourné. L'aurait-il fait, s'il l'avait pu ? Ne pas aller aux flics, prendre une chambre d'hôtel deux ou trois jours. Il lui avait censément promis de lui apprendre à tirer, de l'emmener un jour. Elle avait pris un taxi, demandé le double des clés à la concierge, était redescendue payer.

Récupérer sa voiture, déclarer la perte de son sac et ses papiers.

Le téléphone sonna.

Elle noua la ceinture de sa sortie de bain.

On l'appelait depuis la Brigade criminelle.

Commissaire divisionnaire Jean-Jacques Château.

Chapitre XVII

Debout, Giraud écouta les messages laissés sur son répondeur. Une Suzy s'inquiétait de son silence et lui passait ses amitiés d'un ton tremblé qui trahissait le manque. Amitiés de merde : elle lui avait tiré cinq mille balles un jour de dèche, cinq mille balles, une dizaine de rails. Suzy survivait dans la dèche. Elle baisait kleenex et s'imaginait bourrée de talent, campée dans les starting-blocks. Une covergirl. Il y avait des milliers de Suzy et elles faisaient la fortune des fourgueurs de coke qui investissaient dans l'immobilier et le cinoche. Un attaché de presse à qui Giraud avait posé un lapin. Plusieurs autres appels, les plus exaspérants puisqu'on n'avait jamais jugé bon laisser un mot après le bip. Il fureta dans toutes les pièces. Il y avait quelque chose griffonné en majuscules sur la grande glace de la chambre à coucher. Au rouge à lèvres foncé, on lisait :

> « DEMAIN OU L'AUTRE
> CLÉS DANS LA BOÎTE AUX LETTRES
> LONG TIME & SANGLOTS LONGS
> SOL (BÉMOL) »

Elle reviendrait : elle avait laissé des sous-vêtements douteux un peu partout, le lit défait et les cendriers pleins, son sac de voyage ouvert devant le placard, il s'en échappait un chemisier de soie froissé. Femmes de passage pour vie de passe. Giraud pensa à effacer, puis à quoi bon ? Il souleva le drap, le rabattit. Quelle importance qu'elle se soit envoyée en l'air ou non ? Il avait baisé jusqu'à plus soif et laissé une rallonge à la fille en partant. Elle dormait, la figure gonflée de sommeil. Dans un rade torve qui ouvrait juste pour presque rien, on lui avait servi une tartine et un crème mousseux.

Il retourna s'asseoir dans le fauteuil du bureau. Ainsi, ils n'étaient pas encore venus, ou alors ils avaient perquisitionné en orfèvres, ce qui était assez dans leur manière. Il n'y avait plus rien à trouver. Giraud sortit l'automatique de sa ceinture, le jeta sur le sous-main encombré. Règle numéro dix : ne jamais sortir chargé. Depuis un moment, Giraud ne jouait plus tout à fait dans les règles. Les autres devaient le savoir (mise sous surveillance), et pourtant ils le laissaient courir. Pas trace de gueule de bois, seulement de l'amertume. Il pensa : « Lamento des existences foirées. Quelque chose a cassé quelque part. Même pas la galère. Du fric... Elle ne pouvait pas faire autrement que partir et le laisser, trop de classe... Même pas la question. Elle vivait de l'autre côté de la rue, là où il y a du soleil et un peu d'ombre, là où Giraud avait pensé à la suivre. Il aurait pris contact avec les gens de la Sûreté du territoire. Ce qu'il avait à leur raconter n'aurait certainement pas manqué d'intérêt. Giraud serait devenu un défecteur. On ne parlait plus de trahison, mais de défection. On lui aurait assuré une protection temporaire et illusoire. On aurait pressé le citron jusqu'à ce qu'il ne donne plus de jus, des dominos seraient tombés, certains dans la foulée et sans susciter de vagues, d'autres... D'autres auraient fait deux ou trois jours les premières de la presse, les délices, bien sûr, des commentateurs, puis tout se serait enfoncé comme des billes de plomb dans de la pâte molle, sans laisser trop de traces. On aurait remercié Giraud, à moins qu'il n'ait été jugé préférable de lui fabriquer un arrêt cardiaque. Il buvait trop, vivait de moyens mal définis et tournait déjà depuis trop longtemps à la limite. Il aurait au moins pris la peine d'essayer de la rejoindre du côté ensoleillé de la rue.

« Maintenant, c'était trop tard, ils savaient et ils attendaient encore un peu, qu'il s'enterre, pour lui serrer la corde autour du cou. Ligne sur écoute et détecteurs, filatures. Elle était au loin, elle avait toujours son sourire hésitant, ses robes trop courtes, cette manière qui lui était propre de le tourner tendrement en dérision. »

Giraud pensa, de façon distincte :

« Oh bon Dieu ! Qu'ils viennent et qu'on en finisse... »

Plus tard, il brancha le tuner, derrière lui. Fusillade avec prise d'otages à l'enterrement d'un truand de haut vol. Les malfaiteurs avaient pris une femme et un officier de police en otages pour couvrir leur fuite. La femme n'avait pas tardé à être relâchée, mais le policier, dont on avait à présent l'identité, demeurait introuvable, ainsi que ses kidnappeurs. La propre épouse de Rolf Dieterich avait été grièvement blessée lors de l'échange de coups de feu, qui avait fait sept victimes. Elle était morte peu après son admission à l'hôpital où elle avait été transportée dans un état critique, atteinte de plusieurs balles expansives. Bien que la Brigade criminelle se soit refusée à toute déclaration, dans les milieux généralement bien informés on inclinait à penser que son exécution avait pour but d'éviter les révélations qu'elle avait à faire au cours d'une conférence de presse prévue pour le lendemain, sur une affaire qui prenait à présent un tour passablement mystérieux.

Giraud se frotta les paumes contre les tempes.

Plus question de faire défection.

Malou n'avait pas eu le temps de parler aux autres. Restait Giraud.

La fille qui avait assisté au meurtre de Rolf, il en connaissait l'adresse et savait comment la joindre si elle ne s'y trouvait pas pour une raison ou pour une autre... À lui, Malou avait tout balancé, comme elle l'aurait fait à Milard si elle avait pu rencontrer ce dernier. Giraud tripota l'automatique. « Ne rien faire. Laisser mouler. Tout homme, une fois dans sa vie, doit rencontrer sa vérité, la regarder en face. Ne serait-ce que pour mourir, après, les yeux ouverts. Ne rien faire... »

Il se leva, rebrancha le répondeur.

Laissa le pistolet où il se trouvait, entre les feuillets pelures d'un manuscrit inachevé, à peu près aussi précieux et ragoûtant dorénavant qu'une vieille boîte de pâté entamée, une cartouche de Dunhill intacte, quelques lettres qu'il avait négligé d'ouvrir, et un exemplaire usagé de *L'Œuvre au noir* de Yourcenar — édition Folio Gallimard.

Last affair...

Suzanne Vauthier croisa les jambes. Elle portait un jean, avait enfilé à la hâte une chemise de toile bleue. Elle se passait la main dans les cheveux. Le bureau était meublé avec goût, certainement pas un mobilier administratif. Le commissaire qui l'avait reçue était un homme d'une cinquantaine d'années. Bien que de taille moyenne, il était bâti en athlète. Sa mise était en accord avec le reste : élégante et de bon goût. Ni sa courtoisie ni son affabilité ne s'étaient démenties un seul instant. Un visage carré et volontaire, des yeux noirs de jais dont il ne songeait pas à tenter de dissimuler l'implacable capacité de vigilance. Elle hésita :

— Est-ce que... Est-ce que vous avez de ses nouvelles ?

— Pas la moindre. Ils avaient prévu une ou plusieurs voitures relais.

Elle leva le menton, une expression lasse et épuisée sur les traits.

— Un jeune homme. Seul...

Château s'accouda au bureau, contredit posément, d'un ton sans réplique :

— Deux ou trois tireurs. Une véritable opération de commando.

Elle serra les mâchoires, secoua convulsivement la tête.

— Il était seul... Je savais qu'il ne tirerait pas. Je voulais rester avec eux. Milard est très malade. Mon mari est mort de la même chose. Mais ces considérations n'ont pas cours dans votre... système... (Elle se reprit.) J'ai des connaissances haut placées, commissaire. S'il le faut... (Elle saisit son sac à main sur le bureau, sortit un paquet froissé, alluma une cigarette.) Pensez-vous que Milard va redonner signe de vie ?

Château inclina imperceptiblement le torse.

— J'ai fait amener votre voiture, madame Vauthier. Elle se trouve au parking. Je vais vous y faire conduire par l'un de mes fonctionnaires lorsque vous aurez signé votre audition.

Elle s'impatienta :

— Je vous ai posé une question.

Château la fixa sans marquer la moindre émotion.

— C'est la seule question à laquelle il me soit impossible de vous donner une réponse. C'est peut-être vous qu'il essaiera de contacter. A-t-il votre numéro ?

Elle eut une grimace amère et nostalgique.

— je lui ai donné ma carte, au restaurant... Un manière de jeu, bien que nous en ayons tous deux passé l'âge. Une carte pliée en quatre, avec quelques mots dessus. Il l'a mise dans sa poche, sans lire naturellement, puisque je lui avais demandé de ne pas le faire tout de suite... (Elle eut un rire de verre qui se craquelle.) Votre métier ne se satisfait pas du ridicule, n'est-ce pas ?

Un inspecteur apporta la liasse de l'audition. Elle parapha et signa sans lire. Château alluma une cigarette. Elle se passa encore la main dans les cheveux, les arrangea dans le cou et sur les épaules. Château l'épiait. Il fit glisser un formulaire informatisé.

— La restitution de votre véhicule.

Elle signa, le torse penché en avant, rendit le stylo à bille.

— Et s'il ne se manifeste pas ?

Château était déjà debout, il boutonnait sa veste.

— Milard ? Alors il sera temps de faire jouer vos connaissances haut placées, madame Vauthier...

Ils prirent Giraud à la station de métro. L'homme leur avait filé entre les doigts trop souvent et il n'était plus question qu'il s'évapore une nouvelle fois. Ils disposaient d'une équipe à pied, de trois voitures et de deux motos. Tous les mobiles étaient reliés entre eux par des radios à codeur-décodeur. Les informations parvenaient à une centrale de contrôle dans laquelle les déplacements de l'objectif se trouveraient visualisés sur un écran géant, répercutés par des observateurs attentifs, et continuellement enregistrés.

L'un de ceux-ci décrocha un combiné plat, pianota sur trois touches et annonça d'une voix laconique :

— Contact établi.

Le spot rectangulaire, d'un bleu violacé électronique, commença à palpiter et à se déplacer. Il suivait la ligne 3 Pont-de-Levallois-Bécon et se trouvait à mi-chemin entre Parmentier et République. L'observateur zooma. République. Stationnaire à République... L'observateur contrôla l'enregistrement magnétoscope. Se détendit. Direction ligne 11 Mairie-des-Lilas. Visuel entre République et Goncourt. La progression avait repris. Stationnaire à Belleville.

L'observateur pressentit sans émettre :

— Belleville-Père-Lachaise. Il va boucler le triangle.

Dans le silence de la pièce climatisée, personne ne répondit. Personne n'avait la moindre idée de l'identité ou seulement de l'apparence physique de l'objectif. Personne d'ailleurs ne ressentait la moindre curiosité à son égard. Il n'existait que sous la forme d'un mobile coloré qui finissait à la longue par fatiguer la vue, d'un parcours. Pas loin d'une abstraction mathématique.

DÉFENSE DE FUMER.

Mauber examinait les alentours à la jumelle. Des pentes caillouteuses, un chemin qui serpentait entre de rares bouquets d'arbres. La chaleur n'allait pas tarder à faire grésiller la pinède à contre-pente. Le ciel conservait une vague nuance bleuâtre, assez semblable à celle de jeunes yeux morts. Milard avait enfilé un vieux treillis délavé qui flottait autour de son corps osseux et chaussé des espadrilles. Mauber laissa retomber les jumelles, tourna sa face gonflée vers le policier.

— La cabane, c'est à vous ?

Milard acquiesça.

— Pour la retraite ?

— Si l'on veut...

Mauber essaya de sourire, bien que cela ne signifiât rien.

— Volets blindés, pas un défilement... (Il embrassa le paysage d'un geste de la main.) Un véritable glacis autour. Vous n'avez pas pensé à faire raser la pinède ? Aucun dispositif de veille électronique ?

Milard secoua les épaules. Bientôt la chaleur serait insoutenable et, pourtant, il sentait le froid monter dans ses os. La fin sera pénible. Il se rappela le visage de Suzanne Vauthier, puis immédiatement s'y substitua l'image de la jeune fille en chien de fusil dans le coffre de la BMW.

Il dut s'adosser au mur. Mauber surprit sa grimace.

— Tubard ?

— Mieux que ça...

Il chercha une cigarette dans sa poche sur la cuisse. Mauber lui donna du feu et, un court instant, il eut le visage du policier près de sa face. Foutu. Teint cireux, presque plus rien sur les os. Les yeux très enfoncés, à présent baissés, des yeux traqués qui tourneraient au jaune lorsque le foie, à son tour, serait attaqué. Milard remercia du menton, presque aussitôt une nouvelle quinte le secoua. Mauber s'éloigna de quelques pas. Il dit, de dos :

— Qu'est-ce que vous attendiez ? Que je vous en mette une dans la tête ?

— Non, fit Milard.

Il se redressait à grand-peine. Mauber se retourna. Le flic le fixait, la mâchoire molle, sans un mot.

— Vous allez crever.

— Je le sais.

— Flic de Criminelle ? Mon cul ! Vous m'avez arraché comme si vous aviez fait ça toute votre vie. Je suppose que vous avez un stock de faux papiers, du blé en réserve...

Milard retira la cigarette qu'il avait à la bouche, l'écrasa avec soin sous l'espadrille et remit le mégot dans sa poche.

— Tous les aéroports, tous les postes de douane sont sous haute surveillance et il n'est pas question de chirurgie esthétique. (Milard contempla le paysage.) Vous pourriez tenter le coup en solo, et peut-être que vous pourriez réussir. On en a vu d'autres. Mais ça risque d'être compliqué.

— Cigarette, fit le jeune homme.

Mauber lui jeta le paquet.

— Votre idée ?

— Faire le mort. Le temps que ça se tasse un peu.

Mauber creusa les joues, aspira la fumée amère.

— Et après ?

— Un vrai passeport. Un billet d'avion. Vingt bâtons,

moitié en francs français, moitié en dollars U.S. (Milard ricana et sa face parut un instant hideuse.) L'assurance que personne ne vous cherchera plus.

Mauber relança le paquet. Milard le ramassa à ses pieds.

— L'assurance ? Vous êtes complètement jeté, papa.

Les cigales... Mauber avait oublié leur crissement obsédant.

Il ricana pour lui seul.

— ... On me cherchera plus... Vous les connaissez mal, papa. Il faudrait que je sois mort, pour ça.

Milard le fixa. Il y avait quelque part un jeune homme du même âge, quelque part dans le monde ou ailleurs, et qui devait avoir à peu près la même stature, la même rage de vivre, les cheveux sensiblement aussi longs à moins qu'il fût devenu punk ou skin-head. Il dit, un peu à regret, de passablement loin :

— C'est ce que vous allez être. Mort.

Mauber arracha la cigarette qu'il avait aux lèvres.

— À vous aussi on fera des obsèques synthétiques. Dans le meilleur des cas, on retrouvera votre montre-bracelet, la plaque d'identité que vous avez au cou, en dosant bien, les passeports dans le vide-poches... Le vôtre et celui de la fille.

— Merde, souffla Mauber, vous avez un ordinateur dans la tête. (Il inclina la tête sur l'épaule gauche, arbora une expression de ruse.) Ma virginité contre quoi ?

— Vous me racontez tout, depuis le début. Le mode opératoire, comment on vous a recruté, où, quand. À quelles personnes vous avez eu affaire. Ce qui leur a permis de penser que vous pouviez approcher Berg... (Milard fit, d'une voix plate :) Tout. Même si ça demande des heures.

Mauber secoua les épaules, sceptique.

— À quoi ça vous avancera ?

Chapitre XVIII

Tour de la Défense. Bureau moderne avec console vidéo et moquette de haute laine. Château debout, rasé de près, une cravate impeccable nouée au cou, la veste boutonnée, le visage poli comme de l'ambre, les reliefs curieusement adoucis, dépourvu de la moindre trace de fatigue ou d'impatience. Le colonel, dans son fauteuil en cuir, dont les doigts jouent avec un couteau d'obsidienne. Le colonel, qui le fixe de façon reculée.

— Washington regrette. Washington a toutes les raisons de penser que l'initiative ne vient pas des autorités françaises. Qu'elle était et reste inopportune. Le tour qu'elle a pris est proprement détestable.

Château ne bouge pas, supporte sans ciller le regard spéculatif. Le soleil éclatant, dehors, ne parvient qu'étouffé à travers le vitrage épais, teinté de gris. Pas un bruit, pas un mouvement, sauf les doigts, inlassables et réguliers. Pas de ville dehors. Pas de voitures qui circulent sur la rocade. Un monde mort, tout en bas, bien qu'il soit dix heures, un monde d'où rien ne parvient plus. Le colonel repose le couteau à regret.

— La Centrale étudie en permanence des hypothèses simultanées. Les variables les plus aléatoires sont intégrées, y compris les plus malencontreuses. Nous obtenons des réponses. Certaines ne nous plaisent pas, la plupart nous encombrent. D'autres simulations enfin nous rebutent encore plus. Surtout lorsqu'elles aboutissent à une expérimentation en vraie grandeur. Washington avait exprimé ses plus vives réserves, quant au dispositif ATLANTA. Nous pensions avoir été clairement perçus.

Château est toujours immobile. Ni sa posture, ni ses traits, ni ses yeux n'expriment le moindre sentiment, rien ne le trahit. Le colonel bouge le fauteuil.

— Tous les Services du monde ont des études semblables dans leurs cartons. Elles y sont généralement classifiées et soigneusement protégées. On peut les prendre pour des jeux de l'esprit, des exercices de style. Ils contribuent pour une grande part à acérer la virtuosité de leurs concepteurs. Des gammes, commissaire. On doit les considérer comme des gammes.

Château ne remue presque pas les lèvres.

— Des gammes pour jouer quoi ?

— Les pièces qu'on demandera de jouer plus tard.

— « Five Easy Pieces »...

— Berg s'en est tiré. Nous l'avions dans la poursuite. Depuis des années. Fin 82, il a approché un de vos attachés militaires du Golfe. Il était disposé à rentrer, à condition qu'on lui fournisse pour cela une raison plausible. Qu'on lui fournisse une protection. Nous étions... réservés. Nous vous l'avons clairement fait connaître, à de multiples reprises. Vous avez monté le dispositif et celui-ci porte la marque brillante d'une intelligence perverse.

Château sort un paquet de cigarettes, l'entame.

Ses gestes sont placides et désinvoltes. Il l'allume.

— Toute intelligence est par essence perverse, colonel.

— En ce qui concerne Berg, pour vous comme pour nous, il n'était pas question un seul instant de ralliement ou de défection. Berg n'entre dans aucune des catégories qui auraient rendu cela souhaitable ou raisonnablement crédible. Pas question de concordat...

— Je ne crois pas souffrir de troubles de la mémoire, remarque Château.

Malgré l'invite, il ne juge pas utile de s'asseoir dans l'un des fauteuils qu'on lui désigne du bras. Il est campé sur les talons, le visage très droit, capable d'une immobilité qui lui enlève tout caractère humain.

— Combien de pertes, jusqu'à présent ?

Château calcule.

— Une dizaine...

— Et il reste encore des portes à fermer.

— Kennedy vous a coûté combien ?

Les doigts longs et fins frôlent le couteau d'obsidienne.

— Pensiez-vous sincèrement, commissaire, que Berg viendrait se jeter dans la gueule du loup, même sous prétexte de s'incliner sur la dépouille d'un compagnon mort ? (Et il lève les yeux.) Le gambit du cavalier. Combien de chances y avait-il pour qu'il joue le coup avec un tour d'avance ?

Château cherche un cendrier des yeux, abandonne la cendre sur la moquette. Le colonel s'abîme dans la contemplation du couteau. Toujours pas le moindre bruit. La climatisation entretient une atmosphère aseptisée. Le colonel relève le front. Château, à son tour, le scrute. Même monde. Mêmes réflexes.

Le colonel, d'une voix lisse, neutre :

— On accuse réception à Berg. (Un temps.) L'accord est passé. On mettra à profit les obsèques pour mettre les pendules à l'heure. Pour des raisons que tout le monde s'accorde à trouver bonnes, Berg veut passer à l'Ouest. (Une autre pause.) Il a quitté le grand banditisme pour le terrorisme international, à supposer que les cloisons ne soient pas très poreuses entre ces deux domaines d'activité. Ses employeurs, en outre, commencent à le trouver encombrant. Un composant de plus en plus instable... Trop dangereux à manipuler. Aussi meurtrier qu'un missile balistique hyperperfectionné dont on a perdu le contrôle après le tir...

(Château se tait.) Une espèce de Carlos, mais dont on sait au moins qu'il existe. Imprévisible. Versatile...

Le colonel s'accoude à la laque sombre du bureau.

— On le fait venir. Avec le secret espoir que ce n'est pas Berg qui viendra, parce qu'il aura prévu une sécurité. Ce point figure noir sur blanc, Château, dans les figures imposées du dispositif ATLANTA. « Si pour une raison ou pour une autre, l'objectif n'était pas détruit, soit durant l'opération elle-même, soit dans un très bref laps de temps suivant celle-ci, il y aurait tout lieu de redouter de sa part des réactions d'une soudaineté et d'une brutalité propres à mettre en péril la sécurité de l'État, et à provoquer de graves traumatismes dans l'opinion publique. Il pourrait s'ensuivre une série d'attentats ou d'actions qui risqueraient de porter un coup sérieux au pouvoir politique français et connaître de graves répercussions internationales. » (Le colonel sort un cigare, l'allume, la senteur douceâtre se répand.) Je ne crois pas non plus souffrir de la mémoire, commissaire. Votre gouvernement a refusé cette impasse. ATLANTA aurait dû finir au cimetière des Éléphants.

Château bouge à peine.

— Votre analyse ?

— Une initiative... privée. Berg vient et se fait descendre. Dommage. Il vient et s'en tire, ou, mieux, il ne vient pas. Il reste sur sa montagne. Le flingage fait assez de bruit pour qu'on ne puisse pas l'étouffer. Le travail ressemble trop à ce qu'il connaît des Services spéciaux... (Le colonel hausse les épaules.) Il n'a pas besoin de prévenir. Composé instable. Il lui reste des moyens et des relais. Tout ce qu'il faut pour foutre le feu à la baraque.

— Pourquoi ?

Le colonel hausse de nouveau les épaules.

— Aucun gouvernement, aucun pouvoir quel qu'il soit, ne peut résister sans dommage à une vague de violence, pour peu qu'elle soit suffisamment bien orchestrée. Berg est cinglé, vif et rapide. (Sourire bref.) Il a du métier... Il figure dans sa partie parmi les cinq ou six grands professionnels mondiaux. Une autre intelligence perverse, mais beaucoup plus portée sur l'action directe. Plus physique, plus immédiate. Château, je ne sais pas qui est votre Maître du jeu et je ne veux plus le savoir... (Geste de la main.) Il n'y a pas le moindre dispositif électronique dans ces murs. Si on m'avait commandé de mettre au point et de réaliser l'amorçage d'un mouvement de déstabilisation violente dans ce pays... (sourire) je n'aurais pas procédé autrement.

Château reste immobile, inexpressif. La cigarette est bientôt finie.

— Des soldats, colonel. Dans un monde en guerre.

Il se déplace jusqu'au bureau pour écraser la cigarette.

Le colonel, pensif :

— Fermez bien toutes les portes qui restent, Château. Bouclez la boucle. Il ne vous restera plus qu'à attendre que Berg bouge... (Nouveau haussement d'épaules.) Washington m'a relevé cette nuit de mes fonctions pour la zone Europe. (Il se lève pour reconduire Château.) Une affectation peut-être en Amérique latine. (Au dernier moment, à la porte du bureau.) Château, toutes les portes : bien fermées... (Geste de verrouiller une serrure.) Toutes ! La règle du jeu... Kennedy nous en a coûté certainement près d'une centaine... Château... À votre place, j'aurais sans doute fait la même chose. Les portes les plus difficiles à fermer, ce sont celles qui se trouvent sur votre propre palier. (Il s'incline sèchement.) Je ne vous raccompagne pas, commissaire. Vous connaissez le chemin...

Éliane Forrestier se réveilla. Dix heures vingt. En s'approchant de la fenêtre, elle aperçut les toits d'étain sous le soleil. Accroupi en peignoir dans le living, Mingus cherchait un disque dans la pile. La pièce embaumait le café et les toasts. Elle lui posa les doigts sur l'épaule. Une énorme masse de muscles et d'os, le ventre plat et la taille étranglée, qui avait un faible pour Archie Shep et Louis Armstrong, appréciait plus que de raison Linda de Los Llanos (« Ah putain ! poulette, "Alfonsina y el mar"... Écoute, elle dit, écoute :

... Y a que Dieu qui sait l'angoisse qui t'a accompagnée
Les vieilles douleurs que ta voix a pas dites
Pour que tu te couches bercée par le chant
des coquillages de la mer...
... Tu t'en vas, Alfonsina, avec ta solitude...
... Comme dans un rêve,
Alfonsina, endormie, vêtue d'algues
Dans le fond sombre de la mer.

Écoute... elle l'a vraiment fait, elle a vraiment nagé, droit devant, jusqu'au moment où elle a coulé. Contre ça, tous les flics, tous les colonels, même les Argentins, ils peuvent rien. Y a des choses, même l'électricité pendant des heures, même la baignoire, toutes les saloperies qu'ils ont inventées, toutes les chaînes, y a des choses que pas une balle de fusil peut tuer pour toujours... et "Damned don't cry" de Trane ? Tu les entends, poulette ? Tu les entends ? Ils sont dans la pièce à côté, ils tendent les mains, leurs yeux voient plus rien parce qu'on les a crevés, mais ça empêche pas qu'ils hurlent, peut-être même qu'ils tendent pas les mains parce qu'on leur a coupées... Le trou, dans la bouche, c'est peut-être qu'on leur a arraché la langue... Peut-être qu'il leur reste plus rien... Ça, c'est Dolphy, tu sens ? Dans les os, tu sens ? Et la basse, maintenant, et Booker Little, la trompette, là, tu sens la tristesse ? Il lui restait six mois à vivre. Il a tout mis dans son biniou... Tout ce qu'il avait dans le ventre. Six mois... »), il lui avait préparé des cosses d'okra avec des pieds de porc et fait frire à la graisse de larges tranches de gâteau à la semoule de maïs. Elle s'était surprise à manger avec les doigts et à rire.

Au contact de ses doigts, il se dévissa la tête.

— Déjà debout, poulette ? Y a du café... Pas trouvé de croissants...

Elle ne portait rien sur le dos et s'en foutait, laissa les doigts où ils étaient et proféra d'une voix triste et lasse :

— Mingus... Tu pouvais pas être un truand comme les autres ?

— Je suis pas blanc-bleu, poulette... (Il avait trouvé le disque, mais tardait à se relever.) Éliane, si j'avais pas été un black...

Il ne la regardait pas. Elle, elle voyait les toits de zinc, elle entendait encore le gémissement de Coltrane. Non, les damnés ne pleurent pas. Elle laissa échapper, un peu comme une plainte :

— Ça n'aurait rien changé...

Il se redressa, l'air embarrassé, hésita à la prendre dans ses bras. Elle dit, le visage aveugle :

— J'avais pensé, un coup de queue en passant... (Elle le regarda, bravement, sans l'air de s'excuser.) J'avais eu une dure journée. J'avais pensé, ça fera du bien... (Elle prit dans les siens les longs doigts noirs, presque plats, aux phalanges interminables, déliés et volubiles comme ceux d'un pianiste de jazz, plantés dans des mains, au bout d'avant-bras de docker.) Je pouvais pas savoir...

Il posa le disque au hasard derrière lui, lui prit les coudes.

— On sait jamais avant. Poulette...

Elle s'arracha à lui.

— Il faut que je passe à la boîte, Mingus.

Elle était à la porte, près de sortir. Elle arborait son éternel blouson, le jean qu'elle avait laissé en boule au pied du lit, un T-shirt chiffonné et ses boots. À la ceinture, il y avait le 357 Magnum, les cartouches, l'étui à menottes. Elle serrait son sac sous le bras gauche.

— Si tu sors, laisse les clés dans la boîte aux lettres.

Elle embrassa la pièce du regard, sans lui porter plus d'attention que s'il n'était pas là.

Il n'eut pas le moindre mouvement, ne chercha pas un mot pour la retenir.

Il entendit le claquement résolu de ses talons sur le palier, la machinerie de l'ascenseur qu'elle avait appelé. Il remit le disque dans la pile, regarda les toits à son tour et, plus loin, l'horizon. Elle était partout, dans les bibelots et les meubles, les vêtements épars. Dure et vulnérable. Il alla jeter le reste de café, nettoya la cuisine. Une caisse de munitions lui servait de casier à bouteilles.

Il s'abstint de retaper le lit.

Dans la salle de bains, il examina sa face large et à la peau sombre et grumeleuse. Rien à voir avec Sidney Poitier. Il utilisa son petit rasoir à piles, une de ses serviettes-éponges grèges.

Sauf à l'autopsie, le coeur, chez un être humain, c'est ce qui est le plus difficile à voir. Pour la première fois de sa vie, malgré Chester Himes, Ray Charles et Miles Davis, l'homme qu'elle aimait à appeler Mingus se surprit à haïr sa propre négritude.

Chapitre XIX

Presque seul dans le wagon de métro, Giraud griffonnait sur le dos d'une enveloppe : « Il y a les vivants et il y a les morts. Et il y a les autres, ceux qui campent encore là, mais qui ont passé la ligne. Qui jouent déjà dans l'autre camp depuis si longtemps qu'ils l'ont oublié eux-mêmes. De façon générale, ils ne font plus beaucoup de bruit. Ils se déplacent sur la pointe des pieds. On ne peut même plus dire qu'ils attendent. Leur départ... leur départ revêt pour les vivants des allures de vague, de très vague saisissement : Comment ? Ils étaient encore là ? Eh bien... Non, vraiment ? Leur départ, leur départ lui-même est surnuméraire. Une formalité inutile. »

La rame ralentissait sans saccade.

Giraud fourra l'enveloppe froissée dans sa poche.

Il sortit après le klaxon, au moment où les portes allaient se fermer.

— Je demande un changement d'affectation.

— Aucune objection en ce qui me concerne. Direction centrale, P.J. ?

— Brigade des mineurs, Nanterre. Le télex est tombé.

— Il est tombé depuis quinze jours. Ça ne se bouscule pas au portillon pour y aller. Vous connaissez le contexte et la nature exaltante et gratifiante du boulot... (Château sortit une chemise cartonnée d'un tiroir.) Inspecteur divisionnaire chef... Tous les rapports vous concernant sont plus qu'élogieux et vous remplissez toutes les conditions pour passer commissaire au choix. En plus, vous êtes une femme et ça cadre avec la politique du moment... (Il lut :) « Fonctionnaire d'exception, dont les qualités intellectuelles et les aptitudes professionnelles, la disponibilité sans faille, les capacités d'encadrement rendent souhaitable sa promotion au grade supérieur... »

Il poussa le document vers elle.

— Une simple demande que vous signez et je vous accroche au tableau. Dossier en béton. La commission administrative paritaire la plus malveillante ne pourra que suivre.

Elle dit :

— Mauber...

Il releva les yeux, les doigts en suspens.

Elle sortit une cigarette, l'alluma dans ses paumes.

— Signer ce genre de torchon ? Taulier au choix ? (Elle ricana avec une brutalité délibérée.) J'ai pas envie de passer dans votre clan. Je suis un flic, seulement un flic. (Elle se leva.) Ni plus, ni moins con que mes collègues. (Elle dit, avec rage :) Un flic, Château, est-ce que vous avez une vague idée de ce que c'est ? Pour moi, c'est un mec qui se couche pas. Jamais.

Elle retourna le cavalier posé sur le bureau, l'examina en tous sens, COMMISSAIRE DIVISIONNAIRE JEAN-JACQUES CHÂTEAU, le reposa n'importe comment. Ce fut Château qui le remit en place là où il se trouvait.

Elle lui rappela, depuis la porte capitonnée :

— Brigade des mineurs, Nanterre.

Il répondit, sans bouger le visage :

— Un jour ou l'autre, Forrestier, tout mec que vous êtes, vous ferez comme les autres : vous vous coucherez.

Elle ricana, assurant le sac à l'épaule :
— Qui vous dit que c'est pas déjà fait ?

Mauber avait les clés de la Fuego entre les doigts.

— Bougez, dit Milard. Soyez prudent, mais bougez, sortez un peu. Achetez deux ou trois appareils photo reflex, des objectifs, un sac fourre-tout. Profitez-en pour vous faire couper les cheveux. Photos d'identité. Look reporter-photo en vacances, pas regardant question fric. Votre vue est bonne ?

— Excellente...

— Tant pis ! Prévoyez des petites lunettes rondes. Vous prétexterez que la télévision vous fatigue les yeux, la lumière inactinique. Vous avez besoin de verres de repos... (Il chercha son paquet de cigarettes, prévint une objection.) S'ils doivent venir, ils viendront et il est probable que vous n'aurez même pas le temps de vous en rendre compte.

— Milard... Pourquoi ? Pourquoi vous faites ça ?

Le policier lui lança un rouleau de billets.

— Ça serait trop long à vous expliquer... Certainement trop difficile. Ne me demandez pas l'impossible. (Il alluma sa cigarette à contrecœur.) Mettez-vous dans la peau du jeune branleur sans souci, rentrez dans le personnage jusqu'à ce que vous le deveniez. Un autre type. C'est une condition de survie. (Il haussa les épaules.) Tout dépend du prix que vous donnez à votre existence. Mais ça, c'est votre problème. Je vous en procure les méthodes et les moyens. C'est tout. Ce que vous en ferez... Il y a des réponses que personne ne peut donner à votre place.

Mauber hésita, d'un pied sur l'autre.

— Une dernière chose : allez tirer un coup. De toutes les façons, vous la ferez pas revenir. Payez-vous un dégagement.

— Milard...

— Tirez-vous. Essayez seulement de pas casser la bagnole. On va encore en avoir besoin...

Elle avait l'âge Drugstore et Lancia coupé, le physique disco. Elle finissait un Nescafé, *Le Figaro* déplié sur la table, et piochait dans un paquet de crackers qu'elle grignotait du bout des dents. Ses traits étaient vieux et tirés, pas du tout appétissants, ses yeux inanimés se portaient de temps à autre sur la mauvaise photo de la très belle femme en première page. Giraud avait les poings dans les poches. Il sortit une poignée de papiers, parmi lesquels il écarta l'enveloppe griffonnée, renfonça la main et sortit un paquet rectangulaire enveloppé de papier kraft.

— Vous l'avez pas connue...

— Trop bien, murmura Giraud.

— ... Et Rolf. Qu'est-ce que c'est, un truand de haute volée ?

— Un type qui a pas été assez malin pour devenir patron d'une multinationale. Ou qui en a pas eu l'occasion. Des fois, c'est aussi quelqu'un qui a cessé de servir.

La fille hocha la tête. Elle ne paraissait pas avoir entendu. Elle dit :

— Son nom, c'était pas Malou, mais Marie-Louise.

Il posa le paquet devant elle.

Elle l'éventra à coups d'ongles désordonnés.

Il y avait du plastique en dessous, et dans l'emballage des billets de banque neufs autour desquels on avait laissé la bande de plastique vert qui les enliassait. Plus qu'assez pour se mettre au calme. Elle regarda Giraud, de la même manière que s'il venait juste d'entrer et de s'asseoir. Elle s'aperçut, de ses yeux tristes, de la manière qu'il avait, malheureux, d'éviter les siens, sentit sa façon d'homme plaqué. Il sortit avec gêne un paquet de Dunhill.

Elle hésita :

— C'est elle... (Elle griffa le plastique avec deux ongles, ceux de l'index et du majeur.) C'est elle qui vous a dit de venir ? Est-ce qu'elle savait qu'ils la...

Il alluma sa cigarette.

— Elle ne savait pas. Elle s'en doutait.

— Je comprends toujours pas pourquoi il a pas tiré. Il m'a mis le pistolet dans la bouche... Il a appuyé et rien. Clic. (Son menton se mit à trembler. Elle avait la tête baissée.) Seulement clic. Elle, ils lui ont pas fait de cadeau. Qu'est-ce que c'est, une balle expansive ?

— Un truc qui explose à l'intérieur, juste après l'impact. Inopérable. (Il changea de ton.) Essayez de vous barrer. Rien ne prouve qu'ils en ont encore après vous. (Il se leva. Elle ne le regardait pas. Il n'eut qu'un pas en arrière à faire pour gagner la porte.) Il faut toujours essayer...

Giraud les trouva là où il ne les attendait pas. Ils encombraient le palier et aucun d'eux ne ressemblait à un voyou. Pas d'armes apparentes.

L'un des trois expliqua d'une voix étouffée :

— On nous avait commandé un package deal, tu comprends ? Le lot complet. Le mec et la marmite. Tourne-toi, les mains à plat contre le mur, écarte les chevilles... Plus que ça. Encore...

On le fouilla.

— Ça va, retourne-toi. Tu vas taper. Tu as oublié un truc, n'importe quoi. Pas question que ça se passe pas en douceur.

Giraud se retourna. Il y avait la mince porte peinte en carmin sourd, du bois de quatre sous, la serrure de chez qui il n'y avait jamais rien eu à voler, un verrou qui n'avait aucune chance de tenir. Giraud pensa : « Voilà, enfin ils sont là. Ça ne sera plus très long maintenant... »

Il trouva la force de tenter une sortie manquée.

Sans un bruit, on lui martela l'estomac à coups de matraque.

Des doigts lui saisirent les cheveux, une grosse poignée.
— Tape...
Il le fit, du plat de la main, comme pour s'appuyer.
Ils l'entendirent reculer sa chaise dedans.
Puis, tout près, elle tira le verrou.
Il ne leur resta plus qu'à se ruer à l'intérieur.

Chapitre XX

Il y avait eu une soudaine alternance de journées torrides et de brusques orages qui roulaient d'une colline à l'autre, avec des fulgurances telluriques, des éclatements démesurés et de longs grondements rauques, des sournoiseries de gorge, et puis brusquement d'interminables déchirements minéraux, ou, assourdissants et sans appel, des départs de canon de gros calibre, si près que les vitres en tremblaient encore bien après. Et la pluie passée, de nouveau un ciel immense, inépuisablement paisible et vide.

Mauber disputait seul de longues parties d'échecs.

Milard avait pris l'habitude de descendre au village, téléphoner à Suzanne Vauthier. La conversation, lorsqu'il parvenait à la joindre, ne durait jamais plus de cinquante ou soixante secondes, certainement pas assez longtemps pour qu'on puisse remonter à l'origine de l'appel. Elle avait un ton convenu. Mauber conduisait et restait à l'attendre dans la Fuego, l'UZI approvisionné sous le siège avant. Ou bien il en profitait pour faire des courses, aller aux cigarettes et achetait le journal local.

Il commençait à avoir de la barbe et portait les cheveux très courts.

Partir, il n'y pensait pas.

Un matin, il entra dans la pièce où habitait Milard. Ce dernier était couché en chien de fusil sur le lit picot. Il n'avait pas touché à la bouteille d'eau minérale, la face contre le crépi du mur.

— Bientôt plus de dope...

Milard avait bougé, puis fait l'effort de se retourner.

— Les dernières longueurs...

Le policier avait acquiescé en silence.

— Trente briques... Ça fait une semaine que vous avez les passeports.

Mauber était adossé à une vieille armoire.

— En effet : trois passeports ! Milard, vous auriez fait un faussaire de génie. Pourquoi, d'ailleurs, trois ?

Milard avait bougé les lèvres pour sourire.

— Trois pistes possibles... On peut toujours arriver à faire parler un homme qui n'est plus tout à fait en pleine possession de ses moyens physiques. (Le regard restait lucide, il avait gagné encore en vigilance, puisqu'il épiait aussi les progrès du mal, à l'intérieur.) Trois pistes, trois chemins qui bifurquent. Prenez aussi plusieurs billets d'avion. Choisissez le bon au dernier moment...

Mauber avait secoué la tête, sans impatience.

— Donnez-moi le Maître du jeu.

— ... Aucune importance. Vous êtes vivant. Le reste... C'est à moi de finir le boulot.

— Conneries : vous êtes tout juste foutu de conduire jusqu'au village et retour. Il vous reste combien de doses ? Cinq ou six boîtes. Après, vous finirez par gueuler qu'on vous achève. Vous aurez même plus la force d'aller l'appeler. Vous allez crever et tout le monde s'en fout, à commencer par elle.

Milard se mit un avant-bras sur les yeux.

— Elle a promis...

— Mes couilles. On passe son temps à promettre et personne ne tient. Ça serait trop beau. Milard, filez-moi le boss. Ce putain de chef d'orchestre.

— Pas de boss. Qu'est-ce que vous en feriez ?

Mauber alluma une cigarette, épié par les yeux creux au-dessus de l'avant-bras sans force. Il dit, d'une voix étrangement douce et triste :

— Ça va vous paraître con, papa. On m'a droppé au Cambodge et ailleurs. On m'a appris à peu près tous les trucs possibles et imaginables pour effacer un type, à bosser en gros et en détail. J'ai jamais su pourquoi je le faisais, sauf que ça me branchait pas de gratter en usine, les trois-huit... Sauf que ça payait, et encore pas toujours, mais quand ça raquait, ça banquait fort.

— Berg banquait bien.

— Très bien. Rubis sur l'ongle. Berg paye toujours ses dettes.

— Il envoie aussi toujours la facture. Pourquoi vous avez pas continué avec lui ?

— Aucune idée. Peut-être le souvenir de la porte de la Chapelle, les petits crèmes sur le zinc... Peut-être que je m'étais gouré de trajectoire. Y a des maldonnes, des fois. Elle sortait de cabane, papa. Ils se sont arrangés à la mouiller. Elle avait neuf chances sur dix de se faire monter une tête à l'arrivée, mais elle est venue tout me rendre, avec sa tronche blême de pochetée, son sweater crasseux et le reste en dessous... (Il regarda ses mains ouvertes devant lui à la hauteur de la ceinture, les retourna en tous sens.) Je lui ai payé une bouffe. Putain, pour une fois dans ma vie, j'ai eu l'impression que quelqu'un avait besoin de moi. J'ai repensé à ma vieille... C'était comme si cette gosse m'avait lavé de toute la merde que j'avais sur moi. J'aurais refait des trucs avec elle... (Il se prit la tête dans les mains, laissa échapper d'une voix esquintée :) L'espoir, Milard, vous avez jamais entendu parler ? JAMAIS ? L'espoir, bon Dieu...

Milard s'assit sur le bord du lit, se leva à force.

— Vous auriez rien refait. On refait jamais rien. On prend

le mauvais aiguillage, et après il reste plus qu'à durer. Jusqu'à ce qu'on ferme au noir.

— Donnez-moi ce type, Milard.

— D'accord. Juste avant de fermer.

Il avait perdu depuis bien longtemps toute espèce de notion de temps et les coups eux-mêmes ne semblaient plus l'atteindre. On l'emmenait, on le ramenait, et il voyait l'ampoule allumée derrière le treillage métallique. Des visages flous auxquels il ne parvenait plus à attacher de nom, tous identiques, constitués de trous et de bosses. La lumière ne s'éteignait jamais, preuve qu'il n'y avait plus de temps. Des images passaient parfois, il y reconnaissait une rue, un son, des images en rafales, foudroyantes et instantanées, des bruits qui avaient dû être autre chose, quelque chose comme des mots. Il lui coulait quelque chose de tiède d'abord, puis de glacé, entre les jambes, ça coulait tout seul, des fois longtemps. Comme quand il pissait. Pas vraiment mal, sauf lorsqu'on l'asseyait, le cuir froid sur la peau, qu'on lui mettait le casque sur la tête. Stridences insoutenables.

Les trous des visages s'approchaient très près, émettaient des successions de sons, guettaient. Le casque... Le siège avait un peu l'air d'une vieille chaise de dactylo en fer. Le casque et les électrodes. Il sentait sa semence gicler, mais elle ne servait plus à rien. Nu. Tremblant de froid, la peau flasque lui pendait de partout. Installé. Une espèce de clinique, avec une salle d'op', avec des patrons qui officiaient, les étudiants autour. Blouses blanches. Beau temps qu'il ne dormait plus. Ou sans s'en rendre compte. Beau temps qu'il ne les entendait plus arriver. Qu'il ne les attendait plus. Un mot, un nom, encastré quelque part. Trouver la clé. Des bribes. Le froid. Trouver le mot. Le mot oublié, la phrase perdue...

Pas de raison que ça s'arrête.

Le médecin promenait son stéthoscope. Il l'enleva des oreilles.

— Le cœur tient. Robuste constitution. Question de dosage. Importante perte de poids, flaccidité musculaire. Il faudra mettre en place un système d'alimentation forcée. Éviter la déshydratation.

Il se tourna vers Château.

— Mentalement, rien ne prouve que vous parveniez à en tirer un discours cohérent. Il peut s'enfoncer dans l'autisme le plus complet. Ce serait assez conforme à son profil et ses structures psychiques. Toutes les expériences tentées à ce jour dans ce domaine mettent en évidence l'existence, chez certains sujets, d'une cassure schizophrénique. Le sujet ne parle pas, parce qu'il ne le peut pas. Un refuge... (Le médecin jeta un regard clinique sur le maigre corps étendu, où le sexe flasque et brun mettait une touche obscène.) Nos possibilités ne sont pas infinies, ni les progrès de la science sans limites.

Château s'approcha.

Giraud avait les yeux ouverts. Ils n'étaient fixés sur rien.

Les lèvres remuaient. Aucun son n'en sortait.

— Continuez...

Jankovic l'attendait dans la voiture dont le moteur tournait au ralenti. Quartier des entrepôts. Il destina à son supérieur un regard qui ne se voulait même pas interrogatif, démarra sèchement, ce qui n'était après tout que sa façon normale de conduire. Il avait le visage lisse, rasé de près. Château sortit un paquet de cigarettes, poussa sur l'allume-cigares.

— Ils n'en tireront rien. Il n'est déjà plus dans la course.

Jankovic s'obstinait à foncer comme une balle, les mâchoires serrées. À un moment, sans ralentir, il se dissimula les yeux derrière des Ray-Ban sombres. Château fumait, la veste ouverte. Il conclut, d'un ton posé :

— Il va falloir trouver autre chose. On ne peut pas continuer à attendre comme ça, ad vitam aeternam, que Giraud parle...

Jankovic dit :

— Berg n'a toujours pas bougé.

— Il bougera. Là où on ne l'attendra pas, lorsque nous n'y penserons plus.

— À moins qu'il n'y ait plus de Berg.

— Il y a le métier, Janko. Il y a aussi l'instinct. Tous deux me disent que Berg est toujours dans le circuit. La stratégie de l'araignée. Il attend son heure, tapi dans son trou, quelque part. Si je croyais au mal, je dirais qu'il en est un des archanges.

— Et nous ?

— Nous ? (Château réfléchit un instant.) Tout au plus de simples valets subsidiaires... Des pièces sans grande importance... (Il écrasa sa cigarette, jeta le mégot dehors.) Et ils viendront défier mon trône, en un combat douteux dans les plaines du ciel... (Il poursuivit sa pensée.) Des valets qu'on écarte, le moment venu...

D'une main, Jankovic sortit et alluma une Gitane.

— Et Milard ?

Château regarda les passants, de l'autre côté de la glace.

— Une position de repli, préparée de longue date. (Il tourna la face vers le conducteur.) Une autre sorte de Berg. À la différence que Milard n'en a plus pour très longtemps. Il finira par sortir, et avec lui, Mauber...

Jankovic ne songea pas à couvrir sa surprise.

— Parce que vous pensez...

— Oui. S'il ne l'a pas fait tout de suite, Mauber n'a plus pu exécuter Milard. Ce qu'on a retrouvé de la BMW aux

Gravières de la Seine porte la marque du spécialiste. Tout effacer derrière soi. Mauber est un ancien para-commando et il en a fait la preuve au cimetière. La BMW, c'est autre chose. Janko, si Milard n'était pas en train de crever, je vous dirais qu'on ne lui échappe pas. Rien d'un surhomme. (Il agita les doigts.) Un maître dans sa partie. Un maître ne part jamais sans laisser quelque chose derrière lui, si peu que ce soit. Parfois, seulement un autre homme. Un homme plus jeune.

Jankovic jeta sa cigarette. Il suggéra contre son gré :

— Une opération spéciale chez la femme Vauthier.

Château opina en silence, alluma une nouvelle cigarette et observa :

— Terrain miné, Janko... Ça ne s'organise pas en cinq minutes. Rien ne prouve qu'il commettra l'erreur professionnelle de l'appeler. Et quand bien même ça n'irait pas loin. Il faudrait un point haut pour le récepteur, s'assurer de manière certaine de son absence pendant, mettons, une heure ou deux. La femme de ménage... À la suite du cambriolage, j'espère tout de même qu'elle a renforcé son dispositif de protection...

Jankovic s'arrêta à un feu rouge.

— J'ai le point haut : une soupente où personne n'a la moindre raison de foutre les pieds. On branche le matériel sur accus, il suffit de les changer lorsque le technicien vient récupérer les bandes. La femme de ménage expédie le boulot de neuf à onze chaque matin, sauf le week-end, ensuite elle rend les clés à la concierge et va se faire mettre ailleurs. Cambodgienne. Vit avec papa-maman et une smala de frères et sœurs. Pas de liaison, ni même un simple flirt. La bignole ne vaut pas un clou. Quand elle nettoie les escaliers avec son aspirateur qui fait un bruit de B 17, on peut pénétrer dans l'immeuble comme dans un moulin. Deux ascenseurs qui datent du Front populaire...

Il rembraya avec quelque retard.

— Alors ?

— Alors il faut trouver le moyen de faire sortir la femme Vauthier le temps d'opérer. La contrôler à cent pour cent pendant ce temps. (Château examina sa cigarette, puis le visage de Jankovic.) Cette femme, c'est direct la Chancellerie et l'Élysée. Pas question du moindre faux pas.

Jankovic haussa les épaules, lança le pouce droit vers la banquette arrière. Château, intrigué, y aperçut un paquet oblong, enveloppé par dérision dans un emballage cadeau.

— Pouvez l'ouvrir...

Château défit le bolduc, arracha le papier.

Des figurines de porcelaine. Des chevaux. Il en prit un dans les doigts, l'inspecta sous toutes ses faces, le remit en place. Il en compta huit. Jankovic conduisait à présent avec négligence.

— Une enquête Milard, commencée avec brio. Il est arrivé à coxer les casseurs, dans des conditions... acrobatiques. Après... il n'était pas partisan de certaines méthodes. Avec un de ses flics, Tony, qui a du punch et une impétuosité toute latine, on les a repris et travaillés au corps. Remonté jusqu'au fourgue, le Roi de la Cour des Miracles. Il s'est rendu à nos raisons. Lui aussi avait compris de quoi il s'agissait. Il les avait même mis en vitrine chez lui, dans sa boutique. Simple, Château. Très simple. Banal. Il aurait pu essayer de vendre, au lieu de quoi il a cédé à la passion du collectionneur...

Château jeta sa cigarette. Jankovic reprit :

— Il va me falloir à présent procéder à la restitution des objets saisis au propriétaire. Le Parquet m'a donné son accord hier matin. Pas le genre de formalité qu'on expédie en cinq minutes, surtout compte tenu de la nature des pièces et... de la qualité de la cliente. (Il ricana.) Il conviendra de l'accompagner d'une certaine solennité... En fin de course, nous recevrons très certainement une lettre de félicitations que je m'empresserai de diffuser aux collaborateurs qui ont permis de retrouver intacts ces précieux Chevaux du Bonheur. Peut-être un chèque qui ira aux Œuvres sociales de la police ou à l'orphelinat mutualiste, car nous ne sommes pas des chasseurs de primes... (Il tourna la tête, dit durement :) Ça donne au moins une heure à vos types pour opérer. Avec top d'arrivée et de départ de la cible.

Château secoua la tête.

— Et si Milard n'appelle pas ?

— Et si Giraud calanche sans l'ouvrir ?

Il avait mis Charlie Parker, très en sourdine. Éliane Forrestier était blottie contre son flanc, les lèvres ouvertes sur sa peau. De temps à autre ses immenses doigts maigres et plats caressaient la nuque, le haut des épaules de la femme, avec une tendresse qui manquait lui arracher des larmes.

— C'est moche, tu sais, Nanterre, poulette... Vachement dur.

— Tu connais ?

— Ouais. C'est là que je créchais, dans le temps. La mère rentrait avec ses cabas, elle passait des heures à astiquer pour que ça soit nickel, à cuisiner des trucs super-compliqués... (Il rit gravement.) J'vais te dire, certains jours j'avais envie de gerber. Elle me forçait à bouffer parce qu'elle disait que j'étais épais comme un hareng saur. J'crois bien que c'était vrai, remarque. J'mettais les futes des frangines, alors tu vois... (Il bougea.) J't'emmerde ?

Elle fit non sans répondre, en se frottant.

— Après, au bahut, j'ai commencé à faire du foot et du basket. De la muscule. Sans blague, il devait pas faire plus de douze dans la pièce. C'était un ancien préfa. Au bout d'un moment, on fumait comme des soupières. La fonte, on l'avait récupérée un peu partout... (Il rit de nouveau.) J'vais te dire, poulette, fallait être nazebroque. La seule chose qu'on avait chourée, c'était une vieille grande glace de bistrot, complètement pourrie, dans un rade en démolition. On faisait les exercices devant. On se serait regardés au fond d'une gamelle, c'était pareil...

— Mingus, comment c'est ton pays ?

Il hocha la tête avec douceur.

Sa voix fut triste et grise, remplie d'une nostalgie extrême, qui serra le cœur de la femme, lui fit crisper les doigts.

— Je sais pas, chérie... Des fois, je crois que c'est comme dans les gémissements de Coltrane, que ça rit et que ça pleure, que c'est tellement beau que ça doit faire mal. Des fois aussi, je vois des photos... Des paysages, des couleurs dingues, des envols de flamants... Et puis des gosses qui n'ont plus que des yeux. Des ventres gonflés et des jambes même pas comme des allumettes, avec des genoux comme des boules de pétanque. Des femmes accroupies qui se souviennent plus qu'elles tendent la main...

Il se leva brusquement remettre le disque, dit de dos :

— À Nanterre, on avait tous les jours à bouffer.

— Mingus...

Il revint. Il revenait de loin. Elle lui tendit les mains.

— Mingus, ça te dirait, un petit café au lait ? Un tout petit, rien que pour nous deux. (Elle rit, sentit monter les sanglots dans sa gorge.) Pour nous deux et pour lui, bien sûr... Ça deviendra peut-être même un grand crème !

La Brigade fluviale repêcha le corps, canal de Bercy. À l'examen, il apparut qu'il s'agissait d'une personne du sexe féminin et qu'elle avait séjourné un bon moment dans l'eau. Elle portait encore une chaussure de ville, un pantalon craqué par endroits sous l'enflure, un chemisier. Cheveux blonds. Le visage ressemblait à une grosse boule de pâte plus ou moins violacée où s'apercevait à peine la fente des yeux. En revanche, les énormes lèvres boursouflées paraissaient occuper toute la place et la rendaient comparable à quelque gros poisson blême et mou, issu de profondeurs cauchemardesques, dont on voyait les dents jaunes et plates apparaître, serrées comme sous le coup d'une résolution farouche. Pareils à ceux d'un gant, on dévêtit les doigts raides et boudinés de leur peau, il fut procédé à un relevé décadactylaire. On effectua un prélèvement de viscères et de tissus pulmonaires, un examen gynécologique.

Personne du sexe féminin. Âge approximatif : vingt-cinq ou trente ans.

Identité : inconnue.

Causes de la mort...

On la remit au frigo, en attente d'inhumation.

SERVICES DE POLICE AVISÉS.

Suzanne Vauthier se tenait assise très droite sur la chaise, le torse rigide, la tête un peu rentrée dans les épaules, quelqu'un qui attend le coup de grâce. Elle serrait son sac sur les genoux et tripotait la courroie de cuir. Elle n'était pas maquillée, à peine peignée en coup de vent, et sa peau nue, bien que tendue sur sa dure armature d'os et de muscles, l'expression de sa bouche où l'amertume eût fait figure de luxe révolu, trahissaient l'abandon des choses mortes, l'attente résolue et d'avance résignée au pire, pour peu qu'il eût encore un sens. Seuls les yeux trop bleus, presque grisaille, remontés vers les tempes, lui conservaient la férocité nerveuse du chat sauvage.

Jankovic ouvrit les mains. Elle ne lui laissa pas le temps.

— Vous l'avez retrouvé ?

Il resta interdit, les bras en suspens.

Des yeux auxquels on ne mentait pas. Il secoua la tête négativement.

— Non... Non, en revanche...

Il sortit un paquet d'un tiroir.

L'un après l'autre, avec minutie et délicatesse, il aligna chacun des chevaux au bord du bureau et, seulement lorsqu'il en eut terminé et jeté le paquet dans la poubelle, il redressa la tête. La femme ne le regardait pas. Ses doigts étaient à présent complètement immobiles. Le souffle retenu, elle contempla longuement ce qu'il lui montrait. Puis ses doigts piochèrent dans le sac, trouvèrent un paquet de cigarettes chiffonné, en portèrent une à sa bouche qui se rappela instantanément l'expression dure et avisée de la grande fumeuse. Jankovic lui donna du feu, sans même frôler les chevaux du bout de sa cravate qu'il plaqua de la paume contre son estomac plat. Elle dit :

— Je suppose que je devrais être folle de joie. Que je devrais vous féliciter. Je suppose... (Elle détourna la tête, le menton sur l'épaule gauche. La fumée devait lui piquer les yeux. Elle reprit d'une voix plus posée :) Je vous prie de m'excuser, monsieur le commissaire.

Il lui laissa le temps, alluma une Gitane. Les Sept Chevaux du Bonheur, entre eux, n'avaient l'air de rien. Ils étaient à présent pathétiquement dérisoires. Jankovic consulta sa montre. Arrivée depuis douze minutes. Il l'avait fait attendre le temps d'envoyer le top départ. Il savait reconnaître la grandeur et la beauté lorsqu'il les rencontrait. Il lui laissa tout le temps de se ressaisir et, lorsqu'il s'adressa à elle, ce fut avec une réelle douceur dont il ignorait qu'il en fût capable.

— Reconnaissez-vous ces objets comme ceux qui vous ont été dérobés lors d'un vol avec effraction commis à votre domicile, le douze juillet entre dix et onze heures trente ?

— Oui.

— Avec l'accord du Parquet, en acceptez-vous la restitution ?

— Oui.

— Vous ne manquerez pas d'aviser votre compagnie d'assurances.

Elle leva les sourcils, puis acquiesça :

— Naturellement.

Jankovic sortit une Smith-Corona d'un meuble, derrière lui, la posa sur le sous-main après l'avoir branchée. Il constitua une liasse de procès-verbaux, l'introduisit derrière le rouleau.

— Voudriez-vous me passer une pièce d'identité... Passeport, permis de conduire... (Elle lui tendit son porte-cartes, qu'il posa ouvert à côté de la machine, le temps de prendre son état civil, le lui rendit.) Bien. Vous acceptez de reprendre possession de huit chevaux, figurines de porcelaine bleue, pouvant être d'époque Ming...

— Qui sont d'époque Ming, dit-elle le visage aveugle.

— ... Et dont vous déclarez être légitime propriétaire. Ces objets vous ont été dérobés... (Il tapait en même temps, très vite, des dix doigts, sans perdre de temps à se relire.)... dérobés en même temps...

— Commissaire, supplia-t-elle.

Elle était en train de se noyer. Elle ne voyait plus le policier, pas plus les Chevaux. Elle voyait un visage aux yeux tristes, un visage sans doute rude, mais dont la dignité et l'amertume l'avaient bouleversée à un point inimaginable. Ils étaient trop vieux, il était trop tard. Ces grandes mains osseuses, la manière dont le tissu flottait sur ce grand corps. Un flic, bien sûr. Jankovic se leva, lui prit la cigarette des doigts. Elle se mit les mains sur la figure. Il entendit sa voix sourdre comme d'une blessure, s'épancher par à-coups.

— J'ai cru que vous me convoquiez pour lui... Pour me dire... Il ne m'a pas appelée depuis trois jours... J'ai pensé... J'ai pensé que c'était fini. Rien que sa voix. Il est en train de mourir. Je ne sais pas où. Il n'a pas voulu me le dire. Il m'a seulement promis de me prévenir quand il sentirait que ça serait le moment. J'ai pensé qu'il n'en avait pas eu le temps.

Embarrassé, Jankovic alla à la fenêtre.

Dix-sept minutes.

Il jeta dans le cendrier la cigarette de la femme qui commençait à lui brûler le bout des doigts, retourna à la machine. Elle n'avait pas enlevé les mains, se balançait doucement d'avant en arrière.

— Sa voix... C'est sa voix que j'ai aimée, d'abord. Puis ses yeux et sa manière de se vêtir, sa façon de se déplacer. Son mépris indulgent à l'égard de ce qui était en train de lui arriver. (Elle écarta les mains, la rage et la violence lui durcissaient les traits, lui rétrécissaient les yeux.) Pas un flic, commissaire. Beaucoup plus que ça : un homme. UN HOMME !

Vingt minutes.

Bien avant que Jankovic ait eu besoin d'envoyer le top, bien avant qu'ailleurs Suzanne Vauthier ait terminé de signer le procès-verbal de restitution, les deux techniciens avaient quitté son appartement après avoir rebranché le système de protection qu'ils s'étaient accordés à trouver quelque peu blaireau.

Ils portaient des blouses bleues et avaient regagné une Renault 4 fourgonnette dont les portières s'ornaient de plaques magnétiques portant la publicité d'une importante société de dépannage électroménager, une grosse antenne sur le pavillon. Le conducteur se glissa derrière le volant avec un léger soupir, enleva du pare-brise le carton « En dépannage » et le glissa dans le vide-poches, entre les pages d'une épaisse revue technique, en diffusion dans tous les kiosques.

Quelques centaines de mètres plus loin, le passager alluma le scanner sur ses genoux. Un appareil guère plus gros qu'une boîte à cigares. Satisfait, il referma le boîtier.

— Cinquante-cinq. La porteuse passe fort et clair.

La 4L ne tarda pas à s'embosser dans un embouteillage béton.

Ils en profitèrent pour allumer des cigarettes et porter sur les filles qui passaient des jugements expéditifs. La routine.

Le chef de service qui avait reçu Éliane Forrestier ressemblait plus à un commis aux écritures dans une boîte poussiéreuse qu'à un patron. Il portait des lunettes à monture d'écaille, des moustaches désuètes, et ressemblait beaucoup à Jean Bouise. En réduction. Son complet de tergal gris était plus que défraîchi. Cravate en acétate. Il avait levé les yeux du dossier.

— Château m'a fait tenir une note sur vous. Pas tout à fait dans sa manière. Quand on le connaît, dithyrambique... Forrestier, ici, vous aurez un bureau dont on hésiterait à se servir comme placard à balais. Vous le partagerez avec les fonctionnaires de votre groupe... Vous aurez en dotation une Visa qu'on se propose de réformer depuis mon arrivée ici, il y a trois ans. Dedans, il flotte comme vache qui pisse. (Il retroussa les lèvres, exhiba de mauvaises dents.) Vous aurez un boulot d'assistante sociale. Rien à voir avec la Criminelle. Question machine à écrire, vous ferez comme tout le monde, vous vous démerderez à en chourer une dans un bureau... Mariée ?

— Non.

— Quelqu'un en vue ?

Elle décroisa les jambes, sortit une cigarette, souffla la fumée.

— Peut-être...

— Dans cette boutique, les congés annuels, les histoires de récupération, j'avais pas pensé, on prend quand on peut.

Quand on peut pas, on prend pas. Vous connaissez la boutique ?

Elle hocha négativement la tête.

Il se leva, boutonna son veston et se lissa les cheveux sur le crâne, ramassa sur le bureau une courte pipe qu'il fourra dans sa poche. Sourit de nouveau, mais sans desserrer les lèvres. Il lui ouvrit la porte.

— Je vais vous faire visiter. Si vous avez le temps, je vous emmènerai sur votre territoire de chasse. Si vous aimez l'exotisme, je ne pense pas que vous serez déçue. (Il hésita.) Inspecteur, nous manquons d'effectifs. Nous ne faisons jamais la une des journaux, mais j'ai la faiblesse de prétendre que notre boulot est au moins aussi important que la lutte contre le grand banditisme.

Elle observa le visage grave, non loin du sien.

— Mes types et mes filles tournent comme des dingues. Travail de Sisyphe. Il en faut pour le faire. Y a pas de galon au bout, la plupart du temps même pas d'estime de la part d'en haut... Forrestier, si jamais vous persistez dans vos intentions suicidaires, suicidaires administrativement, je pense sincèrement que je serai heureux de vous compter parmi mes effectifs.

Il s'inclina, la suivit dans le couloir.

Crépitements de bécanes, odeur de poussière et de nuit.

Elle revenait quinze ans en arrière. Elle marchait à grands pas francs et décidés. Quinze ans, qu'est-ce que ça voulait dire ? Puisqu'elle avait enfin trouvé ce qu'elle cherchait.

Dans la nuit, on appela Château.

— Le cœur commence à donner des signes de fatigue. Il n'a même pas réagi à la dernière séance Apollo. Tout indique que vous n'en tirerez plus rien.

Il y eut un silence sur la ligne. Château réfléchit.

— Mentalement, est-ce qu'il peut revenir à la surface, un jour ou l'autre ?

— Ce serait un cas digne de figurer dans les annales psychiatriques. Un cas qui nous en apprendrait beaucoup sur les propres ressources de récupération de l'esprit humain. De là où il est, votre type reviendra plus jamais. Peut-être qu'il y est trop bien, même, pour y penser.

Château se passa le gras du pouce sur la joue.

— Faites-le transporter à la clinique. Je les préviens tout de suite. Découvert inconscient sur la voie publique... Inutile de s'étendre aux admissions.

Il raccrocha, les yeux dans le vague.

Il ne restait plus que la construction chez la femme.

Plus que ça pour faire Milard.

Durant la même nuit, Milard sut que c'en était fini. Il alluma à tâtons l'ampoule nue près de son lit. C'était encore plus dur que ce qu'elle avait prédit, le visage en colère. Il sentit les larmes lui couler des yeux, les essuya d'un revers. Tenir... Ses doigts trouvèrent la seringue prête. La veine, c'était une autre histoire.

Il se fixa, les mâchoires serrées.

Plus beaucoup de temps.

Il laissa les yeux grisaille, le grand corps athlétique et voluptueux lui envahir l'esprit en même temps que la came se répandait en lui. Dans un état de semi-conscience, il lui sembla qu'il avait une érection sans être bien sûr qu'elle lui appartînt encore, qu'il allait lui faire l'amour. Elle se mouvait près de lui, sombre et silencieuse, ses doigts tendres lui frôlaient les tempes. Plus beaucoup de temps.

Au petit matin, Mauber vit l'homme décharné revêtu de son vieux treillis qui grattait le sable devant la maison, avec une pelle U.S. Un bidon d'essence se trouvait à proximité, un tas d'affaires. Mauber s'approcha en enfonçant les pans de chemise dans son jean. Il retira la pelle des doigts impatients.

— Laissez... (Il se mit à creuser vivement.) Ça vous aurait fait chier de demander ?

Milard déplia sa veste de battle-dress. Le jeune homme s'essuya la sueur dans les sourcils. Galons de commandant. Sur la poitrine droite, la bande fixée au velcro sur le tissu de la poche portait, un peu effacé : Cdt J. MILARD. Le policier l'arracha, ainsi que les galons. Mauber se remit à creuser, atteignant la rocaille. Puis il se redressa. Milard commença à jeter des papiers et des photos, une revue qui datait de 1958 et dont la première s'ornait d'une photo d'attentat. Il sortit d'une grosse enveloppe de papier kraft un long rapport dactylographié qu'il avait trouvé en poste restante dans les premiers jours de leur arrivée, le déchira en deux, éparpilla les morceaux par-dessus le reste, au fond du trou.

Mal à l'aise, Mauber s'éloigna. Il faisait étrangement frais, pas un souffle ne frissonnait sur les collines. Il pensait des choses vagues, sans suite, Milard lui avait confié, sans doute sous l'effet de la morphine : « Une agonie... Peut-être que toute vie n'est qu'une longue agonie, qu'on s'en rend compte seulement au dernier moment, pour que ça ait l'air encore plus con. » Il pensait : « Presque un mois dans cette turne. Pas une seconde je l'ai entendu se plaindre. » Il revint vers le feu qui grondait à présent avec un tumulte de flammes élancées. La veste, imbibée d'essence, lâcha un floup menaçant avant de s'embraser. Les galons. Une décoration dans laquelle le jeune homme frappé de mutisme eut le temps de reconnaître la Légion, avec son cordon. Et puis encore d'autres choses, des cartes postales qui tardaient à se consumer, noircissaient et se gondolaient à loisir. Milard ratissa le foyer, ranima des flammes insoupçonnées. Bien qu'il fût à jeun et que l'estomac lui tournât, Mauber alluma une cigarette.

— Commandant...

Milard, appuyé au râteau, lui fit face. Il paraissait aller mieux.

— À quoi ça rime, tout ça ?

Milard dit, d'une voix forte :

— À rien... Conception lyrique de l'existence... Vous aviez raison, presque plus d'ampoules. Au moins, qu'il ne reste pas de traces. Et puis, il valait mieux faire un trou, par cette sécheresse, les feux mal éteints se propagent avec une rapidité inimaginable. (Il tourna, l'espace d'un regard, la tête vers ce qui brûlait de lui.) Je crains que cela soit à la fois incompréhensible et inutile. (Il s'essaya à sourire.) Ne le prenez pas au sérieux, Mauber. Un simple nettoyage...

Mauber s'approcha, la cigarette à la bouche. Milard décharné, appuyé qu'il était, figurait quelque jardinier de la Mort, distant et attentif. Il ne fit pas un geste. Mauber fixa ses yeux.

— Cette gosse... Vous... Vous m'avez rappelé un truc. L'honneur.

— Pas d'honneur, Mauber, ricana le flic. Trop tard pour ça. Ce qui reste de l'honneur figure, inscrit en toutes lettres, sur les billets imprimés par la Banque de France. C'est pour lui conférer sa solennité qu'on les afflige de ces signatures impératives. (Il fourgonna les braises.) Rassemblez vos affaires, nous partons dès que j'ai fini.

Plus tard, dans la Fuego qui roulait à vive allure sur l'autoroute, Milard dit :

— Un jour ou l'autre, on arrive au bout. On est un peu surpris que ça soit seulement ça. On a tout mesuré avec des pas d'arpenteur, en long, en large et en travers, on a regardé à droite à gauche, voir si on n'a rien oublié, pour être bien sûr. Je ne dis pas, il reste des regrets endoloris, et si les choses avaient tourné autrement... Et si ceci, et si cela... Un jour ou l'autre, on s'est surpris en flagrant délit d'espoir. Toujours punissable, l'espoir, Mauber... Tenez, passez-moi une de vos saloperies de cigarettes, ça changera plus rien. Merci... Et si j'avais pris le temps de lui parler...

— Votre ex-femme, où elle habite ?

— Atlanta. Géorgie. Elle a fini par épouser un banquier. Elles épousent toutes des banquiers... (Il eut une toux déchirante.) C'est elles qui gagnent, pas parce qu'elles sont meilleures que nous, ni pires. Parce qu'elles durent plus longtemps, voilà tout...

— Et celle que vous avez appelée, tout à l'heure ?

— Du rêve... Dernière affaire. Elle aura peut-être d'autres occupations, des obligations antérieures. Ou pas de temps à perdre.

— Et ça vous fera quoi ?

— Très mal. Mais ça sera compréhensible, à moins qu'elle ait un goût prononcé, détestable, pour la nécrophilie... (Il releva les manches sur ses avant-bras, il vit les veines, noueuses et bleuâtres, cruelles comme sur un écorché, les rabattit.) Rien d'un maître nageur.

— Ou d'un banquier...

Milard opina.

— Jouez jamais avec les cartes des autres. De toutes les façons, elles sont truquées. N'entrez jamais dans leurs raisons... Elles sont toutes plus valables les unes que les autres. (Il jeta sa cigarette. On voyait des moissons, des rangées d'arbres qui s'ouvraient et se refermaient comme des éventails, au passage.) D'ailleurs, vous êtes un con, Mauber. Ça fait belle lurette que vous auriez pu vous barrer, pas difficile de trouver le fric puisque je vous avais dit où il était. J'étais utile jusqu'à ce que je vous aie fabriqué les passeports. Vous ne devriez pas garder celui de la fille. Après...

Le flic, épuisé, posa la joue contre la vitre tiède.

— Pourquoi on n'est pas plus costaud ? Pourquoi on arrive jamais à fermer sa gueule jusqu'au bout ?

Mauber ne lui accorda pas un regard.

— Je veux Château. Château et sa clique. Jusqu'à la gosse, c'était dans la règle du jeu... Elle, pas comme ça, égorgée comme un chien.

— Pas de règle du jeu, Mauber... Les chiens, on les égorge pas, on les pique... Pas de Château...

— Vous voulez la revoir, même si vous vous attendez à ce qu'elle vous envoie chier... (Il étouffa un rire creux.) C'est vrai que vous êtes plus ni choucard ni porteur d'avenir. C'est vrai qu'elles ont horreur des perdants. Ça leur va pas au teint... (Il rit de nouveau, de manière éventée.) Plus tellement décoratif, commandant... N'empêche que vous prenez le risque. Ils sont peut-être au bout. Et moi, je les veux.

— Ridicule, lâcha le flic après un temps.

Il parvint à se faire une piqûre sans qu'ils cessent de rouler, dit plus tard d'une voix épaisse, récita de mémoire :

— On crève pas de maladie ou de vieillesse, ça serait trop facile. On crève juste parce qu'on n'a pas pu suivre... (Du bout des doigts, il palpa le 38 cinq-coups qu'il portait à la jambe gauche, dans son étui de cheville.) « ... Y a un moment de la misère où l'esprit n'est déjà plus tout le temps avec le corps... Il s'y trouve trop mal. C'est déjà presque une âme qui parle... C'est pas responsable, une âme... »

Ils n'étaient plus très loin de Beaune.

Le flic qui avait apporté la cassette parvenait mal à réfréner son excitation. Jankovic et Château le regardaient sans mot dire.

— Putain, une construction qui marche du premier coup ! Pas même besoin de se faire chier à attendre ! Deux trois conneries avant, et l'autre charlot qui appelle ! L'heure, l'endroit... (Il tendit la cassette aux deux hommes immobiles.) Un restau à Saint-Germain, la pétasse marche du premier coup. À croire qu'elle a besoin d'un sacré coup de lardoir, putain ! Du premier coup !

Château retourna la cassette entre ses doigts.

Le flic attendait, l'air faraud, en dansant d'un pied sur l'autre.

Jankovic retroussa les lèvres.

— Merci. (Ça avait l'air de lui arracher la gueule.) Qui vous a relevé ?

— Chéreau... (Le flic parut désemparé.) J'ai suivi la procédure d'urgence.

— On vous fait pas de remarque. Vous retournez au pigeonnier. À partir de maintenant, plus d'écoute par sondage. Vous passez en surveillance permanente. Vous avez oublié quelque chose ?

Le flic bougea, désemparé.

— Rien, patron...

— Monsieur le commissaire. Alors ?

La porte se referma, presque toute seule.

Château était planté derrière le bureau.

Le magnétocassette tournait.

Jankovic regardait par la fenêtre. Il avait les mains glissées sous le ceinturon, derrière, dans le dos. Elle lui avait parlé d'une voix, d'une voix qui l'avait ému. Elle était à présent rauque et hésitante, mais elle conservait toute sa magie, son âpre tendresse. Elle n'implorait pas, elle ne demandait rien, au juste. Elle s'épanchait, oh oui, comme on saigne en silence. Trop de cigarettes et d'alcool, trop de souffrance. Jankovic se rappela à quel point il avait détesté l'homme, sa tranquille assurance de professionnel, et pire, le regard qu'il portait sur les êtres et les choses, qui n'avait rien à voir avec le métier qu'il faisait, et quel métier faisait-il au juste ?

Milard n'avait pas besoin de bouger ou de parler pour faire de l'ombre. Il lui suffisait d'exister. Jankovic se retourna vers Château, qui releva les yeux.

— Trop fort pour faire ce genre de connerie. Il ne viendra pas.

Jankovic sourit de manière indéfinissable.

— Oh si, il viendra. Le jour et l'heure, Château...

Avec le pied, il arracha de la prise le cordon du magnétocassette. Sans changer de place.

— Il aura même choisi le jour et l'heure... Joli, non ?

Chapitre XXI

Il y avait eu une longue nuit qu'ils avaient passée au Concorde Lafayette. Milard ne parlait plus et il n'avait certainement pas dormi plus d'une heure, par à-coups. Mauber avait nettoyé son pistolet, lu des revues, examiné un long moment le passeport de la jeune fille. Elle ne souriait pas sur la photo, comme si elle avait déjà compris, petite sœur sacrifiée pour rien dans une guerre d'ombres qui ne la concernait pas. Il avait ensuite mis longtemps à brûler le document et tiré plusieurs fois la chasse pour que tout s'en aille bien, les morceaux de couverture, peut-être aussi sa peine, mais celle-ci était restée quand même, les cendres collées.

Il se savait fiché. Ils ne le chercheraient pas vraiment, ils finiraient seulement par le trouver à l'improviste. Il avait contemplé la ville qui n'en finissait pas de s'éteindre en clignotant dans la nuit, étendue qu'elle était de partout comme un remords. Il avait bu le whisky du petit frigidaire, fumé des cigarettes. Beaucoup plus tard, vers le matin, dans les heures blêmes, il avait enroulé et déroulé plusieurs fois son large ceinturon de cuir, dont la boucle-poignard, à la lame courbe afin qu'elle épouse le contour de la taille, constituait à elle seule une arme redoutable et bien suffisante. Le Mauber qui l'avait porté pendant des années était mort. Il ne restait qu'un jeune homme aux allures de clergyman ou de facho new-wave, que Milard accompagnerait prendre un avion à Charles-de-Gaulle, sans savoir au juste quelle destination il choisirait...

Mauber prit une douche, peigna sa courte barbe bien taillée. Elle ne lui allait pas si mal. La face tournée vers le mur, Milard, dans la chambre, était immobile. Mauber s'habilla. À présent il faisait un jour gris. Il allait être temps. Le jeune homme retourna à la fenêtre, y demeura quelques instants. Une cellule à la dimension de l'univers. Et, d'un pas décidé, il revint à la petite table où se trouvait le ceinturon lové, le prit et le glissa dans les passants du pantalon. Puis il sortit du papier journal sa dague de combat, celle qu'ils avaient enfoncée dans la gorge de la fille, sans hâte, pour la finir, celle à laquelle elle s'était tailladé les doigts en vain, dans l'arrachement de l'agonie. Il l'essuya avec une serviette-éponge, éprouva le tranchant du gras du pouce. Puis il la mit sous le ceinturon, à gauche, la sortit plusieurs fois. Personne ne lui avait jamais appris, sauf dans les commandos, à trouver tout de suite la jugulaire, le cœur ou le foie, d'abord sur des mannequins pendus aux abandons obscènes, et ensuite... Devant la glace de l'entrée, il s'examina, ajusta les pans de sa saharienne. Pas la moindre gêne.

Il retourna dans la chambre de Milard.

Assis au bord du lit dans ses vêtements froissés, celui-ci rassemblait la seringue jetable, les ampoules vides, les morceaux de coton sale, les enfermait dans un sac en papier. Il leva ses yeux enfoncés, acquiesça en silence.

Lorsqu'à son tour il se fut douché, rasé et qu'il eut changé de vêtements, lorsqu'à un moment Mauber s'essaya avec gaucherie à l'aider pour enfiler son veston sombre, il refusa d'un geste de l'épaule, à la fois las et catégorique.

— La Cathédrale, annonça-t-il encore plus tard lorsqu'ils furent en vue de Roissy.

Mauber avait les mains à plat sur les cuisses. Il s'efforçait sans y parvenir à conserver l'esprit vide, comme on lui avait appris à le faire, quand il avait à attendre que la lumière verte s'allume, que le klaxon retentisse, avant qu'il n'ait plus qu'à sauter et se précipiter dans le vide, vers la terre qui tournoyait parfois à sa rencontre. Il s'efforçait de respecter le mutisme du conducteur.

Un Jumbo-Jet terminait son approche. Mauber dit :

— Oui, la Cathédrale... Milard, peut-être qu'ils l'avaient mise sur écoute... (Il ajouta d'une voix hésitante :) Peut-être qu'eux aussi seront à votre rendez-vous.

Milard l'admit. Il avait ralenti pour prendre la bretelle d'accès.

— Peut-être. Mauber, tout ce qu'on a commencé, un jour ou l'autre, il faut le finir. Il ne nous reste plus que ça. Ne pas partir sans boucler la boucle...

Mauber se rappela la dague tiède contre sa peau. Milard arrêta la Fuego à distance des portes. Plus loin, on lisait « Gate twenty-two ». Il tendit la main, la paume en haut :

— Votre pistolet... Donnez. Il ne passerait pas au détecteur.

Mauber lui remit l'arme que Milard rangea dans le vide-poches, d'où il sortit une trousse chamoisée, la tendit au jeune homme qui ouvrit la fermeture Éclair. Pistolet 22 automatique extra-plat, au canon interminable, le tube modérateur de son le long. Il regarda Milard.

— Le vôtre, n'est-ce pas ? (Il ne le sortit pas de la gaine qui reposait sur ses cuisses.) Tchèque ?

— Non. U.S...

— L'arme des Services spéciaux... J'en ai souvent entendu parler, mais j'en avais jamais vu un de près. Pas le genre de calibre qui court les rues... Cartouches high-velocity, ogive expansive... (Il ne pesait presque rien.) Milard...

— Glissez-le bien à plat, bien à plat au fond de votre sac à appareils. Neuf chances sur dix que les détecteurs n'y voient que du bleu. Bien à plat. Tout au fond. Attendez que ça se bouscule au portillon avant de prendre la file.

— Milard, quand vous avez appelé, c'est à elle ou à eux que vous avez filé rencart ?

GATE TWENTY-TWO.

La Fuego décrocha longtemps après que le jeune homme eut passé la porte. Tout le temps qu'il fallut à Milard pour écouter d'un bout à l'autre l'interminable, le douloureux *Adagio* d'Albinoni qui remplissait l'habitacle de la senteur d'automnes dignes et lents, des dédales de Schönbrunn et de Vienne, de soirs âpres et féroces aux alanguissements finissants, au bord de pièces d'eaux mortes.

Puis il démarra.

Il n'eut pas le temps de voir Mauber se ruer vers un taxi, en sortir le chauffeur à coups de manchettes, jeter le sac sur le siège du passager et s'installer au volant, reculer le siège. L'aurait-il vu que ça n'y aurait rien changé. N'avait-il pas dit lui-même, et la phrase sonnait encore aux oreilles du jeune homme : « Ce qu'on a commencé, un jour ou l'autre, il faut toujours le finir... » Mauber accéléra. Garder la distance.

Les embouteillages l'y aideraient.

Mauber avait le 22 enfoncé dans la ceinture.

À l'entrée de Paris, il perdit la Fuego.

C'est alors qu'il pensa à la femme flic aux yeux vitreux.

Une longue matinée, puis Château avait emmené Jankovic déjeuner dans un restaurant marocain où ils n'avaient pas besoin de payer l'addition. Services rendus. Château manifestait une tranquille assurance et mangeait de bon appétit, se servant de temps à autre un grand verre de mascara qu'il buvait avec une mimique approbative. Jankovic avait commandé un tajine. Il était bien près de le regretter. Château observa entre deux bouchées :

— Vous fumez trop... Trop de café, une alimentation irrégulière. Rien de tel pour taper sur les nerfs. (Il bougea les épaules.) Ou alors, demandez autre chose...

Jankovic dit :

— Il ne viendra pas.

Château mastiqua placidement, déglutit.

— Janko, ça, c'est ce que vous espérez. Qu'il ne vienne pas. Et pourtant, voyez-vous, il le fera. Parce qu'il le lui a promis. (Il piqua la fourchette dans une portion d'agneau.) Milard tient toujours ses promesses. Les bonnes comme les mauvaises.

— On dirait que vous le connaissez bien...

Château redressa la tête, la fourchette en suspens. Ses yeux noirs et durs détaillèrent le visage crispé, tendu, sans la moindre part de bienveillance ou de considération, puis, avant d'enfourner la viande, il laissa tomber comme à son corps défendant :

— Beaucoup mieux et depuis beaucoup plus longtemps que vous pourrez jamais l'imaginer.

Immobiles et fixes au-dessus de l'activité purement masticatoire du bas, impérieux et détachés, toujours du même noir de jais impénétrable, les yeux ne lâchèrent pas ceux de Jankovic, jusqu'à ce que celui-ci invente enfin l'esquive, la seule possible, en tournant la tête pour héler un garçon à la gueule et aux épaules de fouine.

Ils avaient mangé tard, lorsqu'elle était rentrée du boulot. Il l'avait aidée à monter les cartons qui contenaient ses archives personnelles, des notes et circulaires, tout un tas de bouquins de droit, des pelures qu'elle avait tenu à conserver. Plusieurs coupes obtenues dans les concours de tir, les cadres qu'elle avait dans son bureau. Château n'était pas au Service. Elle n'avait pas éprouvé la nécessité de savoir quand il rentrerait, s'était contentée de déposer sa demande de mutation au secrétariat.

Ils avaient mangé, et bien entendu, n'avaient pas trouvé utile de se priver de faire l'amour, ce qui fait qu'en se relevant elle trouva que l'appart était un vrai bordel. Il était déjà seize heures. Mingus rit :

— Une vraie petite poulette d'intérieur !

Elle passa les doigts sur les muscles énormes de ses épaules.

— Tu vois, Mingus, des fois la vie, ça prend des chemins vraiment cons !

Il sourit. Dans la grande et large face sombre, sourire avait quelque chose d'incongru et de touchant.

— Ça t'emmerde ?

Elle haussa les épaules, rit tendrement.

— Si ça m'emmerdait, tu crois que je voudrais un bébé ?

Il pirouetta.

— Je prends une douche en vitesse. J'ai un type à voir à cinq heures.

L'interphone grésilla. Éliane Forrestier se rembrunit.

— Pourvu que ça soit pas la Boîte ! (Par-dessus l'épaule, en se dirigeant vers la porte, dans le petit couloir étroit.) Un type ou une nana ? (Elle se pencha.) Oui ?

— Un pli pour vous, madame.

Elle appuya sur la touche, déclenchant le tire-suisse, en bas, enfila en hâte la première robe d'hôtesse qui lui tomba sous la main. Putain de Boîte !

— Il viendra plus... Ça fait une heure qu'elle poireaute !

Château alluma une cigarette.

— Il viendra...

Ils la voyaient, à travers la vitre du bistrot. Elle fumait cigarette sur cigarette, et devait en être à son cinquième café. De temps à autre, elle se passait les doigts dans les cheveux, agitait la crinière sur sa nuque. Ils ne parvenaient pas à distinguer ses traits et Jankovic le trouvait préférable. Elle avait essayé de parcourir une revue de mode. À présent, celle-ci se trouvait pliée sur le formica de la table.

Jankovic pencha la tête.

— Le loufiat... Vous l'avez vue demander quelque chose ?

— Non.

— Il lui parle... Elle se lève.

Il y avait toujours le sac et la revue sur la table. Il leur sembla qu'une cigarette fumait dans le cendrier. Suzanne Vauthier se dirigeait vers le fond de l'établissement.

— Téléphone, murmura Château, la cigarette entre les dents, solidement vissée. Il va l'appeler, soit pour lui donner un rendez-vous de repêchage parce qu'il a eu un empêchement, soit parce que celui-ci, c'était un coup de sécurité. (Il avait adopté le ton dépourvu de passion qu'on a pour commenter une partie d'échecs.) Soit pour lui dire d'attendre...

Elle réapparut presque aussitôt dans leur champ de vision, rafla ses affaires sur la table où elle laissa de l'argent. Sans doute trop, au hasard. Elle sortit en hâte, se dirigea vers sa voiture garée plus loin. Les derniers mètres, elle courait presque en cherchant les clés dans son sac.

Penché sur le volant pour suivre, Jankovic avait déjà mis le contact. Château allait remonter la vitre qu'il avait laissée ouverte à cause de la chaleur. Pour cela, il tourna la tête.

Une longue silhouette sombre était plantée sur le trottoir, à moins d'un mètre. Château ouvrit la portière, mit pied à terre. Une face grise, dont les yeux suivaient le départ de la femme. Des vêtements élégants mais dont les plis flottaient trop sur une carcasse désormais vide. Milard dit :

— Il y avait une cabine, juste à dix mètres.

Château tourna la tête. Une cabine. Il reporta les yeux sur Milard.

Jankovic était sorti de la voiture, lui aussi.

Milard les regarda l'un après l'autre, s'abstint de les saluer.

Monta dans la voiture, devant, sans qu'ils aient eu à l'y inviter.

Il était venu. Puisqu'il avait promis.

Elle avait ouvert, le visage mécontent, mais sans méfiance. L'eau ne crépitait plus dans la salle de bains. Mingus avait fait vite. Elle tenait le chambranle. Le coursier ressemblait à n'importe quel jeune flic clean, il avait un gros sac en cuir pendu à l'épaule gauche, la tête penchée, il n'en finissait pas de chercher quelque chose. Elle s'impatienta :

— Alors, donnez ! Vous direz à Château...

Dans le même geste, le jeune homme releva la tête, les petites lunettes rondes qui lui donnaient l'air intimidé se braquèrent sur la femme, en même temps qu'il pointait le pistolet et poussait la porte. Alors seulement, elle reconnut Mauber et, en reculant d'un pas, mit les mains autour de sa gorge, comme prise de suffocation.

— Reculez...

Le couloir n'était pas très grand.

Le long canon était contre son front.

— Château, fit Mauber. Vous m'emmenez à lui... Vous m'emmenez et c'est tout. J'ai pas envie de vous buter...

Elle fit oui de la tête, pour autant que lui permettait la pression de l'arme, c'est-à-dire pas beaucoup. Oui... Sans un mot. C'est à cet instant que Mingus sortit de la salle de bains. Il avait seulement entendu « envie de vous buter », il voyait seulement le canon contre la peau, il avança les deux bras étendus devant lui, aussi impassible et inexorable qu'un automate, Mauber le vit, fit pivoter l'arme. Il n'y eut qu'une détonation, la balle traça un sillon sanglant dans la joue du black, arracha le lobe de l'oreille. Trop à gauche. Rectifier. Une main, déjà, avait saisi celle de Mauber, emprisonnant les doigts collés au métal, dans le pontet, écrasant les os, l'autre, somnambulique, avait saisi le cou, un étau broyant les cartilages assez fort et dur pour briser les cervicales. Plus que quelques secondes. Mauber sentit le black l'attirer contre son corps nu, mouillé, au paroxysme de la haine, aveugle. Il sentit le sac, lourd, lui tomber de l'épaule. Terminer... Il n'entendait plus la femme hurler, il n'avait plus de tête ni de jambes, pourtant sa main gauche se porta millimètre par millimètre dans le dos, trouva la poignée de la dague. Le reste, déjà mort, lui fut facile : la pointe de la lame trouva le foie, tout de suite, la dague s'enfonça et ressortit, et s'enfonça une dernière fois.

Le grand corps noir frémit tout du long.

Cessa, sans desserrer les mâchoires de ses mains, de porter son fardeau.

Autour du manche poisseux dans le flanc, les doigts du jeune homme relâchèrent leur étreinte convulsive, s'ouvrirent comme un pardon.

Tellement facile... Tellement.

Ils l'emmenèrent d'abord à l'Institut médico-légal, où on réserva aux trois policiers un accueil pressé. Devant le tiroir dans lequel reposait la jeune morte informe, Milard ne manifesta aucune espèce d'émotion. Il regarda le bracelet d'identification. Château remarqua :

— On l'a eue par le relevé d'empreintes. Noyade... On a retrouvé de l'argent chez elle, des billets neufs, beaucoup plus qu'elle en avait jamais eu dans toute sa vie... (Il sortit un cliché Polaroïd de sa poche.) Des photos de ses exploits...

Milard reconnut le visage de Malou Dieterich, la bouche en haut de longues cuisses blondes exagérément écartées. Il trahissait une sorte d'acharnement souffrant. Château rempocha la photo, commanda d'un geste qu'on referme. Dans le couloir, il dit :

— La famille voudra peut-être s'en occuper. Autrement, la fosse...

Milard alla jusqu'au bord de la Seine sans que les deux autres l'en empêchent. Il n'avait pas prononcé une parole depuis qu'ils l'avaient pris sous leur aile, il s'était contenté de se laisser promener. Accoudé au parapet, à l'usage du seul Château, il déclara :

— Un simple pion... Qu'on supprime seulement par conscience professionnelle. Peut-être n'aurait-elle jamais parlé.

Il souffrait moins qu'il l'avait redouté. Ses jambes le portaient, il était encore capable de conduire. Le 38 court ne pesait pas à sa cheville. Ils n'avaient même pas pris la précaution, pourtant élémentaire, de le fouiller. Il se redressa, retourna à la voiture. Jankovic se remit au volant. Il ne pouvait s'empêcher parfois de jeter à la dérobée un coup d'œil à leur passager. Ce qui finit par arracher à Milard une espèce de sourire rassurant.

— « Ne soyez pas inquiet, monsieur, nos divertissements à présent sont finis »... Shakespeare, *La Tempête.*

Jankovic avala sa salive.

— À la clinique, commanda Château d'un ton qui ne souffrait pas de réplique.

Milard avait les mains à plat, ouvertes sur les cuisses.

Merde, pensa Jankovic, il sait quand même bien à quoi ça va aboutir, cette putain de sinistre balade. Il a fait le Gambit de la Dame. Tout débranché. Il chassa de son esprit l'idée incohérente, le sentiment absurde et dérisoire, que c'était peut-être lui, Milard, lui qu'ils n'allaient plus tarder à supprimer, qui les promenait. Gisant satisfait.

Milard ne manifesta pas plus d'émotion lorsqu'un médecin découvrit le corps de Giraud. On l'alimentait artificiellement, il avait les yeux ouverts mais ce qu'ils voyaient, nul ne pourrait jamais plus le savoir. Le regard de Milard s'intéressa aux instruments, autour, le fouillis de tubes, la profusion d'écrans. Le médecin commenta. Château était immobile, Jankovic avait préféré rester attendre dans le couloir.

— Traces de coups sur tout le corps. Portés... scientifiquement. Aucun mortel, tous douloureux. Les saignées de bras portent les traces d'injections. Quelques marques de brûlures électriques sur le sexe... la langue. Électroencéphalogramme normal. Normal... Compte tenu de l'état général. Commissaire, vous avez là un beau motif d'enquête, mais ça m'étonnerait beaucoup que cet homme puisse jamais vous être d'un grand secours.

— Nous avons d'autres méthodes pour trouver, déclara Château.

— Heureusement pour vous. (Le médecin n'était plus très jeune. Il toisa les deux policiers. Le plus grand était d'une effrayante maigreur mais paraissait de très loin le plus dur et le plus résolu.) C'est tout ce que je peux vous dire. (Quand ils étaient déjà à la porte :) Messieurs... Je n'aimerais pas être à votre place.

Château se retourna :

— On ne vous le demande pas, docteur.

Dans la voiture, Milard se rappela :

— Un grand talent... Une voix. Nous manquons de voix. Il écrivait des choses magnifiques, tellement magnifiques qu'après il prenait une cuite et beuglait de bistrot en bistrot des choses sans suite ; de temps en temps, il ramassait une trempe. On le fourrait dans un tacot, il rentrait. Entre deux crises de dégueulis, il déchirait tout...

— Sauf les rapports codés, remarqua Château.

Milard se retourna, autant que le rendait possible l'appui-tête.

Les deux hommes se fixèrent en silence, puis Château fit :

— Le sacrifice du fou... Des rapports remarquables. Je suppose que tu figurais parmi les destinataires. Malou Dieterich a effacé un de mes flics par erreur, avant de se réfugier chez toi. Il la serrait de trop près, ou alors elle était à cran. (Il haussa sèchement les épaules.) De toutes les manières, il n'aurait plus duré très longtemps.

Milard dit, toujours tourné vers l'autre :

— Vous ne l'avez pas torturé pour qu'il parle. Vous aviez la fille, les rapports. Vous l'avez fait pour qu'il se taise. Une balle dans la tête, c'était pas plus simple ?

Château reprit toute sa raideur, sa sécheresse.

— Giraud était un trop gros morceau pour qu'on l'efface comme ça. On aurait pu se poser des questions. Tout le monde savait qu'il buvait trop, qu'il donnait déjà depuis quelque temps des signes de dérangement mental. Qui pourrait s'étonner qu'il ait fini par casser ?

Plus tard, sur un terrain vague du côté d'Ivry, il n'y eut plus une seule voiture, mais deux, stationnées à quelque distance l'une de l'autre. Jankovic avait pris le volant de l'autre et ils le voyaient fumer en balayant le paysage de la tête. Château laissa Milard se fixer et récupérer un peu. Il attendit qu'il parle, d'une voix qui résonna parfois comme une plainte.

— Ce que nous avons fait d'eux et de nous ne rime à rien... Une comédie, une pauvre comédie sans objet avec des décors de quatre sous, des comédiens en toc et une intrigue de pacotille, une bouffonnerie, Château, sauf qu'après le dernier acte, quand on relève une dernière fois le rideau, les morts ne se relèvent pas pour saluer... Ces hommes et ces femmes sans noms et sans visages, ces ombres, ces soldats d'une guerre d'ombres... Qui a inventé Friedrich Bergmann, alias « Berg », qui l'a branché sur les dissidents de la Fraction Armée Rouge et les gens de Prima Linea ? Toi ? Moi ?

— Peut-être les deux. Trop tard pour regretter.

— Qui l'a fabriqué, formé jusqu'à ce qu'il finisse par échapper à tout contrôle ? Et si c'était justement pour ça, si c'était justement le dernier arcane : un Berg devenu une bombe volante, pourvue d'ogives multiples, terrifiante et imprévisible ? Déstabilisation. Bien sûr, Château, nous avons tous appris les mêmes mécanismes. Nous jouons tous la même partie. Bien sûr que nous avons tous étudié les cas de figures, jusque et y compris les plus tordus...

— Dispositif ATLANTA, rappela Château. Tu te souviens.

Milard regarda dehors, opina.

— Très bien. Sauf que ça devait rester à l'état d'étude. Sur le papier. Hypothèse de travail : opération de déstabilisation totale par un élément de très haut niveau, utilisant une couverture de droit commun. Un cas de figure destiné à être analysé, puis enterré dans un carton, parmi tant d'autres. (Milard retourna la tête.) ATLANTA ne devait pas être actionné...

Château bougea les doigts d'une façon indolente.

— ATLANTA... Une étude qui témoignait d'une intelligence peu commune. Perverse... Je ne dis pas, j'y ai ajouté quelques indispensables fioritures pratiques... (Il se pencha, les yeux glacés.) ATLANTA, Milard, ton étude de cas, je te l'ai offerte en vraie grandeur... (Plus durement :) Qui est le plus coupable, Milard, l'esprit qui conçoit ou la main qui réalise ce que l'esprit a construit ?

Milard regarda dehors de nouveau. À regret, il dit :

— Berg bougera, Château. Nous ne savons ni où ni quand, mais il bougera. Peut-être ne le sait-il pas encore lui-même, mais il le fera. Là où nous ne l'attendrons pas...

— Bien sûr, fit Château, puisque ça fait partie de ta simulation. Alors qu'est-ce que tu penses de son application sur le terrain, avec de vrais acteurs, en chair et en os, de vraies balles et de faux motifs ? Que dis-tu de ce que tu as appelé toi-même **l'expérimentation en vraie grandeur** dans ton étude ? Qu'est-ce que tu dis de la **vraie grandeur** ?

Le visage obstinément tourné vers la vitre, Milard finit par dire qu'il n'y en avait pas, de vraie grandeur. Alors Château fit signe à Jankovic qui se trouvait dans l'autre voiture. Et qui, après s'être débarrassé de sa cigarette, vint ouvrir la portière du passager.

Remis Milard au volant de la Fuego, garée parking Foch. L'homme paraissait de nouveau souffrir considérablement. Il n'avait pas dit un mot durant le trajet. Jankovic avait la bouche sèche. Tout à côté, la Renault 11 qu'il avait utilisée pour venir tournait au ralenti. Milard inclina le torse, presque à toucher le volant ; dans la pénombre, Jankovic aperçut son visage, le trou sombre des yeux. Il finissait de visser le silencieux au bout du pistolet. La voix de Milard :

— Pas facile, hein, Janko... Surtout la première fois.

Le coude comprimant le foie, il avait l'avant-bras entre les mollets.

Il ne quittait pas l'autre des yeux.

Jankovic commença à sortir de la voiture, en arrière, toujours penché. Le lourd canon du 45 n'était braqué sur rien. Debout sur le ciment, il se pencha une dernière fois sur la silhouette effondrée, la portière contre le coude droit pour la maintenir ouverte, se pencha... Il allait remonter le pistolet pour en finir à la va-vite. Un 38 canon court nickelé lui était braqué sur le front, tenu à bout de bras par une main qui ne tremblait pas. Une voix épaisse proféra :

— ... Fait une connerie, Janko... Oublié la palpation de sécurité.

— Vous n'allez pas...

— Si, fit la voix. Vous ne me laisseriez pas partir, de toute façon.

— Non...

— Alors ?

— Pourquoi ? hurla Janko qui ne songea même pas à tenter quelque chose.

Pas assez de métier. Trop jeune. Fasciné par l'orifice de l'arme.

— Pas le temps... Vous m'auriez empêché...

La détonation explosa dans l'habitacle, assourdissante ; la balle frappa Jankovic en plein front. Une wad-cutter qui lui fit éclater l'arrière du crâne et répandit de la bouillie de sang, d'os et de matière cervicale sur le pavillon et les vitres de la Renault 11, jeta le corps en arrière, désarticulé. Milard se pencha pour refermer la portière sans lâcher son 38.

Moins d'une minute plus tard, il descendait les Champs-Élysées à une allure tout à fait raisonnable.

Suzanne Vauthier l'attendait devant le Plazza, avenue Montaigne. Elle portait des escarpins à talons hauts, une robe de soie verte, et avait prévu un léger bagage. Elle eut un regard approbateur pour la grande limousine noire et Milard sourit :

— Rassurez-vous, location...

Elle rit.

— Je n'étais pas inquiète. Désolée pour le café, je n'avais pas bien compris. Je crois même que je vous en ai drôlement voulu de me faire attendre. Vous ne le savez pas, mais je déteste ça, attendre.

Elle jeta le sac sur la banquette arrière, se fit mousser les cheveux, s'éventa le buste. Il faisait une chaleur lourde, qui ne tarderait pas à tourner à l'orage. On prévoyait du mauvais temps pour le week-end. Elle arrangea le mince tissu sur ses cuisses nerveuses et fuselées. Regarda avec un terrible serrement de cœur le profil de Milard, absorbé par la conduite.

Lorsqu'ils eurent quitté Paris, sur le premier parking, il la pria de prendre le volant. Il avait choisi exprès une boîte automatique, puisqu'elle y était habituée. Une Jaguar parce que la voiture lui avait semblé en accord avec elle. Elle avait manqué hurler, lui avait saisi le poignet. Il s'était dégagé avec délicatesse.

— Ne compliquez pas tout, chauffeur...

Elle avait trouvé la force d'en rire en se glissant acrobatiquement au volant, par-dessus la colonne de direction, dévoilant ses jambes bien plus que de raison.

Elle avait roulé, pris de l'essence. Dans une station-service, Milard s'était isolé un moment aux toilettes. Il ne lui serait pas venu à l'esprit de se piquer devant elle. Il s'était regardé dans la glace, en appui sur les bras. Il ne restait du visage que le principal. Il s'était longuement lavé les mains, en se rappelant avec amusement le test à la paraffine, avait rectifié la position du nœud de cravate, s'était estimé en somme envapé et passablement satisfait de l'ensemble. Bel alpaga ardoise, chemise lavande. Bien sûr.

Elle avait encore roulé, ils avaient mangé dans un restaurant en dehors de l'autoroute. Ils avaient parlé de Botticelli et de Dante, du retable d'Isenheim et de Crète, s'étaient découvert des goûts communs et des aversions partagées. Bien sûr, Milard avait mangé peu, mais bu des Martini et partagé avec elle une bouteille de pommard. Ils avaient fini par se taire, et le moment était venu où ils avaient dû partir.

Elle l'avait regardé avant de remettre le contact. Un peu échauffé par l'alcool, le visage émacié de Milard avait retrouvé quelque chose de la grâce inquiète de l'adolescence. Elle avait encore failli hurler. Quelques kilomètres plus loin, l'orage éclata. Elle dut allumer les lanternes, réduire sa vitesse. La tempe droite contre la vitre, les mains ouvertes, Milard semblait s'être assoupi.

Et puis il y eut la nuit. La pluie avait une férocité insane. Il la fit arrêter sur le bas-côté de la route, baissa le son du lecteur de cassettes. Albinoni. Elle éteignit les phares, ils allumèrent une cigarette. Elle tenta de percer la nuit alentour, sans succès. Entendit la toux que Milard réprimait à grand-peine. Elle connaissait bien le Larzac pour l'avoir traversé un été dans un van, avec un ami de rencontre. Des étendues vides et caillouteuses, gâchées souvent, comme de juste, par des terrains militaires. Elle dit :

— Pas ici. Pas encore. Pas maintenant.

Ils avaient un cendrier chacun. Milard écrasa sa cigarette dans le sien.

Elle répéta, sans espoir de convaincre :

— Pas ici.

Milard alluma le plafonnier, la regarda, aussi longtemps qu'elle put conserver la tête tournée vers lui. Ensuite, il défit sa cravate et le bouton de col, brisa la chaîne qu'il avait autour du cou, l'arracha, prit la main de la femme qu'il retourna la paume en haut. Elle regarda la plaque réglementaire, en métal ordinaire, quelque chose qu'elle avait cru voir au cou ou au poignet de soldats, dans des films, peut-être, qu'on pouvait briser en deux, elle le regarda lui refermer les doigts autour, confiants. Elle ne trouva pas la force de rencontrer de nouveau ses yeux avides et tendres. Des étendues désertes. C'était tout de même mieux qu'une chambre et un lit d'hôpital. Plus conforme à sa misère.

Elle sentit ses doigts la laisser, garda le poing fermé comme il était.

Il éteignit le plafonnier.

En même temps qu'il sortit de la voiture, du vent et de la pluie s'engouffrèrent dans l'habitacle tiède, cinglants et glaciaux, et qui n'avaient rien d'estival. La portière se referma avec une singulière douceur. Comme s'il était descendu pour pisser... Comme s'il n'allait pas tarder à remonter. Elle lança la tête en arrière, chercha au tableau de bord ou ailleurs le bouton de commande de la glace électrique. Lorsqu'elle y parvint, flagellée par les rafales de pluie, le visage tendu vers l'ombre, la nuit irréparable avait déjà accaparé de façon définitive la haute et maigre silhouette vêtue de sombre.

Avec un sanglot sec et une rage qu'elle n'avait plus besoin de réprimer, elle comprit que l'homme était enfin rentré chez lui.

Au cœur des Ténèbres.

Le commissaire divisionnaire Château se trouvait seul dans son bureau vide. L'été avait fini, puis l'automne, sans que l'un ou l'autre eût paru réellement laisser de trace. En dépit de la porte capitonnée, on entendait l'usine fonctionner alentour, pleine d'une fugitive rumeur vague. Château ouvrit le parapheur, signa notes, circulaires et rapports. Commissaire divisionnaire Château... Il ne prenait pas la peine de relire et ne contrôlait pas les demandes de congés d'hiver. Peut-être à cause de cela, certains l'appelaient « patron », peut-être aussi à cause de sa distance laconique. La pendule digitale marquait dix-huit heures douze, sa montre également. Il se pencha sur l'interphone, une secrétaire emporta le parapheur qu'elle tenait contre son estomac. Château alluma une cigarette, appuya sur le bouton qui commandait le voyant rouge, à l'extérieur, et signifiait « défense d'entrer », interdiction que personne ne se serait avisé d'enfreindre. D'un tiroir, Château sortit un épais dossier cartonné, sur lequel on avait tracé au normographe :

« DISPOSITIF ATLANTA »

Une patrouille avait retrouvé, sur le Larzac, le corps de Milard. L'agrandissement photographique permettait de remarquer qu'il était assis, l'épaule gauche appuyée contre un rocher grumeleux, la tête sur les avant-bras et les genoux relevés. Il semblait dormir, ou paraissait pleurer, et on n'entrevoyait que la nuque aux cheveux gris, un morceau du maxillaire droit, les doigts de la main gauche, amaigris et paisibles. En attendant la mort, Milard avait adopté une attitude plus ou moins fœtale, après la dernière injection, qui, il l'avait su, lui laisserait peu de temps — seulement celui de jeter la seringue un peu plus loin (cliché sous cote n° 12) et qu'on avait retrouvée tout de même. Morphine plus cyanure (cf. examen toxicologique annexé), la dernière affaire qu'il avait dû transporter partout et depuis bien longtemps, dans son étui métallique. Pleurer... Château réfléchit que les damnés ne pleuraient pas. Il conserva le cliché, qu'il glissa dans son sous-main.

Quant au reste, il défit avec soin les agrafes qui retenaient pelures, photocopies, retira les trombones des photos anthropométriques et des coupures de presse sans prendre la peine de trier. Puis il alluma une cigarette. On avait fait transférer Giraud dans une clinique de province, son état n'avait donné aucun signe d'amélioration. De très loin, Château avait suivi l'activité de Forrestier dans sa nouvelle affectation.

Pour autant, il ne l'avait pas revue, mais appris par son collègue chef de service que la femme attendait un enfant, ce qui ne l'empêchait pas de faire montre de ses habituelles capacités de policier. La mort du commissaire Jankovic avait été naturellement attribuée à quelque règlement de comptes, exécuté par un tireur du milieu tant il n'avait pas ménagé grand monde dans le domaine du banditisme. Elle n'avait été suivie d'aucune enquête inhabituelle : à force de serrer les truands aux couilles, Janko, qui n'en manquait pas, avait fini par tomber sur un os.

Château se leva, s'approcha de la baie vitrée.

Au bas des tours, il demeurait quelques arbres que l'hiver avait dépouillés et qui n'en tendaient pas moins, immobiles, vains et pathétiques, leurs branches squelettiques en direction d'un peu partout, et en particulier du ciel sombre. La ville s'était allumée, dans le vent d'est qui finirait par apporter la neige, salubre et glacial, le vent qui sifflait par les interstices du châssis d'aluminium brossé. Château contempla son image dans la vitre, l'extrémité brasillante de sa cigarette.

Il sortit de son bureau, on le vit approcher de la broyeuse, un dossier entre les doigts. L'appareil avait été relégué contre la machine à café. Un inspecteur se proposa à aider son supérieur, qui déclina l'offre avec son habituelle fermeté silencieuse. L'inspecteur avait vidé son gobelet tandis que Château détruisait le dossier, feuillet par feuillet, puis liasse par liasse. L'inspecteur jeta son gobelet vide dans la poubelle en plastique. Il s'éloigna dans le couloir. Château finit par éteindre la broyeuse, les mains vides. Il regagna son bureau, s'assit dans le fauteuil. La pendule marquait dix-neuf heures. Il sortit le cliché de son sous-main. L'examina avec la même attention que si l'homme prostré pouvait encore lui apprendre quelque chose. Il resterait une irritante inconnue : et si le **black** n'avait pas pris à sa place, et tué Mauber, est-ce que le jeune homme ne serait pas remonté jusqu'à lui, Château ? Milard avait emporté un dernier lambeau de mystère : comme il avait formé Berg, avait-il formé Mauber pour que le jeune homme s'en sorte ou plus simplement pour qu'il remplisse un dernier contrat ? La seconde hypothèse était beaucoup plus conforme à la manière de Milard, en tout cas plus en rapport avec sa terrible sagacité. Ce qu'on a commencé, il faut toujours le finir.

L'usine commençait à se vider, on l'entendait aux portes qu'on verrouillait, aux pas plus ou moins pressés, au va-et-vient des ascenseurs. Bientôt, elle ne serait plus qu'une coquille silencieuse, rejetée par la nuit elle-même. Les mains dans le dos, Château pensa que Berg n'avait pas donné signe de vie depuis l'hécatombe. Signe de vie, signe de mort... Il n'était pas inquiet, cependant. Il savait que l'homme attendait son heure.

Combien de fois un homme peut-il trahir avant de se renier lui-même ?

Très distinctement, presque comme on parle, Château pensa, Berg attend, eh bien, **j'attendrai**...

Et peut-être bien le dit-il à mi-voix, dans le silence à peine troublé par le sifflement monotone et aigu du vent, peut-être bien dit-il, **j'attendrai, j'attendrai... J'attendrai**.

Puisque le temps, à présent, n'avait plus aucune espèce d'importance.

Chapitre 0

Le vingt-quatre décembre, peu avant dix-huit heures, un voyant rouge s'alluma et se mit à clignoter sur l'écran géant qui figurait la capitale. Les observateurs le fixèrent avec une brusque et totale attention. Voyant rouge : ATTENTAT. Champs-Élysées, dix-huit heures. Forte charge d'explosifs, au moment précis où la foule, dense, s'affairait aux derniers préparatifs de Noël. La machine se mit en branle. L'horreur des membres épars, des corps déchiquetés, du sang... Les observateurs, devant leurs écrans, ne le voyaient pas, il leur suffisait d'imaginer ou de se souvenir. Un autre voyant s'alluma et se mit à clignoter... Crépitement des télétypes, zooming des caméras. Un autre voyant dans un autre quartier de Paris, le deuxième...

Lorsque Château, prévenu, pénétra dans la salle de contrôle, cinq voyants clignotaient ensemble. Ils figuraient chacune des pointes de quelque insoutenable étoile à cinq branches. Comme hypnotisé, le policier demeura immobile. On lui passa une bande télétype qu'il ne prit pas la peine de lire, parce qu'il avait son contenu devant les yeux et que le texte serait redondant et superfétatoire. Il entendit dans le fatras du trafic radio, sans y prêter plus d'attention, que les victimes se comptaient déjà par dizaines, qu'on réclamait des aides médicales d'urgence. Soir de Noël, il s'approcha encore de l'écran froid qui le surplombait.

Qui lui passait la réponse de Berg.

Il chercha une cigarette.

Un opérateur lui fit remarquer : défense de fumer.

Château lui fourra la bande télétype entre les doigts.

Sortit dans le couloir.

Sentit que, pressé, sans le vouloir, on le bousculait.

Dehors, il entendit le lamento des ambulances.

L'étoile de Berg n'avait rien à voir avec celle de Prima Linea.

Son étoile rouge avait pour seul sens guerre totale.

Il alluma la cigarette.

Il commençait à neiger doucement, comme à regret, mince linceul qui en valait bien d'autres.

Cet ouvrage
composé par Charente-Photogravure
à Angoulême
a été imprimé en décembre 1985
sur les presses de Pollina
à Luçon
pour les Éditions Albin Michel

Numéro d'édition : 9115
Numéro d'impression : 7586
Dépôt légal : décembre 1985

Imprimé en France